拜　倫

拜倫詩選

查良錚譯／林燿德導讀

桂冠圖書

George Gordon Byron(1788～1824)：一位落難的貴族。

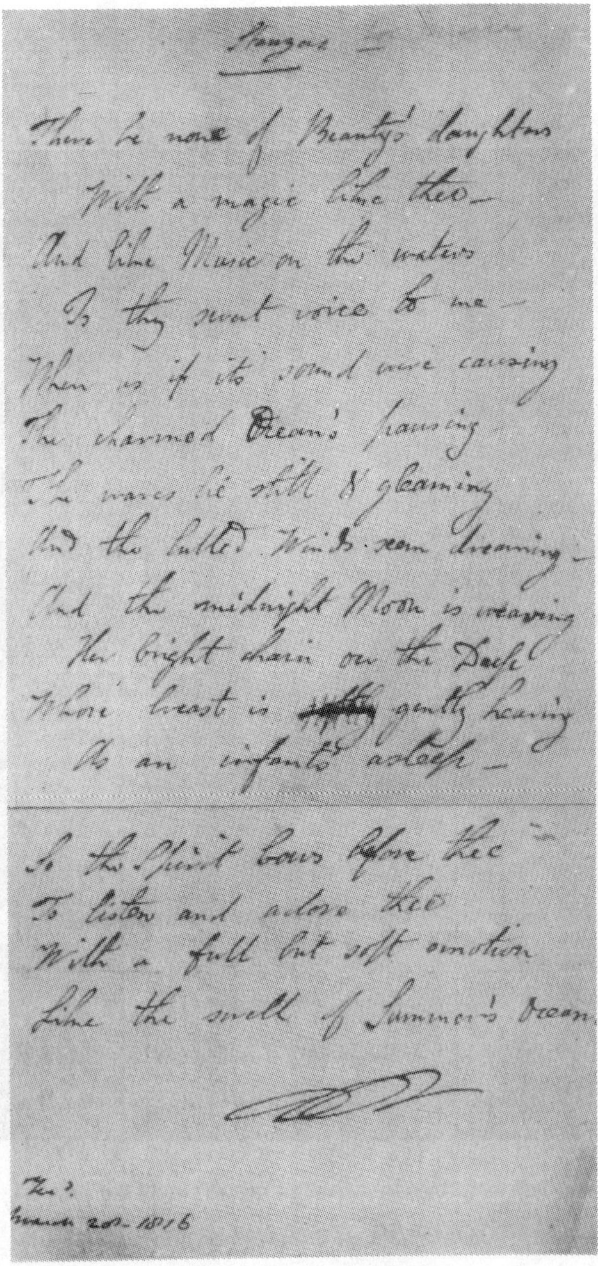
Stanzas —

There be none of Beauty's daughters
With a magic like thee —
And like Music on the waters
Is thy sweet voice to me —
When as if its sound were causing
The charmed Ocean's pausing
The waves lie still & gleaming
And the lulled Winds seem dreaming —
And the midnight Moon is weaving
Her bright chain o'er the Deep
Whose breast is gently heaving
As an infant's asleep —

So the Spirit bows before thee —
To listen and adore thee
With a full but soft emotion
Like the swell of Summer's Ocean.

March 28. 1816

"Stanzas for Music" 拜倫手稿。

"The Giaour" 第498～9行詩頁挿圖。

觀覽寰球文學的七彩光譜

——《桂冠世界文學名著》彙編緣起

吳潛誠

早在一八二七年，大文豪歌德便在一次談話中，提到「世界文學」（Weltliteratur）一詞，並宣稱全球五大洲的文學融會成一體的時代已經來臨。他說：

> 我喜歡觀摩外國作品，也奉勸大家都這樣做。當今之世，談國家文學已經沒多大意義；世界文學紀元肇生的時代已經來臨了。現在，人人都應盡其本分，促其早日兌現。

歌德接著又強調：文學是世界性的普遍現象，而不是區域性的活動。因此，喜愛文學的人不宜劃地自限，侷促於單一的語言領域或孤立的地理環境中，譬如說，德國人不可只閱讀德國文學，英國人不應只欣賞英文作品；相反的，人人都應該從可以取得的最優秀作品中挑選材料，作爲自己的文學教育；而天下最優秀的作品自然未必全出自自己同胞之手。歌德心目中的世界文學不啻就是全球文學傑作的總匯，衆所公認的經典作家之代表作的文庫。

那麼，什麼是經典作家？或者，什麼是經典名著的認定標準呢？法國批評家聖・佩甫（Charles-Augustin Sainte-Beuve, 1804～1869）在〈什麼是經典〉一文中所作的界說可以代表傳統看法：

真正的經典作者豐富了人類心靈，擴充了心靈的寶藏，令心靈更往前邁進一步，發現了一些無可置疑的道德真理，或者在那似乎已經被徹底探測瞭解了的人心中再度掌握住某些永恒的熱情；他的思想、觀察、發現，無論以何種形式出現，必然開濶寬廣、精緻、通達、明斷而優美；他訴諸屬於全世界的個人獨特風格，對所有的人類說話，那種風格不依賴新詞彙而自然清爽，歷久彌新，與時並進。

諸如以上所引的頌辭，推崇經典作品「放諸四海而皆準，百世以俟聖人而不惑」，具有普遍而永恒的價值，在國內外都有悠久的歷史；但在後結構批評興起以後，卻受到強烈的質疑。概略而言，解構批評、新馬克思學派、女性主義批評、少數族裔論述、後殖民觀點等當前流行的批評理論，基本上都否認天下有任何客觀而且永恒不變的眞理或美學價值；傳統的典範標準和文學評鑑尺度也是一種文化產物，無非是特定的人群（例如強勢文化中的男性白人的精英份子），在特定的情境下，遵照特定的意識形態，爲了服効特定的目的，依據特定的判準所建構形成的；這些標準和尺度無可避免地必然漠視、壓抑其他文本——尤其是屬於女性、少數族群、被壓迫人民、低下階層的作品。因此，我們必須重新檢討傳統下的美學標準以及形成我們的評鑑和美感反應的那些基本假設和「偏見」。

沒錯，文學作品的確不會純粹因爲其內在價值而自動變成經典，而是批評者（包括閱讀大衆）和權力建制（諸如學術機構）使然。譬如說，現今被奉爲英國小說大家的喬治·艾略特（1819～80），直到一九三〇年代仍很少被人提起；美國小說家梅爾維爾（1819～91）的作品曾經被忽略長達一甲子之久；浪漫詩人雪萊（1792～1822）在新批評當令的年代，評價一落千丈；布雷克（1757～1827）因爲大批評家傅萊的研究與推崇，在一九四〇年代末期才躋入大詩人行列……

這是否意味著文學的品味和評鑑尺度永遠在更迭變動，毫無客觀準則可言呢？馬克思曾經頗感納悶：產生古希臘藝術的社會環境早已消逝很久了，爲什麼古希臘藝術的魅力仍歷久不衰？當代馬克思批評家伊格頓（Terry Eagleton）曾經嘗試爲此提供答案，他反問：「既然歷史尚未終結，我們怎麼知道古希臘藝術會永遠保有魅力呢？」

我們不妨假設伊格頓的質疑會有兌現的可能，那就是說，歷史的巨輪繼續往前推動，社會發生了劇烈改變，有一天，古希臘悲劇和莎士比亞終於顯得乖謬離奇，變成一堆無關緊要的思想和感覺方式，與方今習見的牆壁塗鴉沒啥分別。不過，我們是否更應該正視古希臘悲劇已經流傳了兩千年，在不同的畛域和不同的時代，一直受到歡迎的事實？

不僅古希臘悲劇，西洋文學史上還有不少作家，諸如但丁、喬叟、塞萬提斯、莎士比亞、密爾頓、莫里哀、歌德等等，長久以來一直廣受喜愛，這多少可以說明人類的品味有某種程度的共通性和持續性吧？再說，曾經長期被奉爲經典的作品，必已滲入廣大讀者的意識中，甚至轉化成集體潛意識，對於一國的文學和文化發展產生相當大的影響，欲深入瞭解該國之文學和文化，則不能不尋本溯源，探究其經典著作。例如，《詩經》對於漢民族的文學和文化的影響幾乎難以估計，不提《大學》、《中庸》、《論語》、《孟子》之類的儒家經典曾大量援引「詩云」以闡釋倫理道德；連我們今天所習見的橫匾題詞，甚至四字一句的「中華民國國歌」歌詞，（意欲傳達肅穆聯想）都可和《詩經》牽上關係。

退一步來說，儘管典範不可能純粹是世上現有的最佳作品之精選，而且有其不可避免的附帶弊端，但卻不失爲文學教育上有用的觀念。簡而言之，典律觀念肯定某些作品比其他作品更有價值，更值得仔細研讀，使一般讀者在面對從古到今所累積的有如恒河沙數的文學淤積物時，不致於茫茫然，不知如何篩選。早在十八世紀，法國大文豪伏爾泰（1694～1778）便曾提出警告：「浩瀚的書籍，正在使我們變得愚昧無知」，英國哲學家湯瑪斯・霍布斯（Thomas Hobbes, 1588～1679）也曾經詼諧地挖苦道：「如果我像他們讀那麼多書，我就會像他們那麼無知了。」喜歡閱讀而不重抉擇的讀者能不警惕乎？

那麼，什麼才是有價值的值得推薦的文學傑作？或者，名著必須符合什麼標準呢？文學的評鑑標準自來衆說紛云，因爲文學作品種類繁多，無法以一成不變的規範加以概括，有些作品甚至以打破傳統規範而傳世。我們勉強或可分成題材內容和表達技巧（形式）兩方面，嘗試提出幾則評鑑標準，以供參考：

西方文論自古以來一直視文學爲生命的摹仿或批評，推崇如實再現人生眞相的作品。當代批評則質疑再現（representation）論，認爲所謂的人生經驗其實也是語言建構下的產物，寫實主義充其量只可當做文學俗套的一端。然而，無論如何，以語文作爲表達媒體的文學藝術，其內涵必定多少與人生經驗有所關聯（不可能，也不必要像音樂或美術那樣追求純粹美感）。我們姑且假設人生的眞相是一束光譜，光譜的一端是純粹紀錄事實的紅外線，另一端則是純粹幻想的紫外線，當中紅、橙、黃、綠、藍、靛、紫等深淺不同的顏色代表寫實成分濃淡不同的文學作品。白色光呈現在各顏色之中，但各顏色只是白光的片斷而已。人生眞相或眞理就像普通光線一樣，尋常到處都有，但卻非肉眼所能看見。文學家透過虛構形式的三稜鏡，將光切斷，並析解成各種顏色，好讓讀者得以具體感受到光的存在。那就是說，無論使用什麼文學體式或表現手法，自然主義也好，象徵主義、表現主義、後現代主義也好，史詩也好，悲劇、喜劇、寓言、浪漫傳奇、科幻小說也好，愈能讓讀者感受到生命存在的基本脈動，便是愈有價値的上乘作品，而在刻劃或呈現方面，其深廣度、強烈度或繁複程度又有卓著表現者，殆可稱爲偉大文學。

舉例說，《哈姆雷特》一劇涉及人世不義、家庭倫理（夫妻、兄弟、母子關係）的悖逆、以及王位纂奪所導致的社會不安，多種因素互相牽動，同時兼具有道德、心理、政治方面的涵意，故宜列為偉大著作。托爾斯泰的《戰爭與和平》以巨大的篇幅，刻劃諸多個性殊異的角色，躬逢拿破崙時代戰爭的轉變和短暫的和平，呈現了人生的基本韻律：少年與青年時期的愛情、追求個人幸福和功名方面的失足與失望、時代危機、以及歷經歲月熬鍊所獲致的樸實無華的幸福和心靈上的平靜，這部鴻篇鉅作當然也該列為名著。

合乎上述標準的虛構作品，在閱讀之際，也許會讓人暫時逃離現實人生；但讀畢之後，必會使人更有智慧去看待不得不面對的人生。那也就是說，嚴肅的文學傑作必須具備教育啓發功能，擴大讀者的想像和見識空間，使他們感覺更敏銳、領受更深刻、思辨更清晰……但這並不意味著文學作品必須提供黑白分明的眞理教條；相反的，經得起時間考驗的佳構，往往以反諷的語調，揭示生命中的矛盾，告訴讀者：所謂的眞理或價值其實大多是局部的、不完美的，有賴其他眞理或價值的修正補充。例如，但丁的《神曲》表面上的確在肯定信仰，但細心的讀者不難發現它骨子裡隱含有反諷成分。

具備教誨功能的文學作品，對於社會文化必會產生深刻持久的效應，乃至於有助於形塑整個國族的集體意識，或徵顯所謂的「時代精神」，這一類作品理當歸入傳世的名著之林。例如，沙弗克力斯的《伊底帕斯王》、西班牙史詩《熙德之歌》便是。

評鑑文學作品當然不宜孤立地看題材／內容／意涵，而須一併考慮其表達技巧／形式／風格，唯有達到一定的美學效果，才有資格稱爲傑作。此外，在文學發展史上佔有承先啓後之功，不論是開啓文學運動或風潮，刷新文學體式，別出機杼，另闢蹊徑，手法戛戛獨造，技巧出神入化，形式完美無缺者，亦在特別考慮之列。例如法國象徵主義詩人馬拉美的詩篇，寫實主義的典範屠格涅夫的《獵人日記》、福婁拜爾的《包法利夫人》，心理分析小說的巨構《卡拉馬助夫的兄弟們》、把意識流敍述技巧發揮得淋漓盡致的《燈塔行》，首創魔幻寫實的波赫斯之代表作皆屬此類。

《桂冠世界文學名著》基本上是依據上述的評選標準來採擷世界文學花園中的精華（不包括中文著作），但也不敢宣稱已經網羅了寰球文苑的奇葩異草，因爲這套書所概括的範疇，時間方面上下緜延數千年，空間上橫貫全球五大洲，筆者自知學識有所不逮，雖曾廣泛參酌西方名家所編纂的書目，也設法徵詢各方意見，但亦難免因爲個人的偏見和品味，而有遺珠之憾；另一方面，由於必須配合出版作業上的考慮，先期推出的卷册，一仍既往，依舊偏重歐、美、俄、日的古典和現代作品，希望將來陸續補充第三世界的代表作和當代的精品，以符合世界文學名著的全銜。

匯編這套以推廣文學暨文化教育爲宗旨的叢書，原則上自當愼重其事，講求品質；但同時也得衡量現實的條件：諸如譯介的人才和人力、社會讀書風氣、讀者的期待與反應等等，這也就是說，一套名著的出版，不純粹只是理念的產物，同時也是當前國內文化水平具體而微的表徵。一味好高騖遠，恐怕亦無濟於事。

這套重新編選的《桂冠世界文學名著》還有一個特色，那就是每本名著皆附有一篇五千字左右的導讀，撰述者儘可能邀請對該書素有研究的學者擔任；他們依據長期研究心得所寫的評析文字，相信必能幫助讀者增加對各名著的瞭解，同時增添整套叢書的內容和光彩。謹在此感謝這些共襄盛舉的學界朋輩和先進，以及無數熱心提供意見和幫助的朋友。最後，還請方家和讀者不吝指教，共同促進世界文學的閱讀與欣賞。

地獄的布道者——拜倫的詩藝與思想

林燿德

浪漫主義是十九世紀歐洲文學的重要潮流之一，在德、法等歐陸各國都出現具備清晰界限的浪漫派，但是在英國卻沒有明顯的「浪漫主義運動」，就文化生態的觀點，英國的浪漫主義作家並未組成類似法國七星社（Pléiade）、文社（Cénacle）或者德國哥丁根林苑派（Göttinger Dichterbund）這一類有組織的文學團體，也沒有具體的浪漫主義宣言，他們是在各自爲政的情況下，發展出人各有體的浪漫主義文風，而沒有共同奉守的思想體系。

不過，以出現先後及風格的特質來看，英國浪漫主義文風可劃分爲三個階段，第一個階段自十八世紀末迄一八〇六年，以華滋華斯（William Wordsworth, 1770~1850）、柯立芝（Samuel Taylor Coleridge, 1772~1834）等人爲核心，主張與大自然的和諧關係，第二個階段自十九世紀一〇年代中期至一八一〇年，以小說家兼詩人司各圖（Walter Scott, 1771~1832）爲代表人物，企圖追尋中古世紀的傳奇風格，第三個階段是一八一二年至一八二二年間確立的「雪萊派」，以雪

萊 (Percy Bysshe Shelley, 1792～1822)、拜倫 (George Gordon, Lord Byron, 1788～1824)、濟慈 (Johon Keats, 1795～1821) 等崇尚世界主義的詩人，他們標榜自由與美，擁抱義大利、希臘如同擁抱自己的母土。

拜倫是雪萊精神的承傳者，是英國浪漫主義文學的決定性標誌，是十九世紀世界文學史上不可遺漏的主流詩人。我國學者蔡源煌在《當代文化理論與實踐》（一九九二）一書中曾經指出：

> 在浪漫文學中，最突出的寂寞典型莫過於拜倫式的英雄 (Byronic hero)。儘管拜倫的人物——如Don Juan或Childe Harold——行徑乖異為社會所不容，但是在反抗芸芸眾生的市儈氣與鄉愿作風時，他們那種「雖千萬人吾往矣」的勇氣，使他們經得起寂寞的煎熬。這顯然提昇了他們的英雄特質。

在拜倫逝世近一百七十年後，他的作品和他在作品中所創造的英雄形象仍然歷歷如繪，甚至在具備古老傳統的東方世界以另一種語言繼續流傳，成爲我們瞭解西方十九世紀文學精神的重要資料，這是一樁多麼神秘而飽含浪漫主義趣味的現象。

拜倫的血脈中兼有狂烈的因子和高貴的系統。他的父系是諾曼地貴族，母系則是司徒亞特王朝的後裔；貴族血統使他成爲上議院的一分子，一八〇九年他首度到上議院就座。據記載拜倫第一次踏入上議院時由於缺乏引見人，使他孤獨地出席，他僅僅坐了數分鐘，然後就離開了上議院也離開了英國。終其一生，他花費了大部分的時間在歐陸各國；一八〇八年他寫給母親的信上就已經預示他未來的飄泊：「如果除了祖國之外我們沒有見識過其他國家，我們就不曾給人類任何公平的機會。」

跛足的拜倫爵士，他那豐富而精彩的冒險生涯本身就足以做爲一部長篇小說的最佳素材，事實上，已經有非常多優良的傳記企圖重現拜倫的生命歷程，以及他那既驕縱激越而又憂鬱孤絕，喜好冒險、追求眞理不遺餘力的多重性格；因此，在此筆者只想強調他過世前後的那段時間。

一八二三年拜倫致函友人，說明他參與希臘脫離土耳其帝國的革命戰爭，並成爲起義軍的軍需官，他在信中說：

> 既然要幹，就得幹到底。我將為古希臘人、古羅馬人全力奮鬥。我正努力調解（希臘人的）不同派系，目前成功在望，他們彼此之間的關係開始改善……

在他去世的那年寫給詩人穆爾（Thomas Moore, 1779~1852）的信上則說：

> 如果一個染患熱病、疲憊不堪、缺糧枵腹的你的詩人兄弟在盛年死去了，我請求你在「你的微笑和美酒裏」記住我，我希冀我們的事業會勝利，但無論如何，「就像按時唱

牛乳一般注意著自己的名節」。

從這兩封信的片斷可以得知拜倫在希臘獨立運動中的狂熱情緒與身體力行。拜倫終於求仁得仁，雖然他等不及目睹希臘的完全解放，在一八二四年復活節的第二天也是他逝世的那日之後，他的精神永遠和歐洲文明發源地結合在一起。

也許有些開朝闢代的大政治家他們的磊落風範被比喻為行動的詩，但是一個詩人能夠在異鄉被尊崇為聖，人類史上僅有拜倫一人。當時西希臘臨時政府明令通告，以三十七響禮炮追思詩人三十七年的生涯，全國公私機關停業三日，全體民衆一律舉哀二十一天，所有東正教的教堂都為他舉辦追思彌撒。然而他的遺體運回英國後，卻遭威斯敏斯特大教堂的教士們所拒絕，不准他入葬該教堂的詩人區。

從某個角度來看，拜倫更像是一個職業革命家和業餘的詩人，而他為英國文學創作了《唐璜》（*Don Juan*），一部足以和歌德（Johann Wolfgang von Goethe, 1749~1832）的《浮士德》（*Faust*）在十九世紀並列雙璧的鉅著。和雪萊相同，拜倫的作品在生前並沒有得到應得的掌聲，一八〇七年他的第一部詩集受到的冷嘲熱諷足以斷送任何青年作者再度提筆的勇氣，而《唐璜》則必須以匿名出版，拜倫自己指出，這部作品要進入英國人的客廳，比駱駝穿過針眼還要困難。

《唐璜》完成於一八一八年至一八二三年間，但是在一八〇九年至一八一一年間拜倫出遊歐陸及小亞細亞時已經開始蘊釀、吸收《唐璜》所觸及的材料，這次遊歷的經驗促使他完成了《恰爾德·哈洛爾德遊記》（*Childe Harold's Pilgrimage*）的開始兩章，第一個「拜倫式的英雄」誕生了，孤獨、陰鬱、悲觀的飄泊者哈洛爾德，這個具備自傳色彩的主人翁使得拜倫聲名大噪。拜倫筆下的哈洛爾德是一個厭世的英國青年，在這部長篇敘事詩的頭兩章中，拜倫呈現了一個不可抹除的自我形象，一個不安而意識著自我存在的自我，在第二章的片斷中他說——

> 然而，如果是在人群、喧囂，和雜音中
> 去聽、去看、去感受，一心獲取財富，
> 成了一個疲倦的游民，茫然隨世浮沉，
> 沒有人祝福我們，也沒有誰可以祝福，
> 到處是不可共患難的、榮華的奴僕！
> 人們盡在阿諛，追隨，鑽營和求告，
> 雖然在知覺上和我們也是同族，
> 如果我們死了，卻不會稍斂一下笑：
> 這才是舉目無親；呵，這個，這才是孤獨！

哈洛爾德的強說愁像是拜倫在化妝舞會上的扮相，在詩的語言上形成一張聲音面具，而在詩的意念上則形成一張性格的面具，在這些面具之下是拜倫早慧的心志，他早已敏感地洞察人生百態，他倨傲不群，以孤獨的情緒滋養詩的精靈。

一八一五年拜倫被他的妻子拋棄，關於拜倫私生活的不利傳聞導致他成爲衆人矚目的敗德者。麥考萊（Thomas Babington Macaulay, 1800~1859）在他所著的《拜倫傳》中指出，英國社會大衆有一種周期性的道德狂熱，在日常生活中沒有誰會去在意上流社會男女間的性緋聞，不過每隔幾年維護道德的狂熱會狠狠鬧上一陣子。十九世紀一〇年代中期這種集體歇斯底里再度爆發了，而拜倫首當其衝。

星星之火足以燎原，報刊上給予拜倫的「封號」包括古羅馬的饕餮者阿比修思（Apicius）、暴君卡里古拉（Caligula）、性變態的羅馬皇帝海利奧加巴魯思（Heliogabalus）乃至英王亨利八世。在這種四面楚歌的情況下，拜倫的詩藝反而逐步邁向高峯，他續寫了《哈爾德・哈洛爾德遊記》的第三、四章，這時的作品充滿了被放逐的憤怒——

我沒有愛過這個世界，它對我也一樣；
我沒有阿諛過它腐臭的呼吸，也不曾
忍從地屈膝，膜拜它的各種偶像；
我沒有在臉上堆著笑，更沒有高聲

叫嚷著，崇拜一種回音；紛紜的世人
不能把我看作他們一伙；我站在人群中
卻不屬於他們；也沒有把頭腦放進
那並非而又算作他們的思想的尸衣中，
一齊列隊行進，因此才被壓抑而致溫順。

（第三章第一一四節）

他側身人間而無法苟同於俗情，他被世人放逐，卻透過詩來放逐那些阿諛屈膝於現實的庸者。拜倫在詩中直陳「善不只是空話，幸福並不只是夢想」，他在塵世的挫敗轉而形成對於古文明的憧憬。

拜倫和「雪萊派」的其他詩人所崇尚的世界主義，其實指向一種泛神論式的西方文明同源：古代希臘與羅馬一統宇內的精神幻覺；換句話說，這種文學上的世界主義不僅是主張世界大同，而是大同於「黃金時代」的文化渴望，具備了歷史的縱深以及歐洲一體的共同命運思考。

在《恰爾德・哈洛爾德遊記》的第四章中，拜倫吐露了這種歷史性的感傷——

哦，羅馬！我的祖國！人的靈魂的都城！

這行詩可說道盡了哈洛爾德的信仰歸宿；當然這即是拜倫的思想核心，他的「大我」不是寄生在當朝的英帝國領域中，而是融入古代時空的幻想烏托邦裏，但是拜倫所能目睹的仍然只是巨大的廢墟和「加速的夜，世紀和她的沉沒，以及『愚昧』。」

在《恰爾德．哈洛爾德遊記》的前兩章中我們聽聞到的只是作者尋覓自由的激情；在後兩章中「自由思想」的重要性被突出了，詩的哲學和哲學的詩都隱現在抒情的吟誦間。對於理想的追尋以及明知不可而爲之的理想實踐過程，這就是拜倫所以狂熱地身殉希臘的主要原因。當他臨死之刻，最後的懸掛竟是用義大利文而不是英文說出——

Io lascio qualche cosa di caro nel mondo

（我把最珍寶的人留在人間矣！）

當他長眠的刹那，他沒有目睹一個嶄新的希臘王國被建立起來，他也不知道那個國家的新國王並沒有古希臘人的血統；其實他所投身的目標是那個長眠歷史中的古典幻象。

一八一六年春天拜倫永遠離開了英國，他遷居義大利參加了燒炭黨人的義大利獨立運動，一八二一年燒炭黨的起義受到鎭壓，兩年後他把復興羅馬帝國的計畫搬遷到巴爾幹半島上，終於爲了新希臘的藍圖而星墜愛琴海。

在義大利的最後幾年他完成了終身的代表作《唐璜》。原本預計完成二十章的鉅製，因爲參與希臘革命的行動而中輟，留下完整的十六章及若干未完成的章節，總行數仍達一萬六千餘行。

歷史上敗德荒淫的唐璜在拜倫筆下獲得重生，他遠異於拜倫過去所創造的憂鬱英雄，和恰爾德・哈洛爾德、曼弗雷德（Manfred）都不一樣，唐璜是拜倫筆下的新人物，也是讓自己燃燒起來的拜倫自己人格的新形態。唐璜一方面繼承了「拜倫式英雄」所擁有的反省性，另外一方面卻自消極、孤獨的內向性轉化爲奔放的外向性人格，唐璜的冒險不是自我放逐的經驗，而是一種笑傲江湖、任俠尚義的生命啓蒙經驗，他用個人的力量去權衡人世、打擊不義，又能流釋眞情，跌宕自喜，踰越世俗的規範，純眞地揭穿虛僞的社會道德假象。

《唐璜》含有直接了當的政治批判，在第十一章中唐璜以第一人稱說出自己對英國官場虛僞作風的諷刺——

話又說回來，什麼是謊言？那只是
　眞理在化妝跳舞。我要質問一聲：
史家，英雄，偉人，律師和教士們，
　誰能拿出事實而不用謊言彌縫？
眞正的眞理哪怕露一露影子，

什麼編年史，啓示錄，預言等等，
就都得啞口無言；除非那記載
是在事實發生前些年就寫出來。

然而一萬六千餘行的《唐璜》絕不止於政治性的訴求而已，拜倫利用主人翁唐璜的眼睛（全詩兼採第三人稱敍述與第一人稱自白的混合敍述觀點）描繪出一個詩人眼中的十九世紀。說《唐璜》是一部文化百科全書，如果就那豐富的出場人物以及廣大的空間背景來看，絕對沒有誇張之處；同時，《唐璜》也是浪漫主義詩風的巔峰之作，傳奇的人事、異域的情趣、荒誕的冒險、意象鮮麗的描寫以及理想主義者的塑形，都足堪做爲典範。

讀拜倫就一定得讀《唐璜》，似乎一部偉大的作品會使得詩人其他的作品、甚至詩人的一生都只能成爲它的註脚？這種說法不見得對，卻是讀完《唐璜》所能引起的感慨。

法國詩人拉馬丁（Alphonse de Lamartine, 1790～1869）在一首獻給拜倫的詩中稱拜倫爲「地獄的布道者」；然而拜倫在一八二〇年致詩人穆爾的信上卻這麼說：「對於一個懷疑有地獄存在的人，這個頭銜可奧妙了。」那時正是拜倫和羅馬教皇公開對立之刻。

拜倫不相信地獄的存在，因爲他不相信建構虛僞道德的教會，也不相信被虛僞的教會所定義的「地獄」。相對的，如果我們不必顧及拉馬丁的原意，還是可以這麼解釋「地獄的布道者」如許曖昧的辭彙——「地獄的布道者」也即是爲了不曾被揭發的秘密眞理而殉道的詩人。

目錄

觀覽寰球文學的七彩光譜……i
地獄的布道者——拜倫的詩藝與思想……ix
第一部分　短詩
洛欽伊珈……3
想從前我們倆分手……7
雅典的少女……11
告別馬耳他……15
只要再克制一下……21
無痛而終……27
你死了……31

給一位哭泣的貴婦人……37
《反對破壞機器法案》制訂者頌……39
溫莎的詩藝……43
拿破崙頌……45
致伯沙撒……67
她走在美的光彩中……71
野羚羊……75
耶弗他的女兒……79
我的心靈是陰沉的……83
我看過你哭……85
你的生命完了……87
掃羅王最後一戰之歌……91
伯沙撒的幻象……95
失眠人的太陽……101
在巴比倫的河邊我們坐下來哭泣……103
西拿基立的覆亡……107

樂章（「世間哪有一種歡樂……」）…… 113
拿破崙的告別…… 117
譯自法文的頌詩…… 121
樂章（「沒有一個美的女兒……」）…… 131
給奧古斯達的詩章…… 133
書寄奧古斯達…… 139
普羅米修斯…… 155
路德分子之歌…… 161
好吧，我們不再一起漫遊…… 163
致托瑪斯·摩爾…… 165
莫瑞先生致函波里多里醫生…… 169
致莫瑞先生（「今代的斯垂漢……」）…… 175
威尼斯頌…… 179
詩節（「如果愛情能永久……」）…… 193
警句…… 203
詠卡斯爾雷…… 205

約翰·濟慈……207
致莫瑞先生（「爲了瓦爾格瑞夫……」）……209
寫於佛羅倫斯至比薩途中……211
今天我度過了三十六年……213

第二部分：長詩選段

郝蘭德公館（摘自《英國詩人和蘇格蘭評論家》）……219
孤獨（《恰爾德·哈洛爾德遊記》第2章，第25～26節）……223
希臘（《恰爾德·哈洛爾德遊記》第2章，第73～77節）……225
親人的喪失（《恰爾德·哈洛爾德遊記》第2章，第98節）……231
別英國（《恰爾德·哈洛爾德遊記》第3章，第1～2節）……233
自然的慰藉（《恰爾德·哈洛爾德遊記》第3章，第13～15節）……235
我沒有愛過這世界（《恰爾德·哈洛爾德遊記》第3章，第113～114節）……239
義大利的一個燦爛的黃昏（《恰爾德·哈洛爾德遊記》第4章，第27～29節）……241
羅馬（《恰爾德·哈洛爾德遊記》第4章，第78～82節）……245
荒墟（《恰爾德·哈洛爾德遊記》第4章，第130～131節）……251
東方（《阿比杜斯的新娘》第4章，第4節）……253

海盜生涯（《海盜》第1章，第1節）……255
尋找英雄人物（《唐璜》第1章，第1～5節）……259
詩人自諷（《唐璜》第1章，第213～220節）……267
哀希臘（《唐璜》第3章）……273
歌劇團（《唐璜》第4章，第82～89節）……289
購買奴隸（《唐璜》第5章，第26～29節）……295
威靈頓（《唐璜》第9章，第1～10節）……299
英國的官場（《唐璜》第11章，第35～41節）……307
拜倫和同時代的人（《唐璜》第11章，第53～56，61～63節）……313
時光不再（《唐璜》第11章，第76～86節）……319
資產階級（《唐璜》第12章，第3～10節）……331
上流社會（《唐璜》第13章，第79～89節）……337
議員選舉（《唐璜》第16章，第70～77節）……345

第三部分　長詩

科林斯的圍攻……353
錫雍的囚徒……437

貝波……469
審判的幻景……569
青銅世紀……683
拜倫小傳……763

第一部分 短詩

洛欽伊珈①

去吧，你艷麗的風景，你玫瑰的花園！
　讓富貴的寵兒在你的圈子裡徜徉；
還給我巉岩吧，那兒有積雪的安眠，
　儘管它仍銘記著自由與愛的創傷。
然而，加里敦尼②呵，你的峯巒多壯美：
　在那雪白的山頂，儘管天高風急，
儘管瀑布湍激，沒有舒緩的泉水，

①洛欽伊珈在蘇格蘭北部，據說是不列顛最高的山峯。蘇格蘭土語又稱爲洛屈納珈。拜倫幼年居於此地。
②蘇格蘭古稱。

我卻懷念幽暗的洛屈納珈而嘆息。

呵，我幼小的腳步天天在那裡遊蕩，
我戴著蘇格蘭帽子，穿著花格外套，
腦中冥想著一些久已逝去的族長，③
而信步漫遊在那松林蔭蔽的小道；
我流連忘返，直到夕陽落山的霞光
為燦爛的北極星的閃爍所替換，
因爲古老的故事煽動了我的幻想，
呵，是那幽暗的洛屈納珈山民的流傳。

「噫，死者的鬼魂！你們的聲音我難道
沒有聽見，在滾滾的夜風裡升騰？」
那一定是英雄的幽靈歡樂喧囂，

③指蘇格蘭的一些部落的首領。

駕著長風，奔馳於他的高原的谷中！
在洛屈納珈附近，每當風雲凝聚，
冬寒就駕著他的冰車前來駐紮：
那裡的陰雲旋捲著我祖先的形跡，
他們住在幽暗的洛屈納珈的風暴下。

「不幸而勇敢的壯士！④難道沒有惡兆
預示你們的大業已爲命運所摒棄？」
呵，儘管你們注定在克勞頓戰死了，
你們的覆亡並沒有贏得歡呼的勝利。
但你們在泥土的永眠中仍舊快樂，
你們和族人在布瑞瑪山穴一起安息；
那蘇格蘭風笛正在幽暗的山中高歌，

④查理·愛德華王子率領蘇格蘭山民反抗英王統治，1746年與坎伯蘭大公的一萬二千名正規軍在克勞頓作戰，五千人全軍覆沒。坎伯蘭隨即在蘇格蘭實行恐怖統治，鎮壓人民，有「屠夫」之稱。

洛屈納珈山中迴盪著你們的事蹟。

洛屈納珈呵，我已離開你年復一年，
還得再過多少歲月我才能再踏上你！
雖然造化没把綠野和鮮花給你裝點，
你比阿爾比安⑤的平原更令人珍惜。
英格蘭呵，以遠方山巒的遊子來看，
你的美景太嫌溫馴而小巧玲瓏，
噢！我多麼嚮往那雄偉粗獷的懸崖，
那幽暗的洛屈納珈的險惡的崢嶸。

⑤英格蘭或大不列顛的原名。

想從前我們倆分手

想從前我們倆分手，
　默默無言地流著淚，
預感到多年的隔離，
　我們忍不住心碎；
你的臉冰涼，發白，
　你的吻更似冷冰，
呵，那一刻正預兆了
　我今日的悲痛。

清早凝結著寒露，

冷徹了我的額角，
那種感覺彷佛是
　對我此刻的警告。
你的誓言全破碎了，
　你的行爲如此輕浮：
人家提起你的名字，
　我聽了也感到羞辱。
他們當著我講到你，
　一聲聲有如喪鐘；
我的全身一陣顫慄——
　爲什麼對你如此情重？
沒有人知道我熟識你，
　呵，熟識得太過了——
我將長久、長久地悔恨，
　這深處難以爲外人道。

你我秘密地相會，
　我又默默地悲傷，
你竟然把我欺騙，
　你的心終於遺忘。
如果很多年以後，
　我們又偶然會面，
我將要怎樣招呼你？
　只有含著淚，默默無言。

一八〇八年

雅典的少女⑥

你是我的生命，我愛你。

雅典的少女呵，在我們分別前，
把我的心，把我的心交還！
或者，既然它已經和我脫離，
留著它吧，把其餘的也拿去！
請聽一句我臨別前的誓語：
你是我的生命，我愛你。

⑥拜倫旅居雅典時，住在一個名叫色歐杜拉·馬珂里寡婦的家中，她有三個女兒，長女特瑞莎即詩中的「雅典的少女」。

我要憑那無拘無束的鬈髮，
每陣愛琴海的風都追逐著它；
我要憑那墨玉鑲邊的眼睛，
睫毛直吻著你頰上的嫣紅；
我要憑那野鹿似的眼睛誓語：
你是我的生命，我愛你。

還有我久欲一嘗的紅唇，
還有那輕盈緊束的腰身；
我要憑這些定情的鮮花，
它們勝過一切言語的表達；
我要說，憑愛情的一串悲喜：
你是我的生命，我愛你。

雅典的少女呵，我們分了手；
想著我吧，當你孤獨的時候。

雖然我向著伊斯坦堡飛奔，
雅典卻抓住我的心和靈魂：
我能夠不愛你嗎？不會的！
你是我的生命，我愛你。

一八一〇年，雅典

告別馬耳他⑦

別了，你拉·瓦雷特⑧的歡樂！
別了，沙漠的風，太陽和炎熱！
別了，我很少走進的宮殿！
別了，大廈，——我卻曾經冒犯！
別了，你該死的大街，梯樣陡！
（的確，有誰往上走著不詛咒！）

---

⑦馬耳他島在地中海，當時爲大英帝國的殖民地，是英國統治者引爲驕傲的一個地方。拜倫對這地方以及英國海軍的勝利都加以嘲諷。

⑧拉·瓦雷特是馬耳他島的首府，它的街道多爲石階形。

別了，你們常常虧本的商人！
別了，你們永遠詈罵的賤民！
別了，你那郵包——沒有來信！
別了，老是仿效貴人的蠢驢們！
別了，你倒霉的檢疫期隔離，
給了我高熱，和一肚子氣！
別了戲院，它使我們打呵欠！
別了，總督大人⑨的舞蹈班！
別了，彼得，他沒有什麼不是，
只是不會教上校跳「華爾茲」！
別了，佳人兒，多麼優雅，莊重！
別了，紅上衣⑩，和更紅的面孔！

---

⑨當時的總督是歐克斯少將。在他的任期内有瘟疫流行。
⑩指英國士兵。

別了，所有跨大步的軍人⑪，
哪一個不是盛氣凌人！
我走了——天知道爲什麼原因，
要到陰霾的天和煙燻的城⑫，
那裡的一切（說一句真心話）
同樣烏糟——不過是換個方法。

別了，但不是祝你們去見上帝，⑬
「頂頂藍色」的勝利的兒子！⑭

⑪拜倫在馬耳他居住時，曾和一軍官口角，幾至決鬥。
⑫指英國。
⑬法文的「別了」（Adieu）有「在上帝之旁」的意思。拜倫以此開軍官的玩笑。
⑭藍色代表英國海軍。「頂頂藍色」指富於所謂英國海軍精神的海軍。這一節詩提及1811年3月英國海軍在亞得里亞海對法義聯合艦隊的一次勝利。法國艦隻燒毀，艦長陣亡。英國船隻抵達馬耳他時，受到殖民者的熱烈歡迎。

當亞得里亞海岸的兩邊，
一邊是統領陣亡，艦隊不見，
一邊是日日宴飲，夜夜歡笑，
呵，你們是戰爭和女人一箭雙雕！
請原諒，我的繆斯太喜歡嘮叨，
拿去這詩吧——因爲它「不要酬報」。

現在我該提到弗瑞色太太⑮，
也許你以爲我要誇她多才——
如果我竟然不自量力，
不怕浪費這墨水一滴，
誇她一行，兩行，倒也容易，
不過，說實話，無須我讚譽；
她一定早有了一種榮光，

⑮弗瑞色太太是馬耳他一軍官的妻子，在1809年發表過她在馬耳他所寫的一本詩集，頗得拜倫的賞識。

那是比我的更好的讚揚；
她有率直的心，舉止活潑，
她習於時尚，卻不見雕琢；
她的日子盡是歡快地流著，
也不需要詩歌幫助她過活。
呵，馬耳他！你小小的軍事暖房！
現在，既然你把我們爲難了一場，
我卻不想說一些不文雅的話，
或者祝你去到魔鬼的腳下，
我只是倚窗外望，我懷疑：
「這種地方究竟有什麼意義？」
以後就退到我孤獨的一隅，
拿起一本書，或者胡寫一氣；
或者，如果不苦，就服一劑藥，
（每小時兩調羹，根據這紙條）
我不喜歡禮服，正好戴便帽，

這得感謝我的星宿：我發了燒。

一八一一年五月二十六日⑯

⑯拜倫於1811年6月13日離馬耳他返英，結束了他第一次的東方旅行。

只要再克制一下

只要再克制一下，我就會解脫
　這割裂我內心的陣陣絞痛；
最後一次對你和愛情長嘆過，
　我就要再回到忙碌的人生。
我如今隨遇而安，善於混日子，
　儘管這種種從未使我喜歡；
縱然世上的樂趣都已飛逝，
　有什麼悲哀能再使我心酸？
給我拿酒來吧，給我擺上筵席，

人本來不適於孤獨的生存；
我將作一個無心的浪蕩子弟，
隨大家歡笑，不要和人共悲慟。
在美好的日子裡我不是如此，
我原不會這樣，如果不是你
逝去了，把我孤獨地留下度日；
你化爲虛無——一切也失去了意義。

我的豎琴妄想彈唱得瀟灑！
被「憂傷」所勉强作出的笑容
有如覆蓋在石墓上的玫瑰花，
不過是對潛伏的悲哀的嘲諷。
雖然我有快活的友伴共飲，
可以暫且驅遣滿懷的怨訴；
雖然歡笑點燃了發狂的靈魂，
這顆心呵——這顆心仍舊孤獨！

很多回，在清幽寂寞的晚上，
　我有所慰藉地凝視著天空，
因爲我猜想，這天庭的銀光
　正甜蜜地照著你沉思的眼睛；
常常，當新西雅⑰高踞天闕，
　當我駛過愛琴海的波濤，
我會想：「賽莎在望著那明月」——
　唉，但它是在她的墓上閃耀！
當我輾轉於病痛失眠的床褥，
　高熱在抽搐我跳動的血管，
「賽莎不可能知道我的痛苦，」
　我疲弱地說：「這倒是一種慰安。」
彷彿一個奴隸被折磨了一生，

⑰新西雅，月亮女神。

給他以自由是無益的恩賜，
悲憫的造化白白給我以生命，
因爲呵，賽莎已經與世長辭！

我的賽莎的一件定情的饋贈，
當生命和愛情還正在鮮艷！
呵，如今你看來已多麼不同！
時光給你染上了怎樣的愁顏！

那和你一起許給我的一顆心
沉寂了——唉，但願我的也沉寂！
雖然它已冷得有如死去的人，
卻還感到、還嫌惡周身的寒意。

你酸心的證物！你淒涼的表記！
儘管令人難過，貼緊我的前胸！
仍舊保存那愛情吧，使它專一，

不然就撕裂你所貼緊的心。
時間只能冷卻，但移不動愛情，
愛情會因爲絕望而更神聖；
呵，千萬顆活躍的愛心又怎能
比得上這對於逝者的鍾情？

無痛而終

或遲或早，當時間給我帶來
　使死者鎮靜的無夢的睡眠，
呵，寂滅！但願你怠倦的翅膀
　在我垂危的床前輕輕地扇！

不要一幫親友或者繼承人
　或哀哭、或願望我的死亡，
不要讓披頭散髮的少女
　感到或裝作適當的悲傷。

我只要回到土裡，靜靜的，
　別讓多事的吊喪人挨近我，
我不願意妨礙人一刻歡顏，
　友誼原不曾料到淚兒飄落。

然而愛情，在臨終那一刻，
　如果能豁然停止無益的嘆息，
對於活著的她和逝去的他
　或許能發揮最後的魅力。

我的普賽克⑱！但願直到最後
　還看到你保持恬靜的容貌，
即使「痛苦」也將會忘記
　它過去的掙扎，對你微笑。

⑱普賽克是希臘神話中被愛神丘比特所愛的少女。此處指所戀的少女。

但這心願終於枉然——因爲美
會凋謝，一如那垂死的呼吸，
而女人的易於流灑的眼淚
生時欺騙你，死時卻令你悲淒。

那麼，就讓我孤獨地死吧，
無所悔恨，沒有一聲哀號，
許多人都沒有被死神貶低，
痛苦很短暫，甚至沒有覺到。

「呵，但是死了，去了，」噫！
到大家都必然要去的地方！
覆歸於我出生以前的虛無，
再也沒有生命和生的哀傷！

想一想你不曾痛苦的日子，
算一算你有幾小時的歡笑，
你就知道了，無論你曾經怎樣，
化作虛無會比活著更好。

你死了

「呵，和別人一起怎及得對你的追憶！」

你死了，這麼年輕、美麗，
　沒有人比得上你；
你那種嬌容、那種絕色，
　這麼快回到土裡！
雖然泥土承受了它，
而人們也將不經意地
　在那上面踐踏，
卻有一個人絕不忍

對你的墳墓注視一瞬。

我不想知道是在哪裡
　你靜靜地安眠，
讓花草盡情地滋生吧，
　我只不願意看見：
夠了，夠了，只要我知道
我的所愛，我的心上人
　竟和泥土一樣爛掉；
又何必墓碑給我指出
我所愛的原來是虛無。

但我卻愛你直到最後，
　一如你愛我那般；
你對我始終一心一意，
　現在更不會改變。

死亡給愛情貼了封條，
歲月、情敵再不會偷去，
　負心又怎樣抹掉；
傷心的是：你不能看見
我沒有錯處或改變。

生命的良辰是我們的，
　苦時只由我忍受；
歡愉的太陽，險惡的風暴，
　再不會爲你所有。
你那無夢之鄉的靜穆，
我已羨慕得不再哭泣；
　我更無須乎怨訴
你的美色都已毫無蹤影，
我至少沒見它長期凋零。

那開得最艷的花朵
　必然是最先凋落，
而花瓣，雖然沒有手攫取，
　也會隨時間萎縮；
然而，假如等花兒片片萎黃，
那比看它今日突然摘去，
　豈不更令人悲傷；
因爲人的眼睛怎堪忍受
一個美人兒由美變醜。

我不知道我是否能忍受，
　看你的美逐漸凋殘，
隨著這般晨曦而來的夜
　一定會更覺得幽暗。
没有雲翳的白日過去了，
直到臨終你都那麼鮮艷，

你熄滅了，而不是枯凋；
你彷彿天上掠過的星星，
在沉落的時候最爲光明。

如果我能哭出，像以前，
我應該好好哭一場，
因爲在你臨危的床邊
我不曾有一次探望；
我不曾憐愛地注視你的臉，
或者把你輕輕抱在懷裡，
你的頭靠著我永眠；
我該悲慟：無論愛情多空，
呵，你我已不再樂於其中。

可是，從你殘留下的珍異，
儘管你都由我拾取，

那我也仍得不了許多，
　還不如這樣把你記憶！
通過幽暗而可怕的永恆，
你那不會磨滅掉的一切
　會重回到我的心中；
但你埋葬的愛最使你可親——
勝過一切，除了它活的時辰。

給一位哭泣的貴婦人⑲

哭吧，哭吧，皇家的女兒，
為父王的恥辱，邦國的衰落，
呵，但願你的每一滴眼淚
能夠洗去一個父親的過錯。

⑲「哭泣的貴婦人」指威爾士公主夏洛蒂，她在王族中是一個具有進步思想的人，擁護民權黨。她的父親是當時的攝政王，在1812年內閣改組時，採取了反動的方針，未使民權黨人參加內閣。在攝政王的一次宴會上，當幾個權貴表示反對民權黨人入閣時，夏洛蒂公主哭了起來。幾日後，拜倫寫了這首詩，匿名發表在《晨報》上，未引起特別的注意。但兩年後，在長詩《海盜》再版之際，拜倫堅持將此詩加進去，「任何後果在所不計」。出版後，整個倫敦嘩然，詩人的敵人和反動派都對他展開猛烈的抨擊，有的報紙甚至建議對他提出刑事訴訟。

哭吧，——因爲是美德在流淚——
　這對多難的島國是個吉兆！
將來對你的每一滴眼淚
　你的人民會報以微笑。

一八一二年三月

《反對破壞機器法案》制訂者頌[20]

一

哦，E勳爵[21]辦法高明！R男爵想得更妙！

---

[20] 本詩匿名發表在1812年3月2日的《晨報》上，正值英國政府力圖鎮壓工人運動——即路德分子破壞機器運動的時候。由於英國資產階級學者的階級偏見，這首戰鬥性極强的詩一直未被收入《拜倫全集》，直到1880年才初見於集中。

[21] E勳爵認為諾丁漢的暴動起於一種「錯誤」。

有了你們這種議會，不列顛一定興隆；
還有郝克斯倍里、哈羅比幫你們治理，
他們的藥方是先殺人然後再糾正
那些惡徒；唔，織工們都變得非常刁難，
要求什麼救濟，爲了慈善的緣故——
那就將他們成堆絞死在工廠外吧，
這樣一來，豈不立刻制止了「錯誤」。

二

壞蛋們走投無路，也許就去搶劫，
那些賤種一定沒有什麼東西吃——
因此，假如誰打碎紗軸就被絞死，
那將節省下政府的錢糧和肉食；

製造人總比製造機器容易——
長統襪子也比人命更爲值錢，
舍伍德㉒的一列絞架使景色增光：
我們的商業，我們的自由前途無限！

三

近衛兵團，志願軍人，首都警察廳，
國法都動員起來，緝捕可憐的織工，
還有二十二團步兵，幾十艘軍艦，
兩三名法庭的文官幫助上絞刑；
有些勳爵，確實，願意把法官喚來

㉒地名，在諾丁漢郡。

聽聽他們的意見；但是現在不必了，
因爲利物浦不甘於這樣的讓步：
所以，如今他們不經法官就被幹掉！

四

很多人一定已經感覺驚詫了：
在飢荒遍野，窮人呻吟的地方，
爲什麼人命還不值一雙襪子，
而搗毀機器竟至折斷了骨頭？
如果事情是這樣發展，我相信，
（誰不願意存著這樣一個希望？）
那些蠢才的頸項一定先被打斷，
假如人家要援救，卻把絞繩給送上。

溫莎的詩藝㉓

聞攝政王殿下在溫莎王陵墓穴中立於亨利八世及查理一世的棺木之間有感而作。

查理没有頭，旁邊是亨利没有心㉔，

㉓本詩諷刺當時尚爲攝政王的喬治四世，以手抄稿流傳。喬治不但是極反動的統治者，而且對自己的父親、妻子、女兒都極冷酷。他和妻子的惡劣關係成爲當時的笑柄。詩中所托的事件爲：1813年，喬治（即攝政王）在修築溫莎王陵時，發現查理一世（17世紀）和亨利八世（16世紀）被葬在同一個墓穴中。攝政王即於4月1日親臨墓穴，監督將查理一世的棺木開啟。

㉔查理因爲暴政爲人民所不容，被送上了斷頭臺。亨利也是暴君，因離婚而與教會決裂，自立英國國教。

他以破壞神聖的關係而著名；
在中間，站著另一個執王笏的東西，
它能動，治理國政，只少著國王的名義。

享利對不起妻子，查理對不起人民，
——在他身上卻復活了兩個暴君：
「死亡」和「公理」白白混合他們的灰燼，
這兩個皇家吸血鬼又獲得了生命。
唏，墳墓有什麼用處！——它又嘔出去
他們的血和塵土——揉成一個喬治。

拿破崙頌㉕

請拿來漢尼拔的屍灰甕，
稱一稱他的屍灰有多重：
難道就只是這些！

——玉外納

「尼波斯皇帝被元老院、義大利人民，以及高盧的各省所承認；人們極其頌揚他的道德的高尚和軍事才能；那些得到他的政府的恩澤的人用預言的口氣宣告說：公衆福利就要恢復了……由於不光榮的退位，他的生命又延續了幾年，處於一種微妙的境況，介於皇帝和流亡者之間，直到——」

——吉本：《羅馬帝國的衰亡》

㉕本詩寫於1814年4月拿破崙退位後。

一

完了，但昨天還是一個國君！
　並且有多少君王協助你爭戰；
而現在，你成了不屑一提的人，
你還活著，卻又如此卑賤！
這可就是那高踞萬邦的王，
曾把敵人的骸骨鋪滿大地上？
　他居然這樣苟延殘喘？
因爲他，曾被錯誤地叫作「晨星」，
呵，沒有人、也沒有魔鬼跌得這樣深。

二

你這個毒心漢！爲什麼要蹂躪
　那俯首屈膝的你的同種？
由於只看自己，逐漸變爲盲目，
　你使其他的人睜開了眼睛。
你威武有力，你可以挽救人民，
但是你，對於崇奉你的人們，
　你唯一的饋贈只是墳墓，
只有等你覆沒了，人們才看出
原來勃勃的野心比渺小還不如！

三

多謝這一課——深奧的哲理
　白白給人們不斷的教訓，
對於後世的將軍，這個事實
　比哲理的告誡更發人深省。
那符咒一旦在人的頭腦中
破碎了，就不會恢復完整，
　它不會再使人去崇拜
一座軍刀統治的玲瓏寶塔：
外貌是青銅，腳基是泥沙。

四

個人的勝算，虛名的傳揚，
　鬥爭中的興奮和狂喜——
震撼大地的勝利的喧囔，
　形成了你的生命的呼吸；
那刀劍，那王笏，和那統治：
彷彿人生來只該俯仰權勢，
　一切建立了你的聲譽——
一切都完了！陰暗的魔王！
你的回憶該充滿怎樣的瘋狂！

五

那掃蕩一切的，自落得悲淒！
　所向披靡的終於被擊倒！
那一向判決別人命運的
　現在爲了自己的命運討饒！
可是因爲東山再起的希望，
或者只因爲他害怕死亡，
　便使他如此逆來順受了？
死爲人君呢——還是生爲奴隸——
你大膽的抉擇實在不夠榮譽。

六

古時候，那劈裂橡樹的人㉖
　並沒有想到樹幹的反擊：
他被夾於他所伐的樹身，
　四面環顧——只有他自己。
你呵，在你威力鼎盛之時，
終於作下了同樣愚蠢的事，
　但你遇到更壞的運氣：
他倒下，作了林中野獸的食品，

㉖古希臘有勇士米羅，在奧林匹克角鬥競賽中曾6次獲獎。傳說他曾背負活牛繞場一周，以後於一日內將它吃光。他以手劈樹，爲樹身所夾，不能脫身，終於爲狼所食。

而你卻必須啃噬自己的心！

七

有過一個羅馬人㉗，他曾以
　羅馬的血把心火止熄，
於是扔下了匕首，他敢於
　在放肆以後，隱退鄉里——
呵，曾給人們以這樣的重軛，
而又這樣被人們輕輕放過，
　他竟敢於輕蔑地離去！

㉗指公元前1世紀羅馬的執政官蘇拉。他實行獨裁恐怖統治，殺死議員近二百人，武士近三千。公元前79年退職，返回自己的田莊，過著奢靡的生活。

只有那一刻他算得光榮：
放棄了權，無權而仍受尊重。

八

有過一個西班牙的統治者㉘
不再爲權力的欲望所鼓舞，
他拋開了王冠，捨去帝國，
　為了一間密室，一串念珠；
在念珠上有嚴格的計算，
在教義上有微妙的爭端，

㉘指西班牙王查理五世。他在 1555 年將王冕讓與其弟斐迪南，王位讓與其子菲利浦，隱居寺院中，過著刻苦的僧人生活。

　他的晚年不算虛度。
然而，更好是：假如他從未體驗
暴君的寶座，迷信者的神龕。

九

但是你呵——那震懾人的雷電
　已從你不情願的手裡奪走——
你辭卻了統帥，卻未免太晚，
　你執迷不悟使你不肯放手。
既然你是一個惡煞兇神，
又怎能不令我們傷心。
　看到你的心是這麼發抖，
當我們想到上帝美好的世界

曾被如此卑微的東西所蹂躪。

一〇

而大地曾爲他血流成河，
　只爲他得以保住自己的！
帝王爲了感謝他給的王座，
　也曾抖索地向他屈膝！
自由呵！我們該多麼珍愛你，
當你使你最強大的仇敵
　表現如此卑賤的畏懼。
有哪一個暴君能留給後世
一個更光輝而誘人的名字！

二二

你邪惡的事業是用血寫的，
　這樣寫出來並不枉然——
你的勝利再也談不上榮譽，
　它只深描出每種污點；
如果把你當光榮一樣痛惜，
那麼，另一個拿破崙就會躍起
　再來凌辱這個世間——
然而，有誰肯飛凌太陽的高度，
卻鋪下這樣沒有星光的夜幕？

三

放在天平上，英雄的屍身，
　和凡人的一樣卑賤，渺小；
呵，死亡！對於死去的人
　你的尺度同樣的公道。
然而我以爲：活著的偉人
總該能點燃高尚的感情，
　令人仰望而驚嘆其崇高；
卻從沒有料到，「輕蔑」竟能
對世界的征服者如此戲弄。

一三

而她，奧地利的悲哀的花朵，
呵，你的帝室的新娘㉙，
她的心怎樣承受這痛苦的一刻？
她可還依在你的身旁？
是否她也得屈從，也得分嘗
你最近的悔恨，長期的絕望，
你黜免王位的殺人狂？
珍愛她吧，如果她還愛你，
她是配得上你的王冠的珠玉。

㉙指瑪麗·路易絲，拿破崙在1810年和她結婚。1814年拿破崙即被迫退位。

一四

那麼，快去到你沉鬱的海島，
　你可以望著那一片海波；
你可以對著那個國度微笑——
　因爲它没有被你統治過！
或者，你的手既已閑暇，
可以在沙灘上隨意描畫，
　使大地也免於你的重軛！
現在，科林斯的那位學究㉚

㉚古希臘之敘拉古王戴奥尼沙二世（前395～約前343）以暴虐爲人民不容，放逐至科林斯，在那裡作教師維持生活。

已把他的綽號讓給你承受。

一五

呵，帖木兒！在他的俘虜籠中，㉛
　豈非有那麼一個俘虜
和你暴躁的囚居一息相通？
　他也想：「這世界曾屬於我！」
除非，像那個巴比倫的人，
失去了王冠就人事不省，
　生命不能老是扣留著

㉛帖木兒，14世紀蒙古的征服者。他曾將奧托曼帝國的統治者巴佳澤戰敗並俘虜之。「俘虜籠」指巴佳澤的囚居。巴佳澤曾佔據東羅馬帝國各省並圍攻君士坦丁堡，因此他在囚居中可能想到「這世界曾屬於我！」

那如此廣闊運行的意志——
這麼久被遵奉，又這麼沒價值！

一六

或者，像那個天庭的偷火賊㉜，
　你是否也經得住震驚？
你能否像他，永不被赦罪，
忍受他那岩石和惡鷹？
為上帝所遺棄，為人們所詛咒，
你的最後行徑㉝雖然不最醜，

㉜指希臘神話中的普羅米修斯。參見註58。
㉝傳說拿破崙在到達楓丹白露之晚曾與一女子有私。

　卻是魔鬼的一大嘲弄；
他被貶的時候沒有喪失榮譽，
如果是凡人，他會驕傲地死去！

一七

有過一個日子——有那麼一刻，
　大地是高盧㉞的，而高盧屬於你，
如果那時候，不等享受太多，
　你就放下這無限的權力，
那一舉給你帶來的美名
會勝過馬倫哥㉟傳揚的英名。

㉞高盧，古地名，包括義大利北部、法國、比利時、荷蘭、瑞士及德國的一部分。後來，法國人被稱爲高盧人。

而在一次悠久的晚霞裡，
它會把你的沒落鍍上金色，
你的罪愆也只是浮雲掠過。

一八

但是你一定要粉墨登場，
你必須穿上紫紅的外衣，
彷彿那件愚蠢的皇裳
遮上胸口就能把往事忘記。
呵，那褪色的衣服哪裡去了？
還有金星，腰帶，盔上的羽毛，

㉟馬倫哥在義大利北部。1800年拿破崙在此擊敗奧軍。

　那你所喜歡佩帶的玩具？
呵，喜愛帝國的虛榮的頑童！
你的玩具是否都無影無蹤？

一九

望著偉人，我們疲倦的眼睛
　在哪裡可以停下？
哪裡才沒有罪惡中的光榮
　和不卑鄙的國家？
是的，有一個，絕後，空前，
能比辛辛內塔斯㊱之賢，
　連嫉妒也不敢對他
泄憤，他的名字是華盛頓㊲，

只有他的美德才使人臉紅。

㊱辛辛內塔斯，公元前5世紀時羅馬政治家。他在家犁地時被召去率軍殺敵，以拯救羅馬；在以16天完成任務後，仍回到田裡從事耕種。他被認爲是正直和勤儉的象徵。

㊲喬治·華盛頓（1732～1799），美國獨立戰爭（1775～1783）中的統帥，後任美國第一任總統。

致伯沙撒㊳

伯沙撒！放棄你的華筵吧，
　別在情欲熾熱的時候滅亡；
看！就當那輝映的牆，銘刻的字
　還在你的面前燃燒，閃亮，
有許多暴君的加冕和塗油，
　人民誤以爲是上天的旨意；

㊳據《聖經·舊約全書·但以理書》第5章，巴比倫最後一個國王伯沙撒宴請一千名大臣，將他父親尼布甲尼撒從耶路撒冷掠奪來的金銀器皿拿來使用。宴會中，牆上忽然現出預言他滅亡的文字。這首詩取材於這個故事。參見註㊹。

然而你，最弱，最壞的一個——
　那裡豈不寫著：你必得死去？
去吧！把你額前的玫瑰丢開——
　那花兒和白髮編不到一起；
青春的花環繞在你頭上，
　比你那王冠還更不適宜，
你已經玷污了每一顆明珠：
　最好拋開你那廉價的玩具，
被你戴著連奴隸都會輕蔑；
　和更好的人學習怎樣死去！

呵，很早就在天平上稱過了：
　你言語輕微，沒一點品德，
你的靈魂在青春凋零以前
　就枯萎了，留給你泥土一撮。

看見你，輕蔑你的人會失笑，
　而「希望」則會掉開頭哭泣——
他傷心何以有你這樣的人，
　不適於統治，生存，或者死去。

一八一五年二月十二日

她走在美的光彩中

一

她走在美的光彩中，像夜晚
　皎潔無雲而且繁星滿天；
明與暗的最美妙的色澤
　在她的儀容和秋波裡呈現：
耀目的白天只嫌光太強，

它比那光亮柔和而幽暗。

二

增加或減少一分明與暗
　就會損害這難言的美，
美波動在她烏黑的髮上，
　或者散佈淡淡的光輝
在那臉龐，恬靜的思緒
　指明它的來處純潔而珍貴。

三

呵，那額際，那鮮艷的面頰，
　如此溫和，平靜，而又脈脈含情，
那迷人的微笑，那容顏的光彩，
　都在說明一個善良的生命：
她的頭腦安於世間的一切，
　她的心充溢著真純的愛情！

野羚羊

一

小小的野羚羊在猶大㊴山上
　還歡快地跳個不休，
它飲水就隨便來到一條

㊴猶大，古代巴勒斯坦南半部的名稱。《聖經》故事中出賣耶穌的人也叫猶大。

聖地上的潺潺的溪流，
它輕捷的腳和明亮的眼睛
在野性的喜悅中任意巡行——

二

猶大看過同樣輕捷的腳步，
也閃過更亮的眼睛；
在她那一度歡愉的景色中
居住過更秀麗的居民。
黎巴嫩的杉木還在搖擺，
但猶大的苗條的少女卻不在！

三

那平原上生長的每株棕櫚
　都比以色列的人民更幸運；
因爲，它在那兒紮了根，
　就孤立而優美地生存；
它不能離開它出生的地方，
它不肯改換另一種土壤。

四

但我們必得枯萎地遊蕩，
　終於在異地裡死去；
我們祖先的骨灰所埋的地方，
　不容我們在那裡安息：
我們的廟堂没剩下一角石牆，
「嘲笑」坐在撒冷㊵的王座上。

㊵撒冷，耶路撒冷的古稱。

耶弗他的女兒㊶

一

既然我們的國家，我們的上帝，
噢，父親！都要你的女兒死亡，

㊶耶弗他是古代以色列的士師。他曾應基列的長老之請，率衆抵抗亞捫人的入侵，終於獲勝。但在勝利前他向耶和華宣誓，將以回國時遇到的第一個從家門出來的人獻上爲燔祭。勝利歸來時，不料他唯一的女兒拿著鼓跳舞出來迎接他。他撕裂自己的衣服，大叫哀哉，但又認爲不能違背誓言。他的女兒請求和女伴在家鄉的山中哀悼自己的命運兩個月，然後慷慨犧牲了自己。見《聖經·舊約全書·士師記》第11章。

既然你用誓言取得了勝利——
請用刀刺進我袒開的胸膛！

二

於是我的悲慟不再發出聲音，
故鄉的山峯不再有我的足跡：
哦，是我所愛的手使我喪命！
我不會痛苦於你的那一擊！

三

相信吧，我的父親！相信這句話：
你的孩子的血是純淨的，
它和我祈禱的福澤一樣無瑕，
它純淨有如我最後的思緒。

四

別管撒冷的少女的悲嘆聲，
英雄和法官呵，任她們哀求！

我已經爲你贏得偉大的戰爭，
我的父親和祖國獲得了自由！

五

等你賦與的血液已經流完，
等你所愛的這聲音沉寂了，
讓我留下的記憶使你心歡，
別忘了我死的時候含著笑！

我的心靈是陰沉的

一

我的心靈是陰沉的——噢，快一點
　彈起那我還能忍著聽的豎琴，
那纏綿的聲音撩人心弦，
　讓你溫柔的指頭彈給我聽。
假如這顆心還把希望藏住，

這樂音會使它癡迷得訴出衷情；
假如這眼睛裡還隱蓄著淚珠，
它會流出來，不再把我的頭灼痛。

二

但求你的樂聲粗獷而真摯，
也不要先彈出你歡樂的音階，
告訴你，歌手呵，我必須哭泣，
不然，這沉重的心就要爆裂；
因爲它曾經爲憂傷所哺育，
又在失眠的靜寂裡痛得久長；
如今它就要受到最痛的一擊，
使它立刻碎裂——或者皈依歌唱。

我看過你哭

一

我看過你哭——一滴明亮的淚
　湧上你藍色的眼珠；
那時候，我心想，這豈不就是
　一朵紫羅蘭上垂著露；
我看過你笑——藍寶石的火焰

在你之前也不再發閃；
呵，寶石的閃爍怎麼比得上
你那一瞥的靈活的光線。

二

彷彿是烏雲從遠方的太陽
得到濃厚而柔和的色彩，
就是冉冉的黃昏的暗影
也不能將它從天空逐開；
你那微笑給我陰沉的腦中
也灌注了純潔的歡樂；
你的容光留下了光明一閃，
恰似太陽在我心裡放射。

你的生命完了

一

你的生命完了，你的名聲開始；
　你的祖國的樂曲會記住
她的優秀的兒子的勝利，
　他的寶劍所經歷的殺戮！
他所作的事蹟，他贏的戰爭，

還有他怎樣把自由恢復！

二

雖然你倒下了，只要我們自由，
　你就不至於嚐到死亡！
從你身上流出的高貴的血
　沒有灑在泥裡，爲人遺忘：
它正在我們的血管裡流，
　你的精神活在我們的呼吸上！

三

你的名字，對我們攻擊的大軍，
　將是一句戰鬥的口號！
你的覆滅成了合唱的主題，
　將爲少女的歌聲所繚繞！
哭泣不能表揚你的光榮：
　我們用不著爲你悲傷，哀悼。

掃羅王最後一戰之歌㊷

一

戰士和酋長們！如果弓箭和利刃
在我率領主的大軍時刺進我的心，

㊷掃羅王將以色列各族團結成爲一個國家。他是以色列的第一個國王。他最後與非利士人作戰，受了箭傷，自殺身死。他的故事詳見《聖經・舊約全書・撒母耳記上、下》。

別理會我的屍體，儘管我是國王，
要把你們的鋼埋進迦特㊸人的胸膛！

二

還有，無論誰拿著我的鐵弓和盾，
假如掃羅的士兵不敢正視敵人，
那時就把我的血屍陳在你的腳下，
讓這命運是我的，假如他們害怕。

㊸迦特，非利士人的城市。非利士人的首領亞吉被稱做迦特王。

三

和一切人告別了，但不能和你分離，
哦，我心愛的兒子，我王室的後繼！
這王冠是燦爛的，王權將廣闊無邊，
否則，今天就是死，讓我們死得莊嚴！

伯沙撒的幻象㊹

一

巴比倫王在王座上，
　節度使擠滿了大廳，
一千盞明亮的燈光
　照耀著盛大的宴飲。
一千盞金質的酒盅

在猶大聖名傳揚——
耶和華的器皿盛著
瀆神的邪教徒的酒漿！

二

在那一刻，在大廳中，

㊹伯沙撒是巴比倫的迦勒底人最末一朝國王，其朝代約當公元前555——前538年。波斯人及瑪代人破城時，被虜殺。《聖經·舊約全書·但以理書》記載他在滅亡之前看見神異的幻象。大意是，他正在和一千名大臣設宴飲酒時，忽見有人手的指頭顯現，寫在王宮裡粉飾的牆上，與燈臺相對。他立刻驚惶變色，找星相術士來認那牆上的字，最後被但以理認出。「所寫的文字是彌尼，彌尼，提客勒，烏法珥新。講解是這樣的：彌尼，就是上帝已經數算你國的年日到此完畢。提客勒，就是你被稱在天平裡顯出你的虧欠。烏法珥新，就是你的國分裂，歸於瑪代人和波斯人。」（見《但以理書》第5章第25節）當夜伯沙撒即被殺。

有一隻手伸出，
手指在牆上描畫，
彷彿是在沙上行書；
是一個人的指頭——
呵，一隻孤獨的手
像一根魔杖沿著
文字的花紋行走。

三

國王見了，打個寒噤，
命令歡樂別再繼續；
他的臉色失去了血色，
他的聲音在顫慄。

「把有學識的人叫來，
　讓最聰明的人解釋
這破壞皇家歡樂的
　是什麼恐懼的文字。」

四

迦勒底的卜人雖好，
　對於這卻沒有本事，
那些文字仍可怕地
　擺在那兒，不爲人知。
巴比倫的老年人
　都有智慧而且淵博；
但是現在他們看了——

都不能再成爲聖者。

五

國中有一個俘虜，
　是一個異域的青年，
他聽到國王的指令，
　他看出那文字的真言。
周圍有輝煌的燈臺，
　預言就在燈光之下；
他當夜把它讀過了，
　次日證明一切不假。

六

「伯沙撒墓已經掘好，
　他的王國已經傾覆；
他被天平稱了一稱，
　不過是卑賤的泥土。
他的王袍只是屍衣，
　他的華蓋是石垛，
瑪代人就在他門前！
　波斯人登了他的王座！」

失眠人的太陽

呵，失眠人的太陽！憂鬱的星！
有如淚珠，你射來抖顫的光明
只不過顯現你逐不開的幽暗，
你多麼像歡樂追憶在心坎！
「過去」，那往日的明輝也在閃爍，
但它微弱的光卻沒有一絲熱；
「憂傷」盡在瞭望黑夜的一線光明，
它清晰，卻遙遠；燦爛，但多麼寒冷！

在巴比倫的河邊我們坐下來哭泣

一

在巴比倫的河邊我們坐下來
　悲痛地哭泣，我們想到那一天
我們的敵人如何在屠殺叫喊中，
　焚燬了撒冷的高聳的神殿；
而你們，呵，她淒涼的女兒！

你們都號哭著四處逃散。

二

當我們憂鬱地坐在河邊
　看著腳下的河水自由地奔流，
他們命令我們歌唱；呵，絕不！
　我們絕不在這事情上低頭！
寧可讓這隻右手永遠枯瘦，
　但我們的聖琴絕不爲異族彈奏！

三

我把那豎琴懸掛在柳梢頭，
　噢，撒冷！它的歌聲該是自由的；
想到你的光榮喪盡的那一刻，
　卻把你的這遺物留在我手裡：
呵，我絕不使它優美的音調
　和暴虐者的聲音混在一起！

西拿基立的覆亡㊺

一

亞述王來了，像突襲羊羣的一隻狼，
他的大軍閃著紫色和金色的光，

㊺西拿基立，亞述國王，其朝代爲公元前705～前681年。他的覆亡故事在《聖經·舊約全書·列王紀下》第19章中有記載。

他們矛戟的閃爍像是海上的星星，
當加利利㊻的藍色的波濤在夜裡翻騰。

二

在日落的時候，看那大軍遍野的旗幟
有如綠色的盛夏時森林的葉子，
呵，有如森林的葉子，當秋風蕭蕭吹起，
次日一早，那大軍已枯萎地橫陳一地。

㊻巴勒斯坦北部的湖。

三

因爲死神在這狂瀾上展開了翅翼，
它飛翔著，對著敵人的臉輕輕吹噓，
那些垂死人的眼睛於是木然變冷，
他們的心只跳了一下，便永遠沉靜。

四

戰馬也躺在地上，大大張著鼻孔，
但已没有驕傲的呼吸在裡面流動；

由喘息所發的白沫還留在青草上，
冰冷的，像是潑濺在岩石上的波浪。

五

那騎馬的壯士也躺著，蒼白而曲扭，
他的眉頭凝著露珠，鎧甲生了鏽；
軍帳靜悄悄的，旗幟沒有人理會，
矛槍沒有人舉起，軍號也沒有人吹。

六

而亞述的寡婦們在高聲哀號，
太陽神宇㊼中的偶像都已破碎，傾倒；
這異教的武力沒有等到交鋒，
已在上帝的一瞥下，像雪似的消融。

㊼亞述人為異教徒，信奉太陽神。

樂章

哦，淚之泉，你神聖的源流
出於一個多情的靈魂：
誰要能從心裡湧出你，
女仙呵，他將四倍的快樂。
——格雷：《詩》

一

世間哪有一種歡樂能和它拿去的相比，
呵，那冥想的晨光已隨著感情的枯凋萎靡；

並不只是少年面頰的桃紅迅速地褪色，
還未等青春流逝，那心的花朵便已凋落。

二

在快樂觸礁的時候，有些靈魂浮越過重創，
接著會被沖到罪惡的沙灘，縱欲的海洋；
他們的航程失去指針，或只是白努力一番，
他們殘破的小舟再也駛不到指望的岸沿。

三

於是有如死亡降臨，靈魂罩上致命的陰冷，
它無感於別人的悲哀，也不敢作自己的夢，
一層厚冰凍結在我們淚之泉的泉口上，
儘管眼睛還在閃耀，呵，那已是冰霜的寒光。

四

儘管雄辯的唇舌還閃著機智，歡笑在沸騰，
這午夜的春宵再也不能希冀以往的寧靜，

就好像長春藤的枝葉覆蓋著傾圮的樓閣，
外表看來蔥翠而清新，裡面卻灰暗而殘破。

五

哦，但願我能有從前的感覺，或者復歸往昔，
但願我還能對許多一去不返的情景哭泣；
沙漠中的泉水儘管苦澀，但仍極爲甘美，
呵，在生命的荒原上，讓我流出那種眼淚。

拿破崙的告別（譯自法文）㊽

一

別了，這片土地。在這裡，我的榮譽的暗影
躍升起來並且以她的名字籠罩著世界——
如今她遺棄了我，但無論如何，我的聲名

㊽這首詩僞託「譯自法文」，實係拜倫的創作。

卻填滿她最光輝或最齷齪的故事的一頁。
我曾經和一個世界爭戰，我所以被制伏
只因爲太遙遙的勝利的流星引誘了我；
我曾經力敵萬邦；因此，儘管我如此孤獨
還是被畏懼，這百萬大軍的最後一個俘虜。

二

別了，法蘭西！當你的王冠加於我的時刻，
我曾經使你成爲世界的明珠和奇蹟；
然而你的羸疾使我罷手，終於看你落得
仍如我初見的那般：國光失色，身價掃地。
呵，想一想那些久經戰鬥的雄心枉然
和風暴搏擊，他們也一度勝利在戰場；

那時呵，那巨鷹，它的目光已盲無所見，
卻還在高傲地飛翔，凝望著勝利的太陽！

三

別了，法蘭西！然而，如果自由再次躍升，
在你的土地上重整旗鼓，那時記著我。
在你幽深的山谷中，紫羅蘭仍舊在滋生；
儘管乾枯了，你的淚水會使它綻開花朵。
而且，而且我還會挫敗百萬大軍的包圍；
也許聽見我的聲音，你的心又一躍而醒——
儘管鎖鏈縛住了我們，但有些環必能打碎，
那時候呵，轉回頭來：召喚你擁戴的首領！

一八一五年七月二十五日

譯自法文的頌詩㊾

一

我們並不詛咒你，滑鐵盧㊿！
儘管自由底血灑上你，像朝露；

㊾本詩僞託譯自法文，以避開英國統治階級的敵視。有的選本篇名爲《滑鐵盧頌》。

㊿滑鐵盧在比利時北部，拿破崙在此最後一役中一敗不起。

血儘管灑了，卻沒有白遺棄——
它又從每個充血的軀幹升起，
彷彿是從海洋接來的水龍，
以一種越來越有力的洶湧
它騰躍，翱翔，散入空氣裡，
和拉貝杜瓦耶⑸的血溶在一起；
它和那睡在光榮的墓中、
被視爲「勇中之大勇」的血交融。
一片血紅的彩雲在空中閃亮，
但它就回到它所來自的地方，
等濃密的時候，它會爆裂，
你從未聽過的劈雷一響
就會以奇蹟震撼著世界；
那時呵，耀目的，照滿了天，

⑸拉貝杜瓦耶，忠於拿破崙的將軍。拿破崙自厄爾巴島逃出後，他首先帶領一團人來歸。失敗後，爲聯軍處死。

是我們從未看過的電閃！
正如古代的聖者和卜人
曾經預言要降茵蔯星，52
天空會降下冰雹和火焰，
河流將變爲血海一片。

二

首領覆沒了，並非由於你們，

52據《聖經．新約全書．啟示錄》第八章記載，「第一位天使吹號，就有雹子與火攙著血丟在地上，地的三分之一和樹的三分之一被燒了……第二位天使吹號，就有彷彿火燒著的大山扔在海中，海的三分之一變成血。……第三位天使吹號，就有燒著的大星，好像火把一樣，從天上落下來，落在江河的三分之一，和衆水的泉源上，這星名叫茵蔯。衆水的三分之一變爲茵蔯。因水變苦，就死了許多人。」茵蔯亦名艾草，是一種苦味的草。

滑鐵盧的勝利的將軍！
如果那個帶兵的公民53
不對他的同胞發號施令
（除非是在他們獻身的事業中，
榮譽對自由之子露著笑容），
即使暴君結成伙，誰又能
和那個年輕的首領爭勝？
誰能對敗績的法國誇耀，
如果不是暴政將她領導？
如果不是爲野心所慫恿，
在君王身上沉没了英雄？
於是他倒了——一切付諸東流，
誰甘心衆人作一個人的馬牛！

53 即拿破崙。

三

還有你，以雪白翎毛揚名的人㊾！
你的國土拒絕給你墓穴葬身；
你不如仍舊率領法國
和那一羣雇佣兵肉搏，
何必爲了可鄙的皇家名目，
把自己出賣給死亡和恥辱？
呵，那頭銜，你一度用血取得，

㊾指缪拉。他是拿破崙最親信的將領，屢次在戰場上獲勝，最後被封爲那不勒斯國王。在戰場上，他的頭盔有白翎毛一根，常爲士兵在戰鬥中前進的標誌。拿破崙在滑鐵盧失敗後，他曾與聯軍妥協。但在拿破崙自厄爾巴島逃出後，他又投入戰鬥，並被擊敗，1815年10月被處死。據説他的屍身曾被人掘出焚毀。

如今又落在拿波里的王座。
你怎會想到，當你跨著戰馬
　　從行列衝出，勇往直前，
　像一條河流泛出了河岸，
當互擊的軍刀，劈裂的頭甲，
都紛紛在你身邊一掠而過——
你怎會料到這最後的結果？
可是你那驕傲的翎毛
被奴隸狡獪一擊擊倒？
想當年——彷彿月亮吸著海潮，
它滾過半空，是戰士的嚮導；
在那硝煙製造的夜晚，
望過那片黑壓壓的爭戰，
士兵在尋找，擡起眼睛，
看到他頭盔的羽毛在上升——
而當那枝羽毛朝前躍起，

他的心也向著敵人撲去。
凡是死底陣痛最劇烈的地方，
　只要哪裡，那進軍的大旗——
巨鷹的火似的翎毛在飄揚，
　而下面的殘骸最爲狼藉，
（如果她得到風雲的助長
　誰能夠攔住她的翅膀，
當她的胸膛閃射著勝利？）
只要哪裡，敵陣的缺口
　被打開，敵人從平原逃去；
那裡一定是繆拉在戰鬥！
　但如今呵，他已不再攻擊！

四

踩著熄滅的光榮，侵略者在行進，
「勝利」對著每座夷平的拱門悲慟；
但是呵，讓「自由」仍舊歡樂，
讓她的歌聲充滿了情熱。
自然，如果她的手裡有劍，
我們更會加倍地頌讚。
已經兩次了，付過珍貴代價的法國
不會忘記她學來的「處世的一課」：
她的安全並不在於哪個
卡倍[55]或拿破崙的王座！

---

[55]雨果·卡倍在公元 987 年建立了法蘭克王朝，法國朝代的歷史自此開始。

而是需要平等的權利和法律，
心和手結合在偉大的事業裡。
她需要自由，就是上天
從人出生的那一天，
連同呼吸賜予他的權利
雖然「罪惡」要把它從地面抹去；
要伸出一雙凶殘而敗家的手
把國家的財富像沙子一樣拋；
讓人民的血像水似的流淌，
流進帝國的屠戮的海洋！

五

然而，心靈和理性，

以及人類的聲音
定會結合起來，一躍而起，
誰能夠抗拒這雄渾之力？
現在，寶劍已不再能制服人——
人可以死——但死不了靈魂：
即使在這憂煩的世界裡
自由也何曾沒有後繼；
呵，千百萬人民都能繼承，
使自由的精靈永遠跳動——
她的大軍一旦再揭竿而起，
那些暴君敢不相信和顫慄？
他們可是對這種恫嚇失笑？
血紅的淚隨著就會來到。

一八一六年三月

樂章

没有一個美的女兒
富於魅力，像你那樣；
對於我，你甜蜜的聲音
有如音樂飄浮水上：
彷彿那聲音扣住了
沉醉的海洋，使它暫停，
波浪在靜止和眨眼，
和煦的風也像在作夢。

午夜的月光在編織

海波上明亮的鎖鏈；
海的胸膛輕輕起伏，
恰似一個嬰兒安眠：
我的心靈也正是這樣
傾身向往，對你聆聽；
就像夏季海洋的浪潮
充滿了溫柔的感情。

一八一六年三月二十八日

給奧古斯達的詩章㊺

一

雖然我的多事之秋已經過去，
　我命運的星宿也逐漸暗淡，

㊺這首詩（以及《書寄奧古斯達》）是拜倫離開英國不久，在日內瓦附近的戴奧達蒂寫成的。他和妻子密爾班克的充滿糾紛的結婚生活給他的敵人以更多誹謗的口實，處境惡劣到使他不得不離開英國，從此再也沒有回去。李夫人奧古斯達是他的異母姐姐，拜倫和她感情最篤，在他最痛苦的日子裡給他以同情和安慰。本詩就是詩人在回憶中寫出的。

你的柔情的心卻拒絕承認
　許多人已經看出的缺點；
雖然你的心熟知我的悲哀，
　它卻毫不畏縮和我分嘗；
呵，我的靈魂所描繪的愛情
　哪裡去找？除非是在你心上。

二

當我身邊的自然在微笑，
　這是唯一和我應答的笑意，
我並不認爲它有什麼詭譎，
　因爲那一笑使我想起了你；
當狂風向著海洋沖激，搏戰，

一如我曾信任的心之於我，
假如那波濤激起了我的感情，
那就是，爲什麼它把你我分隔？

三

雖然我的最後希望——那基石
動搖了，紛紛碎落在浪潮裡，
雖然我感覺我的靈魂的歸宿
是痛苦，卻絕不作它的奴隸。
許多種痛苦在追逐著我，
它們可以壓碎我，我不會求情，
可以折磨我，但卻不能征服，
我想著的是你，而不是那傷痛。

四

你人情練達，卻沒有欺騙我，
　你是個女人，卻不曾遺棄，
儘管我愛你，你防止使我悲哀，
　儘管受到誹謗，你卻堅定不移；
儘管被信賴，你沒有斥退我，
　儘管分離了，並不是藉此擺脫，
儘管注意我，並不要説我壞話，
　也不是爲使世人説謊，你才沉默。

五

我並不責備或唾棄這個世界，
　也不怪罪世俗對一個人的撻伐，
若使我的心靈對它不能讚許，
　是愚蠢使我不曾早些避開它。
如果這錯誤使我付出的代價
　比我一度預料的多了許多，
我終於發現：無論有怎樣的損失，
　它不能把你從我的心上剝奪。

六

從我的過去底一片荒墟中，
至少，至少有這些我能記憶，
它告訴了我，我所最愛的
終於是最值得我的珍惜；
在沙漠中，一道泉水湧出來，
在廣大的荒原中，一棵樹矗立，
還有一隻鳥兒在幽寂中鳴囀，
它在對我的心靈訴説著你。

一八一六年七月二十四日

書寄奧古斯達

一

我的姐姐！我親密的姐姐！假如有
比這更親更純的名稱，它該說給你；
千山萬水隔開了我們，但我要求
不是你的淚，而是回答我的情誼。
無論我漂泊何方，你在我的心頭

永遠是一團珍愛的情愫，一團痛惜。
呵，我這餘生還有兩件事情留給我——
或飄遊世界，或與你共享家庭之樂。

二

如果我有了後者，前者就不值一提，
你會成爲我的幸福之避難的港灣；
但是，還有許多別的關係繫住你，
我不願意你因爲我而和一切疏淡。
是乖戾的命運籠罩著你的兄弟——
不堪回首，因爲它已經無可轉圜；
我的遭逢正好和我們祖父的相反：
他是在海上，我卻在陸上沒一刻安然。

三

如果可以說，他的風暴是被我承當
在另一種自然裡，在我所曾經忽略
或者從未料到的危險的岩石上，
我卻忍受了人世給我的一份幻滅，
那是由於我的過失，我並不想掩藏，
用一種似是而非的托辭聊以自解；
我已經夠巧妙地使自己跌下懸崖，
我爲我特有的悲傷作了小心的領航員。

四

既然錯處是我的，我該承受它的酬報。
我的一生就是一場鬥爭，因爲我
自從有了生命的那一天，就有了
傷害它的命運或意志，永遠和它違拗；
而我有時候感於這種衝突的苦惱，
也曾經想要搖落這肉體的枷鎖：
但如今，我卻寧願多活一個時候，
哪怕只爲了看看還有什麼禍事臨頭。

五

在我渺小的日子裡，我也曾閱歷
帝國的興亡，但是我並沒有衰老；
當我把自己的憂患和那一切相比，
它雖曾奔騰像海灣中狂暴的浪濤，
卻成了小小水花的潑濺，隨即平息：
的確，有一些什麼——連我也不明瞭——
在支持這不知忍耐的靈魂；我們並不
白白地（即使僅僅爲它自己）販來痛苦。

六

也許是反抗的精神在我的心中
造成的結果——也許是冷酷的絕望
由於災難的經常出現而逐漸滋生，——
也許是清新的空氣，更溫煦的地方
（因爲有人以此解釋心情的變動
我們也無妨把薄薄的甲胄穿上），
不知是什麼給了我奇怪的寧靜，
它不是安詳的命運所伴有的那一種。

七

有時候，我幾乎感到在快樂的童年
我所曾感到的：小溪，樹木和花草
和往昔一樣撲到我的眼底，使我憶念
我所居住的地方，在我青春的頭腦
還没有犧牲給書本以前。我的心間
會爲這我曾經熟識的自然的面貌
而溫馨；甚至有時候，我以爲我看見
值得愛的生命——但有誰能像你那般？

八

阿爾卑斯在我面前展開，這片景象
是冥想的豐富的源泉；——對它讚嘆，
不過是煩瑣的一天中應景的文章；
細加觀賞卻能引起更珍貴的靈感。
在這裡，孤獨並不就令人覺得淒涼，
因爲有許多心願的事物我都能看見；
而且，最重要的是，我能望著一片湖
比我們家鄉的更秀麗，雖然比較生疏。

九

哦，要是能和你在一起，那多幸福！
但我別爲這癡望所愚弄吧，我忘記
我在這裡曾經如此誇耀的孤獨，
就會因爲這僅有的埋怨而洩了氣；
也許還有別的怨言，我更不想透露——
我不是愛發牢騷的人，不想談自己；
但儘管如此，我的哲學還是講不下去了，
我感到在我的眼睛裡湧起了熱潮。

一〇

我在向你提起我們家鄉可愛的湖水，
呵，湖旁的那老宅也許不再是我的。
萊芒湖㊿固然美麗，但不要因此認爲
我對更親密的故土不再嚮往和追憶：
除非是時光把我的記憶整個摧毀，
否則，它和它都不會從我的眼前褪去；
雖然，你們會和一切我所愛的事物一樣，
不是要我永遠斷念，就是隔離在遠方。

㊿即日內瓦湖。

二

整個世界在我面前展開；我向自然
只要求她同意給予我享受的東西——
那就是在夏日的陽光下躺在湖邊，
讓我和她的藍天的寂靜融和一起，
讓我看到她沒有面幕的溫和的臉，
熱烈地注視她，永遠不感到厭膩。
她曾是我早年的友好，現在應該是
我的姐姐——如果我不曾又向你注視。

三

呵，我能抹煞任何感情，除了這一個；
這一個我卻不情願，因爲我終於面臨
有如我生命開始時所踏進的景色：
它對我是最早的、也是唯一的途徑。
如果我知道及早地從人羣退縮，
我絕不會瀕臨像現在這樣的處境；
那曾經撕裂我的心的激情原會安息，
我不至於被折磨，你也不至於哭泣。

一三

我和騙人的「野心」能有什麼因緣？
我不認得「愛情」，和「聲譽」最沒有關係；
可是它們不請自來，並和我糾纏，
使我得到名聲——只能如此而已。
然而這並不是我所抱的最後心願；
事實上，我一度望到更高貴的目的。
但是一切都完了——我算是另外一個，
我以前的千百萬人都這樣迷惘地活過。

一四

而至於未來，這個世界的未來命運
不能引起我怎樣的關切和注意；
我已超過我該有的壽命很多時辰，
我還活著，這樣多的事情卻已逝去。
我的歲月並沒有睡眠，而是讓精神
保持不斷的警惕，因爲我得到的
是一份足以充滿一世紀的生命，
雖然，它的四分之一還沒有被我走盡。

一五

至於那可能來到的、此後的餘生
我將滿意地接待；對於過去，我也不
毫無感謝之情——因爲在無盡掙扎中，
除痛苦外，快樂也有時偷偷襲入；
至於現在，我卻不願意使我的感情
再逐日麻痺下去。儘管形似冷酷，
我不願隱瞞我仍舊能四方觀看，
並且懷著一種深摯的情思崇拜自然。

一六

至於你，我親愛的姐姐呵，在你心上
我知道有我，——如你佔據我的心靈；
無論過去和現在，我們——我和你一樣——
一直是兩個彼此不能疏遠的生命；
無論一起或者分離，都不會變心腸。
從生命的開始直到它逐漸的凋零，
我們相互交纏——任死亡或早、或晚，
這最早的情誼將把我們繫到最後一天！

一八一六年

普羅米修斯㊿

巨人！在你不朽的眼睛看來

一

㊿在希臘神話中，普羅米修斯是伊阿培塔斯巨人之子。他以泥土造人，而當他看到天神宙斯壓迫人類時，即從天上偷火賦予人間，並教人以種種藝術。宙斯除對人間加以報復外，更將普羅米修斯用鎖鏈綁在高加索山的岩石上，每日有巨鷹吃他的肝，每夜那肝又長出來。

人寰所受的苦痛
　是種種可悲的實情，
並不該爲諸神蔑視、不睬；
但你的悲憫得到什麼報酬？
是默默的痛楚，凝聚心頭；
是面對著岩石，餓鷹和枷鎖，
是驕傲的人才感到的痛苦；
還有他不願透露的心酸，
那鬱積胸中的苦情一段，
　它只能在孤寂時吐露，
而就在吐露時，也得提防萬一
天上有誰聽見，更不能嘆息，
　除非它没有回音答覆。

二

巨人呵！你被注定了要輾轉
在痛苦和你的意志之間，
不能致死，卻要歷盡磨難；
而那木然無情的上天，
那「命運」的耳聾的王座，
那至高的「憎恨」的原則
（它爲了遊戲創造出一切，
然後又把造物一一毀滅），
甚至不給你死的幸福；
「永恆」——這最不幸的天賦
是你的：而你卻善於忍受

司雷的大神逼出了你什麼？
除了你給他的一句詛咒：
　你要報復被縶身的折磨。
你能夠推知未來的命運，
　但卻不肯說出求得和解；
你的沉默成了他的判決，
他的靈魂正枉然地悔恨：
呵，他怎能掩飾那邪惡的驚悸，
他手中的電閃一直在顫慄。

三

你神聖的罪惡是懷有仁心，
　你要以你的教訓

減輕人間的不幸，
並且振奮起人自立的精神；
儘管上天和你蓄意爲敵，
但你那抗拒强暴的毅力，
你那百折不撓的靈魂——
天上和人間的暴風雨
怎能摧毀你的果敢和堅忍！
你給了我們有力的教訓：
你是一個標記，一個徵象，
標誌著人的命運和力量；
和你相同，人也有神的一半，
是濁流來自聖潔的源泉；
人也能夠一半兒預見
他自己的陰慘的歸宿；
他那不幸，他的不肯屈服，
和他那生存的孤立無援：

但這一切反而使他振奮，
逆境會喚起頑抗的精神
使他與災難力敵相持，
堅定的意志，深刻的認識；
即使在痛苦中，他能看到
其中也有它凝聚的酬報；
他驕傲他敢於反抗到底，
呵，他會把死亡變爲勝利。

一八一六年七月，戴奧達蒂

路德分子之歌[59]

你看那自由的孩子們在海上來去，
他們的自由是用血買來，好便宜，
所以，我們呀，兄弟，
或者戰死，或者自由地生活，
我們要打倒一切國王，除了路德！

等我們把自己織的布織完，

[59] 路德運動是英國19世紀初葉的工人運動，工人由於憤恨資本家的殘酷剝削，便起而破壞機器，由紡織工人肇其端，路德是這個運動的領導人。

等我們把織梭換成了利劍，
　我們就要把布匹
　向腳下的暴君擲去，
我們要把它染在他流出的血裡。

儘管那顏色黑得像他的心地，
因爲他的血管早爛成了污泥，
　可是暴君的血滴
　對我們就是朝露，
它會潤澤路德所種的自由之樹！

一八一六年十二月二十四日

好吧，我們不再一起漫遊

好吧，我們不再一起漫遊
　消磨這幽深的夜晚，
儘管這顆心仍舊迷戀，
　儘管月光還那麼燦爛。

因爲利劍能夠磨破劍鞘，
　靈魂也把胸膛磨得夠受，
這顆心呵，它得停下來呼吸，
　愛情也得有歇息的時候。

雖然夜晚爲愛情而降臨，
很快的，很快又是白晝，
但是在這月光的世界，
我們已不再一起漫遊。

一八一七年二月二十八日

致托瑪斯·摩爾⑥⓪

一

我的小船靠在岸邊，
　那隻大船停在海上，

⑥⓪托瑪斯·摩爾（1779～1852），愛爾蘭詩人，拜倫的好友。本詩是拜倫爲最後離開英國而寫的，雖然寫的時間在一年多以後。

在我行前，托姆・摩爾呵，㊶
　我祝飲你加倍健康！

二

愛我的，我致以嘆息，
　恨我的，我報以微笑，
無論頭上是怎樣的天空，
　我準備承受任何風暴。

㊶托姆（Tom）是托瑪斯（Thomas）的暱稱。

三

儘管海洋在身邊狂嘯，
　它仍舊會飄浮我前行；
儘管四周全是沙漠，
　也仍舊有水泉可尋。

四

即使只剩下最後一滴水，
　當我在井邊乾渴、喘息，

在我暈倒以前，我仍要
　為你的健康飲那一滴。

五

有如現在的這一杯酒，
　那滴水的祝詞也一樣：
祝你和我的靈魂安謐，
　托姆．摩爾呵，祝你健康！

一八一七年七月

莫瑞先生致函波里多里醫生[62]

親愛的大夫，我讀了您的劇作，
就一方面說，它自有其特色——
它能清洗眼睛，潤腸利便，
流的淚水足以把手帕濕遍；
您寫的災禍確能刺激心靈，
加速人的脈膊，撕裂人的神經，
悲哀得叫人肝膽欲摧，

---

[62]約翰·莫瑞（1778~1843）是與拜倫友好的出版商，拜倫的許多著作是由他出版的。波里多里是醫生兼作家，拜倫自稱最討厭他的作品。

從而提供了歇斯底里的快慰。

我喜歡您的説教和巧機關，
您的情節很利於布景變換。
您的對白是流暢而俏皮，
全劇的穿插費盡了心機；
男角在咆哮，女角只哭喊，
誰都刺殺誰，最後人人死完。
簡短説吧，您寫的悲劇
正是觀衆要看，要聽的東西；
至於拿它印刷來出版，
這一回我覺得不好來承擔，
倒不是我没有看到它的優點，
那確是一眼就能看穿；
而是——説來令人難過：如今
戲劇是藥，先生，僅僅是藥品！

我因爲《曼紐威》而本錢大虧，
希望不是每年都這麼倒霉。
索斯貝君的那本《奧瑞斯蒂》
（它已是作者的最得意之筆）
竟在手頭上積壓了這麼久，
我不再希望讀者會選購；
廣告也作了，但看看那存貨，
或者看看我的店伙的臉色：
還是伊凡呀，伊娜呀，等等破爛，
壓彎書架，塞滿了我的後院。
還有拜倫，有一度銷路較好，
最近他用信裹著寄來了
一篇什麼——說是戲吧，不像，
和「達恩雷」、「伊凡」、「克哈馬」一樣。
他的筆從去年就大爲減色，
多半威尼斯使他失魂落魄。

總之，先生，裡裡外外一合算，
我可不敢再次擔當風險。
匆匆寫此奉告，有錯請原諒，
馬車過街老是轟轟地響！
我的屋裡又擠——吉弗德在此
正和弗萊爾閱讀著稿子，
對我們將發表的一些文章
審查名詞和綴詞是否恰當。

還有季刊——唉，先生，假如您
要是有天才來一篇評論！
一篇對聖・海倫那的譏誚，
或者只在小範圍裡稍稍
提到那——可還是話歸本題吧，
先生，我剛才說到在我舍下——
我的屋子滿是騷客和詩人，

類如克萊伯、甘培、弗萊爾們，
還有的既不會唱，也不會俏皮，
不過只要披著文人的外衣，
從哈蘇德先生以至狗鄧特，
我一概歡迎來到我的寒舍。

今天我請了一些客人吃飯，
他們都憑機伶爬上了文壇；
克萊伯，馬爾科姆，漢米爾頓，
將嘗一嘗我廚房的出品。
他們此刻正在議論著
可憐的斯塔埃爾63最近的沉沒。
他們說，她的書超越了時代，

63斯塔埃爾夫人（Madame de Staël 1766~1817），法國作家，曾被拿破崙放逐，著有《法國革命雜思》，在她去世以後，始於1818年發表。

謝謝天，法國的真情得以大白！
這就是我們的時代和瞥議；——
可是，先生，再提提您那戲劇，
真對不起，先生，我不好承擔，
除非是奧尼爾先把它上演；
我兩手沾滿了，腦子太忙亂，
累得我半死了，總是頭昏眩，
這實情真是有口難言；
因此草率奉書，祝您一切順綏。
此致敬愛的大夫，

約翰・莫瑞。

一八一七年八月

致莫瑞先生

今代的斯垂漢，湯生，林托特，⑭
你是詩歌的出版家和保護者，
爲了你，詩人爭攀平都斯⑮的高坡，
　　呵，我的莫瑞。

毛羽未豐的作者們拿著手稿

---

⑭斯垂漢，湯生，林托特都是英國17、18世紀著名出版商，曾出過許多名家的詩。這裡拜倫將當時的出版家和書商莫瑞比作他們。

⑮平都斯山脈在希臘，此處意指「詩國」。

懷著希望和恐懼來向你求教，
你一切都給印——只有些能賣掉——
　　呵，我的莫瑞。

你的書臺鋪著如此綠的呢布，
最近一期的《季刊》在上面擺出，——
可是你的新雜誌怎麼蹤跡毫無？
　　呵，我的莫瑞？

在你最漂亮的書架上炫耀著
一些你視爲最神聖的著作——
其中有《精調食譜大全》，還有我，
　　呵，我的莫瑞。

遊記，旅行，小品，我想還有宣教，
一切都拿到你這裡來「生財有道」，

當然你還有《海軍人名册》待銷，
呵，我的莫瑞。
上天垂鑒，我還不能結束話題
而不在這裡提出「經度測量局」，
雖然這張狹紙條已不允許，
呵，我的莫瑞。

一八一八年三月二十五日，威尼斯

威尼斯頌⑥⑥

一

威尼斯呵，威尼斯！等你的大理石牆
坍塌到和海水的平面一樣高，

⑥⑥義大利北部的威尼斯在拿破崙時代曾是共和國，在歷史上以海上的商業城市興盛富強，1815年後淪爲奧國的屬地。

那時世人將對你傾圮的樓閣悲傷，
　茫茫的海波將回蕩高聲的哀悼！
假如我，一個北國遊子，尚爲你哭泣，
你的子孫該如何？當然絕不是哭，
可是他們只知在昏睡之中夢囈。
若是和他們的祖先比，這是一片污泥，
是由海水退潮淤積的綠濕的沼地；
而那是春潮的泡沫的飛騰沖激，
能使舟子翻船，把他一沖沖上岸：
祖孫的對比就如此：而今像螃蟹般，
他們在頹敗的街頭爬行和蹲伏。
多麼痛心！多少個世紀竟養育不出
更成熟的收穫！呵，一千三百年來
富強甲天下，只落得眼淚和塵埃；
陌生的來客看到的每一個碑記，
教堂，宮殿，石柱，都像在對他哀泣；

連那石獅子也像是非常馴服，
那敲打得刺耳的野蠻人的鼓
每天以它沉悶的粗糙的聲音
在水波上重覆著對暴君的呼應；
呵，那輕柔的水聲一度多麼和諧，
在月光下飄送著結隊的遊艇的歌，
又沒入快樂遊客的忙碌的喋喋：
這些人所從事的最大的罪過
不過是心跳得太快，歡樂得太多，
需要年歲來幫助他們把血液平息，
從而把他們拉出奢靡的情慾，
從感官之樂的洪流改弦易轍。
但這仍遠勝於那些陰暗的過錯，
像在世道衰亡時毒草遍於國土，
那時「惡習」恬不知耻，凶相畢露，
行樂成了瘋狂，殺人先露微笑；

「希望」不是別的，只是虛假的延誤，
是病人在死前一刻的廻光返照；
而昏迷，被「痛苦」產生的最後惡子，
和四肢的麻木，那沉悶的開始
（是一場冰冷而力不能敵的競爭
在人體內開始，使死亡終於獲勝），
在血管和脈搏裡一點點襲入，
但對太痛楚的泥坯又如此舒服，
他感到好像是他的生息在更新，
自由成了他對鎖鏈的麻木不仁；
於是他談生活，談到他的精神
又感到如何翺翔，儘管已疲憊不堪；
談到他要移地更換新鮮的空氣，
卻不知他低語時，他正在喘息，
也不知那瘦手已感不到握著什麼，
就這樣，一層霧障在他身上鋪落；

他的腦海旋轉又旋轉，各種陰影
匆促地閃過，他想抓又抓不住，
最後格咯一聲，阻塞了他的喉嚨，
一切是冰冷和黑暗——歸於泥土，
就是我們出生以前的那一虛無。

二

各國有什麼希望！——只要看一看
　幾千年的史冊——那日常的景象，
那每一時代的盛衰和往復循環；
　那永遠的「現在」，新出現的「既往」，
從未教給我們什麼，或者很少；
我們所依靠的終於在身下爛掉，

我們白白費力氣與空氣角鬥，
因爲是我們的本性把我們擊倒了；
每小時内爲筵席而屠宰的牲口
也是同等高的生命——而他們卻要
被人驅趕著走去，儘管去被殺戮。
世人呵，你們爲國王們血流如注，
他們給了你們的子孫什麼報酬？
那就是繼承你們的奴役和災難，
一種盲目的契約，給的雇金是皮鞭。
請看！那火熱的犁頭豈不在炙手！
你們被它絆著受盡無用的苦難，
還以爲這樣效忠是鐵證如山；
親吻著那使你們受傷的手，
驕傲於你們踩著火紅的鐵棍走！
然而祖先給你們留下的東西，
那自由而崇高的一切，受到時間

和歷史推薦的，是發自不同的主題，
你們看過、讀過、讚美而且慨嘆，
接著還是忍辱屈從，流血和流汗！
只有少數英傑，置一切於不顧，
而且更糟，挑起罪惡冒犯官府，
突然把監牢的牆轟然推翻，
並且渴望著啜飲自由的甘泉；
而人羣被多少世紀的乾旱所苦，
狂叫著，彼此踐踏把杯水爭奪，
因爲一飲能使沉重的枷鎖和痛楚
歸於遺忘，而他們曾久久地耕著
一片沙漠——假如能滋生黃谷，
那不是他們的，他們的頸項太低垂，
他們麻木的胃只能把痛苦反芻；
是的！只有少數人，儘管有些行爲
爲他們厭惡，但決不把偉大的鬥爭

和越出自然律的暫時衝動混淆，
後者像瘟疫，地震，只暫時逞凶，
以後就消逝了，山河依舊妖嬈，
只要幾個夏季就能把災害抵消；
城市和世代又興起，自由而美麗，
因爲，暴政呵，鮮花只會被你窒息！

三

光榮和帝國呵！一度高踞這城垛
還有自由——你們神聖的三位一體！67
當威尼斯成爲舉世天驕的時刻，

67 這裡影射和自由對立的「神聖同盟」三個國家（俄、奧、普），也是三位一體。

最強大的聯盟國也只能壓抑
而無法消滅她的精神；她的命運
籠罩著一切；歡宴的國君們熱愛
他們的女主人，怎樣也恨不起來，
儘管屈辱了她；許多人也和國君
感覺相同，因爲在世界各個角落，
她一直是航海者的偶像，連她的罪惡，
也是輕柔的一種，——本生於愛情，
她不嗜血，也不以戰死者自肥，
只是無害的征服所到之處揚威，
十字架得以恢復了，以天主爲名
她的神聖的衞教之旗可以不斷
在大陸和邪教的新月之間招展；
呵，若是新月下降，隱沒，大陸盡可
感謝這被自己加以鐐銬的城邦；
聽！這鐵鐐聲正在他們耳邊震響，

而他們的自由之名之所以取得
正由於他光榮的鬥爭；但她只能
和他們分嘗一種共同的悲痛；
被稱爲一個敵對征服者的「王國」，
然而她知道——這能把誰騙得過？——
而且我們最知道：暴君總會把
一些鍍金的名詞拿來變戲法。

四

共和國的名稱從此成爲過去，
在呻吟的土地的三部分被抹掉；
威尼斯敗亡了，荷蘭屈就地接納
一個王位，並且忍受那件紫袍；[68]

確實還剩下自由的瑞士人獨自
漫行於無束縛的山間，但那也是暫時，
因爲暴政近來已變得異常狡黠，
它在適當的時刻就會一腳踏滅
我們的餘燼。有一個偉大的國度，
她蓬勃的子孫居於遠洋的另一隅，
育於自由的傳統，他們的先祖
曾爲自由而戰，並把它代代傳下去——
那是心和手的遺產，以獨特自誇，
但她的兒子們卻要對暴君的一呼
連連躬身，好像他那無意義的王笏
充滿著已破產的幻術的魔法。
另一個偉大的國度，無畏而自由，

---

(68) 1797年10月17日，法國拿破崙與奧地利簽訂坎波福米奧和約，其中有瓜分威尼斯共和國的條款。1806年，拿破崙任命他的弟弟路易·波拿巴爲荷蘭國王。

還莊嚴而不屈地高高昂著頭，
矗立在大西洋的遠方！她教導了
她的以掃弟兄們，看他驕傲的旗，
那阿爾比安⑲巉岩的水中樊籬，
竟能抗拒那些惡徒的血腥右手，
雖然他們曾把以血掙的權利買走。
但永遠更好的是，儘管血流成河，
讓每個人流吧，再流吧，那也勝過
讓血液在千萬條迂緩的血管裡
像被鎖住的運河那樣停滯、淤積；
又像夢遊的病人，才走上三步
便跌了一跤，還不如睡在墳墓：
那些被殲的斯巴達人至今還自由，
在德摩比利⑳的墓穴傲然揚首，

⑲見註⑤。

而優於癱瘓在泥沼；不然就飛翔
到海上吧，把一個支流滙進大洋，
把一個精英加入祖先們的靈魂，
給你，美洲呵，添上一個自由人！

⑩德摩比利隘口（即「溫泉關」），在希臘拉米亞附近，是希臘北部和中部交界處的一個通道。公元480年，斯巴達國王列奧尼達率希臘軍隊在這裡阻擊波斯帝國國王澤爾士一世率領的侵略軍。由於衆寡懸殊，並且由於一個希臘叛徒通敵，列奧尼達和三百名斯巴達戰士全部戰死。

詩節

一

如果愛情能永久
像河水一樣的流，
而時間的努力
也枉費了心機——
那就沒有一種樂趣

能和這相比；
我們會抱住這鎖鏈
像一筆財產。
但是我們的嘆息
並不止於奄奄待斃，
而且，是爲了飛翔
愛情豐腴著翅膀；
那麼，就讓我們愛戀
愛一季就完，
還得讓那一季以春天爲限。

二

當情人們告別

感到心兒碎裂，
一切希望都落空，
　只有死才成；
等他們老上幾年
也許又跟她見面，
呵，那心兒大大變冷，
　以前爲她而痛！
假如竟結合一起，
在任何種氣候裡，
他們會逐漸拔掉
愛底翅膀的羽毛——
愛會永遠停留，
但卻悲哀地顫抖，
他的羽翼沒了，當春天已經溜走。

三

有如政黨的首領，
行動是他的生命——
用一紙契約去限制
　他絕對的統治，
這滅了他的光榮，
當暴君已當不成，
他就輕蔑地離去
　這一國的領域。
他繼續、繼續進攻，
他的旗幟在飄揚，
爲了使權力加强，

他必須移動——
停下只使他乏味，
退卻會把他摧毀，
愛情可愛不了一個降級的王位。

四

癡心的情人，別等待！
歲月去了就不再來，
以後你就變冷靜
像做了場夢；
該趁著每人在哀怨
對方的缺點，
又是罵，又是憤怒，

一切都天翻地覆——
只要熱情剛剛低滅，
　還没有全完，
可不要等著取笑
把熱情摧殘，毀掉，
　只要一旦低滅，
愛底王朝就推翻，
那就友好地分手吧，說聲再見。

五

就這樣，依戀之情
會把那海誓山盟
恢復給你的記憶，

　帶一點歡喜：
你總算沒有等到
被人厭倦或憎恨，
你的熱情滿足了
　也開始膩人。
你最後一次的擁抱
沒留下冷酷的痕跡，
彼此多情的面孔
和過去也無不同，
而這場甜蜜的錯誤的
　明鏡——那眼睛
只露著喜悅——雖然是末次，卻並不寡情。

六

固然，硬是分開，
須得不只是忍耐，
還有怎樣的絕望
　在心頭滋長！
然而，若是繼續維持，
又怎麼樣？除了拴住
　一顆冷卻的心，
使它撲打監牢的門？
時光把愛變成膩味，
習慣也可把它摧毀；
愛情，這會飛的娃娃

只跟孩子玩耍——
你所感覺的痛苦，
儘管較深，卻較短促，
如果不把歡樂拖完，卻是中途打住

一八一九年十二月一日

警句

這個世界是一捆乾草，
　人類是驢子，拖著它走，
每個人拖的法子都不同，
　最蠢笨的就是約翰牛⑪。

⑪「約翰牛」是英國的綽號。

詠卡斯爾雷⑫

噢，卡斯爾雷！而今你成了愛國志士，
加圖⑬爲他的國家而死，你也如此；
他寧死而不願見羅馬不自由，
你呢，自抹脖子，而使不列顛得救！

---

⑫羅伯特·卡斯爾雷（1769~1822），英國外交大臣，在國內外執行反動政策，以後自殺而死。這首詩的原題爲《警句》（*Epigrams*）。

⑬加圖（西元前95~前46），指小加圖，古羅馬政治家，大加圖之曾孫。他反對凱撒，在得悉凱撒再勝於塔普斯時，自殺身死。

好，終於卡斯爾雷切斷了自己的喉嚨！
但糟糕的是，這不是他初次下手行凶。
好，終於他殺了自己！誰呀？是他！
就是他很早以前殺了他的國家。

約翰・濟慈[74]

誰殺死了約翰・濟慈？
「是我，」《季刊》說，
這麼野蠻，這麼放肆，
「這是我的傑作。」

誰射出了這一支毒箭？
「密爾曼，教士兼詩客」
（殺人竟如此不眨眼），

[74] 約翰・濟慈（1795～1821），英國詩人。他的作品受到惡意的抨擊，這加重了他的肺病，終於不治而逝。

也許是騷塞或巴羅。

一八二一年七月

致莫瑞先生

爲了瓦爾格瑞夫和《奧弗德》⑮，
你付的版稅比給我的多得多，
這可有失於公平待人的原則，
我的莫瑞。

因爲諺語有云：一隻活的狗
比起快死的獅子絕不差一籌；

⑮傑姆士·瓦爾格瑞夫是喬治三世作王子之時的教師，他著的回憶錄由莫瑞出版。《奧弗德》指郝瑞斯·華爾波爾所著有關喬治二世最後9年的回憶錄。

一個活動爵當抵得兩個屍首⑯，
　　我的莫瑞。
而且，如果當真像人們所說，
詩歌比散文的銷路還更廣闊，
那麼，我的稿費應該比他們的多，
　　我的莫瑞。
但現在，這張信紙快寫到底，
因此，如你同意，我可不能受欺，
如你不同意，那就見你的鬼去，
　　我的莫瑞。

---

⑯指喬治二世和喬治三世。

寫於佛羅倫斯至比薩途中

哦，別跟我談論什麼故事裡的偉大的人名，
我們青春的歲月是我們最光輝的時辰；
甜蜜的二十二歲所得的常春藤和桃金娘
勝過你所有的桂冠，無論戴得多麼輝煌。

對於滿額皺紋，花冠和王冕算得了什麼？
那不過是五月的朝露灑上枯死的花朵。
那麼，不如把這一切從蒼白的頭上扔開！
對於只給人以榮譽的花環我又何所掛懷？

呵，美名！如果我對你的讚揚也感到欣喜，
那並不僅僅是爲了你富麗堂皇的辭句；
我是想看到親愛的人兒睜大明亮的眼，
讓她知道我這愛她的人也並非等閒。

主要是因此，我才追尋你，並且把你發現，
她的目光是籠罩著你的最美的光線；
如果聽到我的燦爛的故事，她閃閃眼睛，
我就知道那是愛，我感到那才是光榮。

一八二一年十一月六日

今天我度過了三十六年⑺

一八二四年一月二十二日，米索朗吉。

是時候了，這顆心該無所感，
既然它已不再感動人心；
可是，儘管我不能爲人所愛，
我還要寄情於人！

我的日子飄落在黃葉裡，

⑺這首詩是拜倫參加希臘民族解放戰爭時，在他36歲生日那一天寫成的。這以後，他被任命爲征討利潘杜遠征軍總司令，直到4月19日去世前爲止，沒有寫過其他詩篇。

愛情的花和果都已消失；
只剩下潰傷，悔恨和悲哀
還爲我所保持！

那鬱積在我內心的火焰
像一座火山島那樣孤寂，
沒有一隻火把過來點燃——
呵，一個火葬禮！

希望，恐懼，嫉妒的憂煩，
愛情的那崇高的一半
痛苦和力量，我都沒有嘗過，
除了它的鎖鏈。

呵，但何必在此時，此地，
讓這種思緒挫我的精神：

榮譽正裝飾著英雄的屍架，
或者鼓舞著他的心。

看！刀劍，軍旗，遼闊的戰場，
榮譽和希臘，就在周身沸騰！
那由盾牌擡回的斯巴達人⑱
何曾有過這種馳騁。
醒來！（不，希臘已經覺醒！）
醒來，我的靈魂！想一想
你的心血所來自的湖泊，⑲
還不刺進敵人胸膛！

---

⑱古希臘的斯巴達人以英勇著稱。斯巴達的母親在送兒子出征時，交給他盾牌說，「帶回這個盾，不然就躺在它上面回來。」意指戰死後由盾牌擡回，這才被認爲是光榮的。

⑲拜倫認爲自己承繼的是古希臘文化的光輝傳統，故願將希臘稱爲自己的祖國，以希臘的敵人爲自己的敵人。

踏滅那復燃的情慾吧，
　沒出息的成年！對於你
美人的笑靨或者蹙眉
　應該失去了吸力。

若使你對青春抱恨，何必活著？
　使你光榮而死的國土
就在這裡——去到戰場上，
　把你的呼吸獻出！

尋求一個戰士的歸宿吧，
　這樣的歸宿對你最適宜；
看一看四周，選擇一塊地方，
　然後靜靜地安息。

第二部分　長詩選段

郝蘭德公館[80]

（摘自《英國詩人和蘇格蘭評論家》）

大名鼎鼎的郝蘭德！別讓他晦氣，
光提他的一羣僱佣，而把他忘記！
郝蘭德呵，有亨利·培蒂在他身後，
是獵人和領頭，帶領那一羣獵狗。
該祝福郝蘭德公館擺設的酒宴，

---

[80] 郝蘭德公館是17世紀的建築，1767年被福克斯男爵取得，本詩所指的郝蘭德男爵即其孫，他使郝蘭德公館成爲政治、文學和藝術的中心，許多作家都是那裡的常客。郝蘭德自己也寫詩，翻譯作品。拜倫的《阿比杜斯的新娘》就是獻給他的。

有蘇格蘭人吃，有批評家豪飲狂歡！
在那好客的屋檐下，但願天長地久
讓窮文人用餐，把債主關在外頭。
請看誠實的哈萊姆放下刀叉，
拿起筆，把勳爵大人的作品來誇，
由於對盤中的美餐非常感激，
他宣稱：勳爵大人至少能夠翻譯！
愛丁堡㉛呵！你該高興看你的養子，
他們為吃而寫，又為寫而必須吃：
我的貴夫人㉜唯恐葡萄酒非凡易上火，
使一些漂亮的情思溜到印刷所，
從而讓女讀者的面頰飛紅，害羞，

㉛指《愛丁堡評論》。
㉜郝蘭德夫人是一個才女，拜倫說她「據信在《愛丁堡評論》上顯示過她無比的機智。不管怎樣，我們確知有一些手稿是送給她去改正的。」

因此就從每篇評論撇去那奶油；
還把她靈魂的純潔吹拂到紙上，
改正每個錯誤，使整體文雅高尚。

孤獨

（《恰爾德・哈洛爾德遊記》第2章，第25～26節）

坐在山岩上，對著河水和沼澤冥想，
或者緩緩地尋覓樹林蔭蔽的景色，
走進那從沒有腳步踏過的地方
和人的領域以外的萬物共同生活，
或者攀登絕路的，幽獨奧秘的峯巒，
和那荒野中，無人圈養的禽獸一起，
獨自倚在懸崖上，看瀑布的飛濺——
這不算孤獨；這不過是和自然的美麗

展開會談，這是打開她的富藏瀏覽。

然而，如果是在人羣、喧囂，和雜沓中，
去聽、去看、去感受，一心獲取財富，
成了一個疲倦的遊民，茫然隨世浮沉，
沒有人祝福我們，也沒有誰可以祝福，⑧③
到處是不可共患難的、榮華的奴僕！
人們盡在阿諛，追隨，鑽營和求告，
雖然在知覺上和我們也是同族，
如果我們死了，卻不會稍斂一下笑：
這才是舉目無親；呵，這個，這才是孤獨！

---

⑧③沒有人祝福我們，因爲我們若是在憂患中，富貴的人會避開我們；若是我們榮華富貴，那些追隨我們的人必然是因爲我們的成功而追隨，卻不是出於我們的情誼。他們不會祝福我們，我們也不會祝福他們。（柯勒律治註）

希臘

（《恰爾德・哈洛爾遊記》第2章，第73～77節）

美麗的希臘！一度燦爛之淒涼的遺跡！
你消失了，然而不朽；傾圮了，然而偉大！
現在還有誰能喚起你敗績的兒女，
領導他們去打落那久已錮身的枷鎖？
也曾有個時候，你的子孫並不萎靡，
他們，絕望的戰士等待著意願的宿命，
守望在德摩比利荒涼如墓穴的海峽裡——
呵，還有誰能再燃起那勇敢的精神

從幼若塔斯㉞河岸躍出，把你從墓中喚醒？

呵，自由底精靈！想當年，在伐里的山巔，
當你和斯來賽布拉斯的隊伍處在一起，㉟
你可曾預見如今，在你的愛梯克平原㊱，
一串陰鬱的日子遮暗了綠野的美麗？
現在，並不是三十個暴君來緊錮鎖鏈，
而是每個野漢都在你的土地上逞凶；
你的子孫並不反抗，只無益地抱怨，
並且在土耳其人的鞭子下顫抖、戰驚，
他們從生到死都被奴役，不敢抗拒於言行。

㉞幼若塔斯河流貫斯巴達，斯巴達的三百勇士於德摩比利隘口抗擊波斯入侵大軍而壯烈犧牲。見註㉚。
㉟伐里是雅典外圍的險要之地。公元前5世紀，雅典將軍斯來賽布拉斯由此進軍，推翻了統治希臘的三十暴君，恢復了共和政體。
㊱即雅典平原。

除了外形，一切都有了怎樣的改變！
只要看看那每隻眼中還閃耀的火星，
誰不認爲他們的胸中重又點燃
你不滅的光輝，呵，失蹤的自由的精靈！
但許多人只夢想以待，白白失去良機，
而看著光復祖先河山的時刻臨近，
他們一心癡望外來的援助而嘆息，
但卻不敢單獨地抗拒敵人的逞凶，
或者從奴隸的悲慘史册上撕去自己的污名。

世世代代被奴役的人們！你們可明白：
誰要想獲得自由，必須自己起來鬥爭？
誰要想取得勝利，必須把右拳伸出來？
高盧⑧⑦或者莫斯科能救你們嗎？不能！
固然，他們會把欺凌你們的强盜打下去，

可不是爲了你們，自由底神壇升起火光。
西羅特⑱的亡魂呵！快擊敗你們的强敵！
唉，希臘！你只更換了主人，卻未改變情況，
你光輝的一日閃過，恥辱的年代仍舊漫長。

這一個城市⑲，從加吾爾轉手到眞主，
加吾爾會再從奧托曼族的治下爭奪；
那蘇丹的警衛森嚴的樓閣再也攔不住
暴躁的西方人，還會迎接它以前的來客；
或者那作亂的瓦哈比族⑳，既然一度膽敢
從穆罕默德墓前把戰利的聖物刼去，

⑰高盧，法國古稱。
⑱西羅特是給斯巴達充當奴隸的一族。這裡比擬希臘。
⑲指君士坦丁堡。十字軍東征時，它常常在敵對的雙方（一方是加吾爾即基督徒，另一方是伊斯蘭教的土耳其）之間易手。

也許從西方沿著一條血路迂迴進犯；
呵，唯有自由的腳步來不到這命定的土地，
在無盡苦役的歲月中，只見奴隸一代代承繼。

⑼瓦哈比族約當1760年崛起於阿拉伯中部，在拜倫旅居東方時，聲勢浩大，攻入麥加等地，直接威脅到土耳其帝國（奧托曼帝國）的存在。

親人的喪失

（《恰爾德·哈洛爾德遊記》第2章，第98節）

等待老年的最大的傷痛是什麼？
是什麼把額上的皺紋烙得最深？
那是看著每個親人從生命册中抹掉，
像我現在這樣，在世間煢煢獨存。
呵，讓我在「懲罰者」之前低低垂下頭，
爲被分開的心，爲已毀的希望默哀；
流逝吧，虛妄的歲月！你盡可不再憂愁，
因爲時間已帶走了一切我心之所愛，

並且以暮年的災厄腐蝕了我以往的年代。

別英國 ⑼

（《恰爾德・哈洛爾德遊記》第3章，第1～2節）

你的面孔像你的母親麼，我的孩子？
阿達⑽！我的家門和我心上唯一的愛女！
上次見你，你的藍眼睛在對我笑時，
我們別離了——可不像現在的別離，

⑼拜倫在1803年初次出國，遊歷了東方。再次（也是最末一次）離開英國是在1816年，即本詩所記的這一次。這次出國是由於離婚的糾紛及國內環境惡劣，使他不得不走，而且決心不再回來了。

⑽阿達是拜倫婚後不久所生的女兒，當時尚不及周歲。

那時還存著希望。——
　　　　我突地驚醒一下，
怒濤在我四周起伏；在海空中，風
以加勁的聲音嘶吼：我去了，到哪兒
我卻不知道；但時機已過，我不能
再望到英國隱退的海岸，使眼睛喜悅或傷痛。

又一次漂泊在海上！呵，再次漂流！
驚濤駭浪在我的身下緊緊被管住，
有如熟知騎手的駿馬。任它狂吼！
無論飄到哪裡，但願它飛得快速！
儘管吃力的桅杆像蘆葦似的抖顫，
儘管撕破的帆隨著猛烈的風亂飄，
我仍得駛去；因爲我像是從山巔
投擲到海的泡沫上的一根野草，
它要駛向波浪滔天的地方，駛向劇烈的風暴。

自然的慰藉

（《恰爾德・哈洛爾德遊記》第3章，第13～15節）

在高山聳立的地方必有他的知音，
在海濤滾滾的地方，那就是他的家鄉，
只要有蔚藍天空和明媚的風暴，
他就喜歡，他就有精力在那地方遊蕩；
沙漠，樹林，幽深的岩洞，浪花的霧，
對於他都含蘊一種情誼；它們講著
和他互通的言語，那比他本土的著述
還更平易明白，他就常常拋開卷册

而去打開爲陽光映照在湖上的自然的書。

有如一個迦勒底人，他能觀望著星象，
直到他看到那上面聚居著像星星
一樣燦爛的生命；他會完全遺忘
人類的弱點，世俗，和世俗的紛爭：
呵，假如他的精神能永遠那麼飛升，
他會快樂；但這肉體的泥坯會撲滅
它不朽的火花，嫉妒它所昇抵的光明，
彷彿竟要割斷這唯一的環節：
是它把我們聯到那向我們招手的天庭。

然而在人居的地方，他卻成了不寧
而憔悴的怪物，他怠倦，沒有言笑，
他沮喪得像一隻割斷翅膀的野鷹，
只有在漫無涯際的太空才能逍遙；

以後他又會一陣發狂，抑不住感情，
有如被關閉的小鳥要急躁地衝擊，
嘴和胸脯不斷去撞擊那鐵絲的牢籠，
終於全身羽毛都染滿血，同樣地，
他那被阻的靈魂的情熱噬咬著他的心胸。

我沒有愛過這世界

（《恰爾德·哈洛爾德遊記》第3章，第113～114節）

我沒有愛過這世界，它對我也一樣；
我沒有阿諛過它腐臭的呼吸，也不曾
忍從地屈膝，膜拜它的各種偶像；
我沒有在臉上堆著笑，更沒有高聲
叫嚷著，崇拜一種回音；紛紜的世人
不能把我看作他們一夥；我站在人羣中
卻不屬於他們；也沒有把頭腦放進
那並非而又算作他們的思想的屍衣中，

一齊列隊行進，因此才被壓抑而致溫順。

我沒有愛過這世界，它對我也一樣——
但是，儘管彼此敵視，讓我們方方便便
分手吧；雖然我自己不曾看到，在這世上
我相信或許有不騙人的希望，真實的語言，
也許還有些美德，它們的確懷有仁心，
並不給失敗的人安排陷阱；我還這樣想：
當人們傷心的時候，有些人真的在傷心，
有那麼一兩個，幾乎就是所表現的那樣——
我還認爲：善不只是空話，幸福並不只是夢想。

義大利的一個燦爛的黃昏

（《恰爾德·哈洛爾德遊記》第4章，第27～29節）

月亮升起來了，但還不是夜晚，
落日和月亮平分天空，霞光之海
沿著藍色的弗留利羣峯的高巔
往四下迸流，天空沒一片雲彩，
但好像交織著各種不同的色調，
融爲西方的一條巨大的彩虹——
西下的白天就在那裡接連了
逝去的亘古；而對面，月中的山峯

浮游於蔚藍的太空——神仙的海島！

只有一顆孤星伴著黛安娜⑨³，統治了
這半壁恬靜的天空，但在那邊
日光之海仍舊燦爛，它的波濤
仍舊在遙遠的瑞申山頂上滾轉：
日和夜在互相爭奪，直到大自然
恢復應有的秩序；加暗的布倫泰河
輕柔地流著，日和夜已給它深染
初開放的玫瑰花的芬芳的紫色，
這色彩順水而流，就像在鏡面上閃爍。

河面上充滿了從迢遙的天庭
降臨的容光；水波上的各種色澤

---

⑨³黛安娜，月之女神。

從斑爛的落日以至上升的明星
都將它們奇幻的異彩散發、融合：
呵，現在變色了；冉冉的陰影飄過，
把它的帷幕掛上山巒；臨別的白天
彷彿是垂死的、不斷喘息的海豚，
每一陣劇痛都使它的顏色改變，
最後卻最美；終於——完了，一切没入灰色。

羅馬

（《恰爾德·哈洛爾德遊記》第4章，第78～82節）

哦，羅馬！我的祖國！人的靈魂的都城！
凡是心靈的孤兒必然要來投奔你，
你逝去的帝國的淒涼的母親！於是能
在他狹窄的胸中按下渺小的憂鬱。
我們的悲傷和痛苦算得了什麼？來吧，
看看這柏樹，聽聽這梟鳴，獨自徘徊
在殘破的王座和宮宇的階梯上，呵呀！
你們的煩惱不過是瞬息的悲哀——

脆弱如人的泥坯，一個世界已在你腳下掩埋。

萬邦的尼俄伯⑭！哦，她在廢墟中，
失掉了王冠，沒有兒女，默默地悲傷；
她乾癟的手拿著一只空的屍灰甌，
那神聖的灰塵早已隨著風兒飄揚；
西庇阿⑮的墓穴裡現在還留下什麼？
還有那許多屹立的石墓，也已沒有
英雄們在裡面居住：呵，古老的臺伯河！
你可要在大理石的荒原中奔流？
揚起你黃色的波濤吧，覆蓋起她的哀愁。

---

⑭據希臘神話，尼俄伯有六子六女，因此自傲而惹怒日神阿波羅和月神阿耳忒彌斯之母拉托娜。日神射殺了尼俄伯的六子，月神射殺了她的六女。尼俄伯被變爲岩石；但從岩石滴落的水表示她仍在爲兒女悲慟。這裡將羅馬比作尼俄伯。

⑮西庇阿是羅馬的英雄，在公元前 202 年擊敗羅馬的強大敵人漢尼拔。

哥特人，基督徒，時間，戰爭，洪水和火，
都摧殘過這七峯拱衛的城的驕容；
她眼看著她的榮光一星星地隱没，
眼看著野蠻人的君主騎馬走上山峯，
而那兒戰車曾馳向神殿；廟宇和樓閣
到處傾圮了，没有一處能夠倖存；
莽莽的荒墟呵！誰來憑吊這空廓——
把一線月光投上這悠久的遺痕，
說「這兒曾是——」使黑夜顯得加倍地深沉？

呵，這加倍的夜，世紀和她的沉没，
以及「愚昧」，夜的女兒，一處又一處
圍繞著我們；我們尋勝只不斷弄錯；
海洋有它的航線，星斗有天文圖，
「知識」把這一切都攤在她胸懷；

但羅馬卻像一片荒漠，我們跌跌絆絆
在蕪雜的記憶上行進；有時拍一拍
我們的手，歡呼道：「有了！」但很明顯，
那只是海市蜃樓在近處的廢墟呈現。

去了，去了！崇高的城！而今你安在？
還有那三百次的勝利！還有那一天
布魯圖⑯以他的匕首的鋒利明快
比征服者的劍更使名聲遠遠流傳！
去了，塔利的聲音，維吉爾的詩歌
和李維的史圖册！但這些將永遠
使羅馬復活，此外一切都已凋落。
唉，悲乎大地！因爲我們再也看不見

---

⑯布魯圖（約前85～前42），古羅馬政治家。內戰期間追隨龐貝反對凱撒。公元前44年，與卡西烏等刺死獨裁者凱撒，以圖拯救羅馬的共和政體。

當羅馬自由之時她的目光的燦爛！

荒墟

（《恰爾德·哈洛爾德遊記》第4章，第130～131節）

哦，時間！你美化了逝去的情景，
你裝飾了荒墟，唯有你能醫治
和撫慰我們負傷流血的心靈，——
時間！你能糾正我們錯誤的認識，
你考驗真理，愛情——是唯一的哲人，
其餘的都是詭辯家，因爲只有你
寡於言談，你的所言雖遲緩、卻中肯——
時間呵，復仇的大神！我向你舉起

我的手、眼睛和心，我向你請求一件贈禮：

在這片荒墟中，有一座祭壇和廟宇
被你摧毀得最慘，更莊嚴而淒清，
在你莊麗的祭品中，這是我短短的
歲月的荒墟（這充滿悲歡的生命）：
呵，在這一生，如果我竟然洋洋自得，
別理我吧；但如果我淡然迎受
好運，而是對那制服不了我的邪惡
保持驕傲，那就不要讓我的心頭
白負上這塊鐵——難道他們㊼不該吃苦頭？

㊼指拜倫的誹謗者。

東方

（《阿比杜斯的新娘》第1章，第1節）

你可知道有一個地方，柏樹和桃金娘
是那片土地上所作的事蹟的徵象？
在那兒，兀鷹的躁怒和海鱉的愛情
一會兒化爲悲哀，一會兒促成暴行！
你可知道那生長杉木和藤蔓的地方，
那兒的花朵永遠盛開，太陽永遠閃亮；
西風的輕盈的翅膀爲沉香所壓低，
在玫瑰盛開的園中逐漸沉落、偃息；

在那兒，香櫞和橄欖是最美的水果，
夜鶯終年歌唱，她的歌喉從不沉默；
那兒的土地和天空儘管顏色不同，
但各有各的美麗，它們相互爭勝，
而海洋的紫色卻那麼深，那麼濃；
少女有如她們摘下的玫瑰一樣溫柔，
一切充滿了神異，只有人的心如舊。
呵，那是東方，那是太陽居住的地方——
他能否對他子女的行爲微笑、讚賞？
呵，有如情人告別的聲調一樣熾熱，
那是他們的心，和他們所要講的故事。

海盜生涯

（《海盜》第1章，第1節）

在暗藍色的海上，海水在歡快地潑濺，
我們的心是自由的，我們的思想不受限，
迢遙的，盡風能吹到、海波起沫的地方，
量一量我們的版圖，看一看我們的家鄉！
這全是我們的帝國，它的權力到處通行——
我們的旗幟就是王笏，誰碰到都得服從。
我們過著粗獷的生涯，在風暴動蕩裡
從勞作到休息，什麼樣的日子都有樂趣。

噢，誰能體會出?可不是你，嬌養的奴僕！
你的靈魂對著起伏的波浪就會叫苦；
更不是你安樂和荒淫的虛榮的主人！
睡眠不能撫慰你——歡樂也不使你開心。
誰知道那樂趣，除非他的心受過折磨，
而又在廣闊的海洋上驕矜地舞蹈過？
那狂喜的感覺——那脈搏暢快的歡跳，
可不只有「無路之路」的遊蕩者才能知道？
是這個使我們去追尋那迎頭的鬥爭，
是這個把別人看作危險的變爲歡情；
凡是懦夫躲避的，我們反而熱烈地尋找，
那使衰弱的人暈絕的，我們反而感到——
感到在我們鼓脹的胸中最深的地方
它的希望在蘇醒，它的精靈在翺翔。
我們不怕死——假如敵人和我們死在一堆，
只不過，死似乎比安歇更爲乏味：

來吧，隨它高興——我們攫取了生中之生——
如果死了——誰管它由於刀劍還是疾病？
讓那種爬行的人不斷跟「衰老」纏綿，
黏在自己的臥榻上，苦度著一年又一年；
讓他搖著麻痹的頭，喘著艱難的呼吸，
我們呀，不要病床，寧可是清新的草地。
當他在一喘一喘地跌出他的靈魂，
我們的只痛一下，一下子跳出肉身。
讓他的屍首去誇耀它的陋穴和骨灰甕，
那憎恨他一生的人會給他的墓鑲金；
我們的卻伴著眼淚，不多、但有真情，
當海波覆蓋和收殮我們的死人。
對於我們，甚至宴會也帶來深心的痛惜，
在紅色的酒杯中旋起我們的記憶；
呵，在危險的日子那簡短的墓誌銘，
當勝利的伙伴們終於把財物平分，

誰不落淚，當回憶暗淡了每人的前額：
現在，那倒下的勇士該會怎樣地歡樂！

尋找英雄人物

（《唐璜》第1章，第1～5節）

說來新鮮，我苦於沒有英雄可寫，
　儘管當今之世，英雄是迭出不窮；
年年有，月月有，報刊上連篇累牘，
　而後才又發現：他算不得真英雄；
因此，對這些我就不人云亦云了，
　而想把我們的老友唐璜⑱來傳誦——
我們都看過他的戲，他夠短壽，
似乎未及天年就被小鬼給帶走。

上一代有弗農[99]，沃爾夫[100]，豪克[101]，凱培[102]，
劊子手坎伯蘭[103]，格朗貝[104]，等等將軍，

---

(98) 唐璜是歐洲文學中的一個傳奇人物。據傳他原是14世紀西班牙塞維爾城的一個世家子弟。他引誘該城軍事統領的女兒唐娜・安娜，被統領撞見；在毆鬥中，他殺死了統領。人們在統領的墓上豎立了一個石像。當唐璜和他膽小的僕人去看這個石像時，卻見石像的頭在轉動。唐璜以詼諧的口吻約請它去晚宴。石像果然如約而來，捉住了唐璜，並把他帶到魔鬼那裡去（又一說是寺院僧人殺了他，而僞造上述石像的故事）。關於唐璜還有許多不同的傳說，但總的說來，他的名字成了那種邪惡而無信義的誘惑女人者的代稱。莫扎特的著名舞劇《唐・吉奧凡尼》，莫里哀的戲劇《石像的筵席》，都以他爲主人翁。英國戲劇家托瑪斯・沙得威爾（1642~1692）將上述故事寫成劇作《放蕩者》。本節詩中「我們都看過他的戲」即指由此劇改編成的兩幕啞劇，它當時在英國上演，頗爲轟動。

(99) 愛德華・弗農（1684~1757），英國海軍上將，於1739年佔領巴拿馬的貝略港。

(100) 傑姆斯・沃爾夫（1727~1759），英國將領，在加拿大魁北克攻城戰中陣亡。

(101) 愛得華・豪克（1715~1781），英國海軍上將，於1759年基布隆海灣（法國西北）一役中擊敗了法國海軍。

(102) 奧古斯大・凱培（1725~1786），英國海軍上將，因使法國艦隊逃去而於1779年受軍事審判，以後又無罪開釋。

不論好壞吧，總算被人談論一陣，

像今日的威斯萊⑩，招牌上也標過名。

呵，這羣聲譽的奴僕，那「母豬的崽仔」⑯，

都曾昂首闊步，像班柯的帝王之影；⑰

同樣，法國有一個拿破崙和杜莫埃⑱，

在《導報》、《醒世報》上都贏得了記載。

---

⑩坎伯蘭公爵（1721～1765），英王喬治二世的次子，曾在多次戰役中以殘酷著稱。

⑭格朗貝侯爵（1721～1790），「七年戰爭」後英國在德國駐軍的統帥。上述這些英國海陸軍將領，都是在英國從事海上和陸地的掠奪戰爭中一度揚名而結果並不佳的。

⑮阿瑟·威斯萊（1769～1852），即威靈頓公爵，英國將軍，在對拿破崙戰爭中著有戰功，滑鐵盧一役後受到封賞，1815年後任歐洲聯軍司令並代表英國出席國際會議，是拜倫痛恨的反動政客之一。

⑯「母豬的崽仔」，見莎士比亞悲戲《麥克白》第4幕第1場第65行。在那裡，第一個女巫說，「潑進那吃了自己一窠豬崽仔的母豬的血。」這裡引用「母豬」似指聲譽；並暗示聲譽的奴僕們（即「母豬的崽仔」們）是聲譽的受害者。

法國還有孔多塞[109]，布里索[110]，米拉波[111]，
　拉法夷特，培松[112]，丹頓[113]，馬拉[114]，巴那夫[115]，
我們知道，他們都是赫赫有名，

---

[107] 班柯的帝王之影，見莎士比亞悲劇《麥克白》第4幕第1場。班柯和麥克白同爲蘇格蘭國王的將軍。麥克白謀害國王，篡奪了王位。班柯亦爲其所殺。但麥克白對於是否能保持王位仍不能放心，要求荒原上的三個女巫給他呈現未來的影像。這時在麥克白的眼前就走過了八個國王的影子，他們都是班柯的後代。後來，果然是班柯的子孫取得王位。

[108] 查理．杜莫埃（1739~1823），法國資產階級革命的將領，於1792年11月曾擊敗奧地利軍。

[109] 孔多塞侯爵（瑪里．讓．安托萬）（1743~1794），在法國革命期間，被選爲立法會議的議長（1792），1794年被吉隆特黨人排斥，因怕上斷頭臺而服毒自殺。

[110] 讓．皮埃．布裡索（1754~1793），法國革命主要煽動者之一，1789年7月曾掀起練武場暴動。1793年10月被處死於斷頭台上。

[111] 米拉波伯爵（1749~1791），法國革命初期立憲議會的領袖，主張君主立憲政體。
拉法夷特侯爵（1757~1834），法國貴族，曾參加美國獨立戰爭。法國革命初期，任國民衛隊統帥，抗擊奧地利和普魯士軍的入侵。但於1792年因不滿革命的進展而投靠敵軍。

此外，還有尚未被遺忘的，例如：

儒貝爾(116)、奧什(117)、馬爾索(118)、拉納(119)、德賽(120)、莫羅(121)，

---

(112)吉羅姆·培松（1753~1794），法國革命初期任巴黎市長（1791）。後因革命的進展而失勢，爲逃避追緝而隱居荒野，爲狼所食。

(113)喬治·丹頓（1759~1794），法國革命期間曾主持革命法庭。1794年上斷頭臺。

(114)讓·保羅·馬拉（1744~1793），法國革命期間曾主持1792年9月的鎮壓行動。1793年7月13日被夏勞蒂·考爾臺刺死。

(115)安托萬·皮埃·巴那夫（1761~1793），在法國革命期間，曾任立憲議會議長（1791）。1793年11月上斷頭臺。

(116)巴代雷米·儒貝爾（1769~1799），法國將軍，在拿破崙執政期間，率軍進攻義大利，頗有戰功。1799年於諾威一役，與蘇瓦洛夫軍會戰陣亡。

(117)拉扎爾·奧什（1768~1797），法國革命中的將領，曾兩次被控叛國而受審；以後率軍打敗奧地利人，並任陸軍部長。

(118)弗朗斯瓦·馬爾索（1769~1796），法國青年將軍，在凡爾登和望德戰役中以英勇作戰著稱。以後在戰鬥中陣亡。

　　以及許多軍界要角，難以盡述。
他們有一時都非常、非常烜赫，
然而，用在我的詩上卻不太適合。

納爾遜⑫一度是大不列顛的戰神，
　可惜爲時不久，就改換了風尚；
特拉法爾加已不再爲人提起，
　它已和我們的英雄一起埋葬；

⑲讓・拉納（1769～1809），法國元帥，拿破崙的名將之一。曾出征義大利、埃及、西班牙等地。1809年在維也納附近戰役中，重傷而死。
⑳路易・查理・德賽（1768～1800），拿破崙的將軍，在埃及作戰獲勝，在瑪倫哥戰役中，重傷而死。
㉑讓・維克多・莫羅（1763～1813），拿破崙的將軍，1800年在普魯士作戰屢勝。1813年在德累士頓之役爲炮彈重創致死。
㉒霍拉蕭・納爾遜（1758～1805），英國海軍上將，1799年率領英國艦隊鎮壓了義大利的共和運動。1805年在特拉法爾加海戰中擊敗法國和西班牙的聯合艦隊，同時在戰鬥中陣亡。

因爲陸軍的聲望一天天隆盛，
　海軍界的人士豈能不受影響，
更何況，我們的王子只爲陸軍撐腰，
把郝(123)、鄧肯(124)、納爾遜、傑維斯(125)都忘掉。

英雄人物何止一個阿伽門農(126)，
　在他前後，也出過不少俊傑之輩，
雖然英勇像他，卻又各有千秋；
　然而，只因爲不曾在詩篇裡留輝，

---

(123)瑞恰德・郝（1726～1799），英國海軍上將，在「七年戰爭」中以守英倫海峽而立功。1783～1788年任海軍大臣。1794年戰敗法國海軍。

(124)亞當・鄧肯（1731～1804），英國海軍上將，統率北海海軍，曾擊敗荷蘭艦隊。

(125)約翰・傑維斯（1735～1823），英國海軍上將，1797年曾挫敗西班牙艦隊。

(126)阿伽門農，希臘神話中的邁錫尼王。因其弟墨涅拉俄斯之妻海倫被特洛伊王子帕里斯劫走，他發動了特洛伊戰爭。他戰勝歸來，卻遭到妻子克呂泰墨斯特拉的殺害。

便被世人遺忘了。——我無意針砭，
但老實說，當代我實在找不到誰
適用於我的詩（就是這新的詩章），
因此，我說過，我就選中了唐璜。

詩人自諷

（《唐璜》第1章，第213節～220節）

但如今，年方三十我就白了髮，
（誰知道四十歲左右又該如何？
前幾天我還想到要戴上假髮——）
我的心蒼老得更快些；簡短說，
我在五月就揮霍了我的夏季，
現在已打不起精神與人反駁；
我的生命連本帶利都已用完，
哪兒還有那種所向披靡之感？

唉，完了，完了，——我心中再也沒有
　那清新的朝氣，像早晨的露珠，
它能使我們從一切可愛的情景
　醞釀出種種新鮮而優美的情愫，
好似蜜蜂釀出蜜，藏在心房中；
　但你可認爲那甘蜜越來越豐富？
不，它原來不是外來的，而是憑你
有沒有給花兒倍增嫵媚的能力。

唉，完了，完了——我的心靈呵，
　你不再是我的一切，我的宇宙！
過去氣概萬千，而今擱置一邊，
　你已不再是我的禍福的根由；
那幻覺已永遠消失：你麻木了，
　但這也不壞，因爲在你冷卻後，

我卻獲得了許多真知灼見，
雖然天知道它來得多麼辛酸。

我談情的日子完了。無論多迷人：
少女也好，夫人也好，更別提寡婦，
已不能像昔日似地令我癡迷——
總之，我過去的生命已不能重複。
對心靈的契合我不再有所幻想，
紅葡萄酒的豪飲也受到了勸阻；
但爲了老好先生總得有點癖好，
我想我最好是走上貪財之道。

「雄圖」一度是我的偶像，但它已在
「憂傷」和「歡娛」的神壇之前破碎；
這兩個神祇給我遺下不少表記，
足夠我空閒的時候沉思默對；

而今，像培根[127]的銅頭，我已說完：
「現在，過去，時已不再」；青春誠可貴，
但我寶貴的青春已及時用盡：
心靈耗在愛情上，腦子用於押韻。

聲名究竟算得了什麼？那不過是
　保不定在哪兒佔有一小角篇幅，
有的人把它比作登一座山峯，
　它的頂端同樣是彌漫著雲霧；
就爲了這，人們又說，又寫，又宣講，
　英雄豪傑廝殺，詩人「秉著夜燭」，
好等本人化爲灰時，可以誇得上
一個名字，一幅劣照，和更糟的雕像。

---

[127]羅傑·培根（1214～1294），英國哲學家，也精通自然科學，被時人認爲是魔法師。傳說他製造了一個能說話的銅頭，有一夜，在它說過「現在」、「過去」、「時已不再」三句話後，即自行粉碎。

人的希望又是什麼？古埃及王
　基奧普斯⑫⑧造了第一座金字塔，
爲了他的威名和他的木乃伊
　永垂不朽，這塔造得最爲高大，
可是他没有料到，他的墓被盜，
　棺材裡連一點灰都没有留下。
唉，由此可見，無論是你，是我，
何必還要立豐碑把希望寄託？
然而，由於我一向愛窮究哲理，

---

⑫⑧基奧普斯，約公元前二千九百年的埃及國王，他造了最大的金字塔。據希臘史家希羅多塔斯記載：他使用三十六萬民工，用了二十年時間，用六百萬噸石頭築起一座金字塔以儲藏其屍體，並設以曲折而詭秘的小徑，從外觀上完全看不出入口處，但儘管如此，後來有人「進入這幽暗的墓穴時，無論在石棺或地道內，都未見有基奧普斯的一根骨頭。」（1818年4月《季刊》載）

我常自慰說：「嗚呼，生如白駒過隙，
此身乃是草芥，任死神隨意收割；
你的青春總算過得差強人意，
即使照你的心願能再活一遍，
它仍將流逝——所以，先生，該感激
你的星宿，一切情況總算不太壞：
讀你的《聖經》吧，照顧好你的錢袋。」

哀希臘

（《唐璜》第3章）

一

希臘羣島呵，美麗的希臘羣島！

火熱的莎弗⑫⑨在這裡唱過戀歌；

⑫⑨莎弗，公元前7世紀的希臘女詩人。她歌唱愛情的詩以熱烈的感情著稱。

在這裡，戰爭與和平的藝術並興，
　狄洛斯⑬⓪崛起，阿波羅躍出海波！
永恆的夏天還把海島鍍成金，
可是除了太陽，一切已經消沉。

二

開奧的繆斯⑬①，蒂奧的繆斯⑬②，

⑬⓪狄洛斯，愛琴海中的一個小島，有一羣小島環繞其周圍。據希臘神話，它是由海神自海中喚出的，由於漂浮不定，宙斯以鐵鏈釘之於海底。傳說掌管詩歌與音樂的太陽神阿波羅誕生於此。
⑬①據傳說，開奧爲荷馬的誕生地，開奧的繆斯指荷馬。「英雄的豎琴」指荷馬史詩，因其中歌頌了戰爭和英雄。
⑬②蒂奧的繆斯指公元前6世紀的愛奧尼亞詩人阿那克瑞翁。蒂奧（在小亞細亞）是他的誕生地。「戀人的琵琶」指他的以愛情與美酒爲主題的抒情詩。

那英雄的豎琴，戀人的琵琶，
原在你的岸上博得了聲譽，
而今在這發源地反倒黯啞；
呵，那歌聲已遠遠向西流傳，
遠超過你祖先的「海島樂園」。

三

起伏的山巒望著馬拉松⑬——
馬拉松望著茫茫的海波；
我獨自在那裡冥想一刻鐘，
夢想希臘仍舊自由而快樂；

⑬馬拉松，雅典東部平原。公元前490年，希臘在此擊敗波斯國王大流士的入侵大軍。

因爲，當我在波斯墓上站立，
我不能想像自己是個奴隸。

四

一個國王高高坐在石山頂，
　瞭望著薩拉密⑬挺立於海外；
千萬隻船舶在山下靠停，
　還有多少隊伍全由他統率！
他在天亮時把他們數了數，
但日落的時候他們都在何處？

---

⑬薩拉密，希臘半島附近的島嶼。公元前480年，波斯國王瑟克西斯（西元前519?～前465）的强大海軍在此處被希臘擊敗，從此希臘解除了波斯的壓迫。當時，瑟克西斯坐在山上俯視這場海戰。

五

呵，他們而今安在？還有你呢，
　我的祖國？在無聲的土地上，
英雄的頌歌如今已沉寂——
　那英雄的心也再不激蕩！
難道你一向莊嚴的豎琴
竟至淪落到我的手裡彈弄？

六

也好，置身在奴隸民族裡，⑬⑤
　儘管榮譽都已在淪喪中，
至少，一個愛國志士的憂思，
　還使我在作歌時感到臉紅；
因爲，詩人在這兒有什麼能爲？
爲希臘人含羞，對希臘國落淚。

⑬⑤希臘在 1453 年至 1829 年期間，淪爲土耳其的屬地。拜倫爲爭取希臘的民族獨立而最終獻身於這一事業。他捐獻家產組成一支希臘軍隊，並親赴希臘參戰，1824 年以患熱病死於米索隆吉（在希臘西部）軍中。

七

我們難道只對好時光悲哭
和慚愧？——我們的祖先卻流血。
大地呵！把斯巴達人的遺骨⑬⑥
從你的懷抱裡送回來一些！
哪怕給我們三百勇士的三個，
讓德摩比利的決死戰復活！

⑬⑥見註⑦⓪。

八

怎麼，還是無聲？一切都黯啞？
　不是的！你聽那古代的英魂
正像遠方的瀑布一樣喧嘩，
　他們回答：「只要有一個活人
登高一呼，我們就來，就來！」
噫！倒只是活人不理不睬。

九

算了，算了；試試別的調門：
　斟滿一杯薩摩斯⑬⑦的美酒！
把戰爭留給土耳其野人，
　讓開奧的葡萄的血汁傾流！
聽呵，每一個酒鬼多麼踴躍
響應這一個不榮譽的號召！

⑬⑦薩摩斯，希臘一島，靠近土耳其。

一〇

你們還保有庇瑞克的舞藝⑬⑧，
　但庇瑞克的方陣⑬⑨哪裡去了？
這是兩課：爲什麼只記其一，
　而把高尚而剛强的一課忘掉？
凱德謨斯⑭⓪給你們造了字體——
難道他是爲了傳授給奴隸？

⑬⑧庇瑞克舞，古希臘流傳下來的戰舞。
⑬⑨庇瑞克方陣，古希臘的戰鬥序列。由於伊庇魯斯（希臘一古國）王皮洛士（西元前319～前272）而得名。皮洛士以戰功著稱，曾屢次遠征羅馬及西西裡。
⑭⓪凱德謨斯，神話中的希臘底比斯國王，原爲腓尼基王子，據説他從腓尼基帶給希臘16個字母。

一二

把薩摩斯的美酒斟滿一盅！
　讓我們且拋開這樣的話題！
這美酒曾使阿那克瑞翁
　發爲神聖的歌；是的，他屈於
波裡克瑞底斯⑭，一個暴君，
但這暴君至少是我們國人。

⑭波里克瑞底斯，公元前6世紀的薩摩斯暴君，以劫掠著稱。他曾與波斯對抗。阿那克瑞翁於公元前510年波斯佔領蒂奧時，曾移居於薩摩斯，在波里克瑞底斯的治下生活。

十二

克索尼薩斯⑭的一個暴君
　是自由的最忠勇的朋友：
暴君米太亞得⑭留名至今！
　呵，但願現在我們能夠有
一個暴君和他一樣精明，
他會團結我們不受人欺凌！

⑭克索尼薩斯，地名，在達達尼爾海峽北邊。
⑭米太亞得（前550～前489），古雅典統帥。公元前490年指揮馬拉松戰役，大敗波斯侵略軍。以後成爲克索尼薩斯的暴君。

一三

把薩摩斯的美酒斟滿一盅！
　在蘇裡的山岩，巴加⑭的岸上，
住著一族人的勇敢的子孫，
　不愧是斯巴達的母親所養；
在那裡，也許種子已經播散，
是赫剌克勒斯⑮血統的真傳。

⑭蘇里和巴加，都在古希臘地區伊庇魯斯（今希臘西北部和阿爾巴尼亞南部）內。蘇里山中居住有蘇里族，自17世紀至19世紀一直與土耳其統治者作著頑強的鬥爭。

⑮赫剌克勒斯，希臘神話中的大力神，傳說他是希臘對特洛伊戰爭中的英雄。

一四

自由的事業別依靠西方人⑭，
　他們有一個做買賣的國王；
本土的利劍，本土的士兵，
　是衝鋒陷陣的唯一希望；

⑭希臘人在武裝反抗土耳其壓迫時，英國、法國和俄國由於自身利益曾予以口頭支持。當時曾有人對起義者提出警告：「我勸你們在聽從英國人以前要好好考慮一下，現在英國國王是歐洲所有國王的大老板——他從他的商人那裡拿錢來支付他們；因此，如果對商人來說，出賣你們而取得和阿里（指土耳其王——譯者）的妥協是有利的，以便在他的港口獲得某些商業權益，那麼英國人就會把你們出賣給阿里。」拜倫此處也可能指俄國人，他的《青銅時代》有如下兩句：

　能解放希臘的只有希臘人，而非戴著和平面具的野蠻人。

但土耳其武力，拉丁⑭⑦的欺騙，
會裡應外合把你們的盾打穿。

一五

把薩摩斯的美酒斟滿一盅！
　樹蔭下正舞蹈著我們的姑娘——
我看見她們的黑眼亮晶晶，
　但是，望著每個鮮艷的姑娘，
我的眼就爲火熱的淚所迷，
這乳房難道也要哺育奴隸？

⑭⑦拉丁，指西歐。

一六

讓我攀登蘇尼阿⑭⑧的懸崖，
　在那裡，將只有我和那海浪
可以聽見彼此飄送著悄悄話，
　讓我像天鵝一樣歌盡而亡；
我不要奴隸的國度屬於我——
乾脆把那薩摩斯酒杯打破！

---

⑭⑧蘇尼阿，在雅典東南阿的卡半島最南端，上面建有保護神雅典娜神廟。

歌劇團

（《唐璜》第4章，第82～89節）

他把他們倒霉的遭遇簡短地
　說了說：「我們陰險的戲班班主
在一個海角外對一隻雙桅船
　打出了一個信號；得！我的天主！
我們立刻就被轉到那隻船上，⑭
　連一個銀幣的工資都没有付；

⑭指這個戲班的演員被班主全賣爲奴隸，轉到了販奴船上，到土耳其出賣。

但如果土耳其蘇丹愛聽戲，
我們不會很久就又能抖一氣。

「我們的女主角可惜年紀大些，
　荒唐日子過久啦，人顯得憔悴，
而且賣座一少就傷風；她的調門
　倒不錯；那男高音的老婆模樣美，
可是不中聽；上一次巡迴演出時，
　在波洛尼亞她很惹了一場是非：
她竟從一位羅馬老公主的手
把凱撒·西孔那伯爵給奪了走。

「那些跳舞的呢，有一個叫妮妮，
　因爲職業不止一種，很受歡迎；
還有那愛笑的妞兒彼利哥麗尼，
　上一次演唱時她真是很幸運，

至少弄了足足五百塊金幣，
　　可是花得太快，至今不名一文；
呵，還有個滑稽女歌手，只要男人
有肉體或靈魂，她管保能稱心。
「那些配搭的舞女没什麼新鮮，
　　都是成批的貨色，偶而一兩位
長得標致些，或許能惹人賞眼，
　　剩下的連在市集演出都不配。
有一個苗條舞女，比梭魚還直，
　　卻帶有一種多愁善感的氣味，
這本來大有指望，但她不用勁跳，
可真辜負了她那臉子和身腰。
「至於男演員呢，都是庸庸碌碌，
　　那個主角簡直是一個破臉盆，

不過他倒有一種用途，我希望
　蘇丹能使用他作後宮的僕人，
那他也許可以得到進身之階；
　他的歌唱我相信絕排不上名；
別看教皇年年培養，很難找到
三個不陰不陽的嗓門比他還糟。

「那男高音的嗓子可惜太造作，
　至於男低音呀，那畜生只會咆哮；
本來他没有受過歌班的訓練，
　什麼音調、節拍、板眼，一概不知道，
不過因爲他是女主角的近親，
　她偏説他的歌喉又圓潤又好，
於是雇了他；可是你若聽他唱，
就會以爲是什麼驢子在吊嗓。

「至於我的才能哩，我不便自吹，
　你雖然年輕，先生，據我看模樣，
你倒有出門人的派頭，這表明
　你對於歌劇一定也不是外行。
你可聽說過嘶聲乾喊？敝人就是，
　你也許有機會趕上聽我演唱；
去年你沒有到羅哥去趕集吧？
再次我到那裡上演時，務請移駕。

「哎，還有男中音我幾乎忘了提，
　他是小白臉，尾巴翹得可太高：
嗓音變化不太多，也不夠渾圓，
　只知動作優美，一點不懂門道；
他還總是怨天尤人哩；老實說，
　讓他去沿街賣唱都不夠材料；
他扮演情人倒能把感情抒發：

因爲無心可表，他露出他的牙。」

購買奴隸

（《唐璜》第5章，第26～29節）

正在這時，走來了一位又老又黑、
　非男非女、可以稱爲中性的達官，
他對這羣奴隸的年紀、相貌、體力，
　瞇著眼細細打量，好像要發現
誰最適於裝進那已備的牢籠，
　連女人都不曾被戀人如此飛眼，
連賭馬的人看馬，律師瞄著佣金，
裁縫端詳整幅布，獄卒打量犯人，

都沒有挑買奴隸的這種眼神；
　本來，買我們的同類確是很開心：
想想看，他們也有熱情，也靈巧，
　一切都能賣：有的憑著臉兒俊，
有的被好戰的君主看中了，有的
　被職位買去——適其天性或年齡；
大多憑現金交易，要看罪惡大小：
大的報以王冠，小的給他一腳。

那太監仔細地把他們觀察一遍，
　於是轉向商人，起初只挑一個
講價錢，以後又提出要買一對。
　他們評頭論足，樣樣計較價格，
爭吵，賭咒，有如在基督教國家
　市集的人們挑剔牛羊和馬騾；

這種議價聽來很像一場戰爭，
不知誰最善於駕馭兩腳畜生。

爭吵到末了，剩下零星的怨聲，
　於是買主很勉强地摸出錢包；
商人細點著銀幣，有的掂一掂，
　有的摔個響，有的翻轉瞧一瞧；
有時金幣和銅板錯弄在一起，
　又得從頭細數，等收款都數好，
商人這才找給零錢，簽了收據，
並且開始想到該回家吃飯去。

威靈頓

（《唐璜》第9章，第1～10節）

哦，威靈頓！（或不如說「毀靈頓」⑮，
聲譽使這個英名怎樣拼都成；
法國對你的大名竟無可奈何，
就用這種雙關語把它嘲弄，
好使她無論勝敗都能夠開心，）

⑮「毀靈頓」，法國報刊在滑鐵盧一役後，經常把威靈頓別稱為Villainton（有「惡棍」之意），因為這個字音和威靈頓近似。中譯為求與原名聲音近似，故譯為「毀靈頓」。

你得到了不少的年金和歌頌：
像您這種光榮誰若敢反對，
全人類都會起而高呼：「Nay!」[151]
我覺得在馬里奈謀殺案件中，
　你對金納德沒信義——簡直卑鄙！[152]
還有些類似行爲不會給你的
　威斯敏斯特的靈牌[153]帶來榮譽。

---

[151] 拜倫原　：「疑問：Ney?——印刷廠學徒提問。」按「Nay」是「否」的意思，和這個字同音的法文「Ney」則是拿破崙手下的元帥米歇爾·內伊（Michel Ney，1769～1815）的姓氏。內伊以驍勇善戰著稱。後來因響應拿破崙東山再起，被判死刑。這裡拜倫假藉印刷廠學徒的名義作文字遊戲。

[152] 1818年1月，金納德爵士告知當局，一告密者（他不願披露其名）告訴他，現有人陰謀暗殺威靈頓。2月間，在威靈頓返回旅居時，果然有人對他開槍，但謀刺未遂。威靈頓迫令當局向金納德索要告密者姓名，金納德在法國當局的保證下提供了告密者馬里奈之名，以後馬里奈被捕，金納德認爲當局言而無信，此事當時曾引起爭論。

[153] 英國顯要人物逝世後，一般下葬於威斯敏斯特教堂，或在該處設靈牌。

至於那是什麼，自有饒舌的女人
　在午茶時傳播，這兒不值一提。
但雖然你的殘年已快達到零，
大人呵，您卻還是個少年英雄。

不列顛負於（也付與）你真夠多，
　但歐羅巴所負於你的更不少：
你爲她的「正統」修理了拐杖，⑭
　正當那支柱看來已風雨飄搖。
你把一切恢復得有多麼牢固，
　西班牙、法國和荷蘭都能感到；
滑鐵盧一役使世界對你銘感，
（但願你的歌手⑮唱得出色一點。）

⑭威靈頓的戰功，拜倫認爲是鞏固了歐洲的君主專政，是反動的。
⑮司各特和華茲華斯等都寫過歌頌滑鐵盧戰場的詩。

你「傑出的劊子手」呵——但別吃驚，
　這是莎翁的話，⑮用得恰如其份：
戰爭本來就是砍頭和割氣管，
　除非它的事業有正義來批准。
假如你確曾演過仁德的角色，
　世人而非世人的主子將會評定；
我倒很想知道，誰能從滑鐵盧
得到好處，除了你和你的恩主？

我不會恭維，你已飽嚐了阿諛，
　據說你很愛聽——這倒並不稀奇。
一個畢生從事開炮和衝鋒的人
　也許終於對轟隆之聲有些厭膩；

⑮「傑出的劊子手」，引自莎士比亞悲劇《麥克白》第3幕第4場。

既然你愛甜言蜜語多於諷刺，
　人們也就奉上一些顛倒的稱譽：
「各族的救星」呀——其實遠未得救，
「歐洲的解放者」呀——使她更不自由。⑮⑦
我的話完了。現在請去用餐吧，
　巴西的王子⑮⑧正向你獻上珍饈；
請別忘記給你那門口的衛兵
　從你豐盛的餐桌拿一塊骨頭；
他作過戰，最近可吃得不很飽——
　據說，好像人民也正餓得發愁。
當然啦，你的俸祿是受之無愧，

⑮⑦「各族的救星」等讚辭都引自當時英國議院中的演說。
⑮⑧巴西的王子，指葡萄牙的攝政王，後來繼承王位，稱約翰六世。他在1808年拿破崙軍隊進入葡萄牙時，逃往巴西。滑鐵盧之役後，他送了一個特大的銀托盤給威靈頓。

但請還給國人你的一點餘惠。

我不想評論你，像你這麼偉大，
　我的公爵大人！當然無可皆議
羅馬的辛辛內塔斯⑮雖然崇高，
　和我們現代史可搭不上關係。
不過，儘管你吃馬鈴薯沒有夠，
　似乎也無需霸佔那麼多領地；
呵，以五十萬給你置一座田產
未免太貴了！——我可是無意冒犯。

凡偉人都不要榮華富貴爲報酬：
　厄帕敏南達⑯拯救了底比斯以後
就去世了，甚至沒有一筆儀仗費；

⑮辛辛内塔斯，見註㊱。拜倫以他的榜樣譴責威靈頓收受大筆年金和田產。

華盛頓(161)得到感謝，此外一無所有，
除了給祖國以自由的萬丈光輝——
　這榮譽才稀見！連庇特(162)也在誇口：
做爲一個亮節高風的國務大臣，
他毀了大不列顛，居然不要酬金。
除拿破崙以外，沒有人像你這樣
　為時勢所寵，而又如此糟蹋良機，
你本可使歐洲從暴君的壓迫下

---

(160)厄帕敏南達（前418~前362），希臘將軍，對祖國有戰功。但他「死時極貧，底比斯人不得不以公款埋葬他；因爲他死時家中一無所有，只有一個鐵叉。」（普魯塔克）

(161)喬治·華盛頓，見註㊲。在戰爭期間，他曾謝絕總司令職務的薪金，戰後國會給以餽贈，也被他拒絕。

(162)威廉·庇特（1759~1806），英國首相，他聯合歐洲各國反對革命期間的法國，鎮壓國內的民主自由運動，維護英國反動勢力的利益；這一切都是拜倫所痛恨的，故對他反譏。「不要酬金」指如下一事：庇特個人負債甚多，但他拒絕倫敦商人贈與的十萬鎊爲他付債，也不受王室的三萬鎊贈款。

　解放出來，從而獲得普世的感激；
而今呢，你的聲名如何？在羣氓的
　一片喧騰後，要不要繆斯告訴你？
去吧，聽它就在你祖國的飢嚎中！
看看全世界，你該詛咒你的戰功！

既然這幾章都談到汗馬功勞，
　我梗直的繆斯無妨對你說出
你在公報下讀不到的老實話；
　是時候了，該對你們雇佣的一族
（個個靠祖國的血和債而自肥）
　把它宣示出來，而且不行賄賂：
你幹了大事情，可是胸襟狹小，
因此把擎天偉業——把人類毀了。

英國的官場

（《唐璜》第11章，第35～41節）

唐璜把俄國政府的每一件國書
　都交到適當的衙門，適當的官員，
他也被那些以氣勢治人的人
　用正確的裝腔作勢接待了一番；
　他們看到他是個光臉的小伙子，
　就認爲（在政務上應該這麼盤算）
　對付這個小雛兒可是易如反掌，
　那就像老鷹去捉捕歌鳥一樣。

他們卻錯了：老年人往往如此；
　但這以後再提。假如我們不提，
那就是因爲我們對於政客們
　以及他們的口是心非表示鄙夷。
他們憑撒謊吃飯，但又扭扭捏捏，
　遠不如女人可愛：女人已習於
不得不撒謊，卻誑騙得很出色，
倒使真實話顯得令人信不過。

話又說回來，什麼是謊言？那只是
　真理在化裝跳舞。我要質問一聲：
史家，英雄，偉人，律師和教士們，
　誰能拿出事實而不用謊言彌縫？
真正的真理哪怕露一露影子，
　什麼編年史，啟示錄，預言等等，

就都得啞口無言；除非那記載
是在事實發生前些年就寫出來。

哦，謊言萬歲！一切說謊的人萬歲！
現在，誰再說我的繆斯憤世嫉俗？
她高唱這世界的讚詩，而爲那些
不肯追隨她歌唱的人感到恥辱。

慨嘆沒有用；讓我們像別人那樣
鞠躬吧，恭吻著聖上的手和足
或任何部分；愛爾蘭就是好典範：⑯③
雖然，她的國花好像有點凋殘。

唐璜在社交界露了面，論衣冠、

⑯③1821年8月英王喬治四世訪問愛爾蘭時，受到愛爾蘭貴族的趨奉和阿諛，雖然愛爾蘭人民是在民族壓迫的水深火熱中。

論舉止，無一不令人讚不絕口，
我不知道哪方面更受到注目；
一顆特大的鑽石使人談論不休：
據人們傳言，那是喀薩琳女皇
在一陣迷醉之際（愛情和美酒
都有發酵作用）給他的禮物；
老實說，他可絕不是無功受祿。

論職責，除了國務大臣和秘書
必須對外國使臣們彬彬有禮，
直到他們那舉棋不定的國君
終於定局，擺出了皇家的謎底；
可嘆一切官員，連小役吏在內——
那出自衙門的污泥，又充斥於
「腐敗」的濁流！——對人都不夠凶惡，
以致難於食俸祿而無愧於色。

無論文職或武職，平時或戰時，
　他們所以受雇佣，無疑是爲了
凌辱人的，這就是他們的工作；
　如若不信，可問那請求過護照
或其他限製自由的證件的人，
　（這是一種災難，也夠令人苦惱，）
是否在那些被賦稅養肥的人中
看到了最凶惡無禮的——狗雜種？

拜倫和同時代的人

（《唐璜》第11章，第53～56，61～63節）

唐璜懂得幾國語言，——這當然是
　意中事，——又搬用得及時而巧妙，
這挽救了他在才女心中的聲譽，
　她們只惋惜他不近吟咏之道。
若是再有這一項，那他的成就，
　對她們來説，才真是無比高超。
曼尼式小姐和扶利斯基太太
特別希望被西班牙詩歌唱出來。

不過，他應付得很不錯，每一類
　社交的核心都把他看作候補，
而且，像班柯鏡中閃現的那樣，⑯
　無論在大小宴會上他都有福
見到一萬個當代作家掠過身，
　這也就等於各時代的平均數；
還有八十「現存最偉大的詩人」，
因爲每本無聊雜誌都有幾名。

嗚呼！那所謂「現存最偉大的詩人」
　不過兩個五年，就要像拳擊大王，
必須顯顯身手，以示其名不虛傳，

---

⑯參見註⑩。《麥克白》第4幕第1場中，女巫們讓蘇格蘭王麥克白看見幻象，預告班柯的子孫將爲國王。麥克白說：「他拿著一面鏡子，我可以從鏡子裡看見許許多多戴王冠的人。」

雖說他們的名氣只是閉門想像。
連我，雖然我並不知道，也雅不願
在羣丑之中作一個跳梁的皇上，——
連我，在很長一段時期內，都被人
尊稱爲詩國中的偉大的拿破崙。
但《唐璜》就是我的莫斯科戰役，⑯
《法列羅》和《該隱》成了我的來比錫
和聖讓山；而那美妙的蠢才同盟，⑯
既然「大師」已倒，又可以東山再起；
但我雖倒，也要倒得像我的英雄，

⑯這一節拜倫把自己比作走向敗亡的拿破崙。1812年的莫斯科一役，使拿破崙一蹶不振，1813年在來比錫又被聯軍挫敗，而聖讓山之役則是拿破崙投降前的最後一次戰鬥，此後他即被囚於厄爾巴荒島上。拜倫的詩劇《法列羅》不像他的早期作品那樣暢銷。他的詩劇《該隱》由於歌頌對上帝的反抗，受到保守派猛烈攻擊。

⑯蠢才同盟，戲比「神聖同盟」（在拿破崙失敗後由俄、普、奧三國發起的反動聯盟）。

　要就有生殺大權，真正爲王治理，
要就去到一個荒島去當俘囚，
寧可讓叛徒騷塞作我的看守。

企圖稱霸詩壇的死者和活人
　名單倒很長，但誰也沒有贏得
他所求的，——甚至不能明確知道
　誰將會勝利。而時光悄悄溜過，
連腦子或枯腸都已蔓生野草，
　至於稱霸的機會呢，還是不多！
他們熙熙攘攘，真像那三十帝王，⑯⑦
把羅馬的一段歷史弄得很骯髒。

⑯⑦三十帝王，指後期羅馬帝國在三世紀中葉的內亂時期，當時軍事政變頻繁，各地軍人自立統治者，形成所謂「三十僭主」的局面。

這是文學界的後期羅馬帝國，
　它的事務都由近衛軍來掌握；
呵，可怕的行業！你要是想高攀，
　就必須不斷敷衍士兵的邪火，
像敷衍吸血鬼似的；但若一旦
　我願回到國內，而且樂於刻薄，
我要和那些蠻子兵較量一番，
教他們見識一場真正的筆戰。

我想我有一兩手論辯的花招，
　足教他們吃不消；不過，又何必
和這些小螺絲釘們斤斤計較？
　確實，我也沒有那麼大的火氣，
而況我的本性不會厲聲厲色，
　我的繆斯哪怕是駡得最嚴厲
也是帶著微笑的，接著她還會

請一個安退下來，誰也不得罪。

時光不再

（《唐璜》第11章，第76～86節）

「哪兒是那世界？」楊格⑯活到八十歲，
慨嘆說：「哪兒是那誕生我的世界？」
唉，哪兒是八年前的世界？一轉瞬
就不見了，像玻璃球似地碎裂！
閃一閃就消失，沒等你多看一眼，

---

⑯愛德華·楊格（1683～1765），英國詩人。引文中的情思，可見於他的作品《夜思》（1745），以及他80歲時出版的《順從》（1762）。

那絢爛的大世界便悄悄地融解：
國王、王后、要人、演説家、愛國志士
和花花公子，都一起隨風而飄逝。
哪兒是偉大的拿破崙？天知道！
哪兒是渺小的卡斯爾雷？鬼能説！
呵，哪兒是格拉旦⑯⑨、古蘭⑰⓪、謝立丹⑰①——
那名震法庭或議院的一羣論客？
哪兒是島國人人愛戴的公主⑰②？
哪兒是多難的王后⑰③和她的災禍？

---

⑯⑨亨利・格拉旦（1746~1820），爲愛爾蘭獨立而鬥爭的愛國者，他爭取了愛爾蘭的議會獨立。

⑰⓪約翰・古蘭（1750~1817），愛爾蘭政治家和著名的演説家，主張愛爾蘭獨立，反對與英國的聯合。拜倫曾向人説：「他是我所見到的最奇異的人。在他身上，最燦爛而深邃的幻想結合了一種……韌性和機智——他的心是在他的頭中。」

⑰①瑞恰德・謝立丹（1751~1816），英國戲劇家和著名演説家，有兩次在議會中的演説轟動一時。

哪兒是殉身的聖徒：五分利公債⑰④？
那些地租呢？怎麼一點收不進來！
哪兒是布拉梅⑰⑤？垮臺了！威斯萊⑰⑥呢？
破產了！哪兒是惠伯瑞⑰⑦？羅米力⑰⑧？

---

(172)「島國人人愛戴的公主」，指喬治四世和卡羅琳所生的女兒夏洛蒂公主。她在政治上有自由主義觀點，於1817年死去。見註⑲。

(173)「多難的王后」，指喬治四世要與之離婚的卡羅琳。喬治四世曾控告她和她的前僕役伯加米管家有曖昧關係。卡羅琳死於1821年。

(174)五分利公債，當時英國政府爲了支付對法國的戰費而發行過的公債。後來英國政府被迫停止發行這項公債，拜倫戲稱之爲「殉身的聖徒」。

(175)布萊安．布拉梅（1778~1840），倫敦著名的花花公子，1816年因避債逃至法國。

(176)威廉．威斯萊（1788~1857），威靈頓公爵阿瑟．威斯萊的姪子，社交明星。他的生活奢侈糜爛，後來敗落，1822年他的財產宣布拍賣。

(177)賽繆爾．惠伯瑞（1758~1815），英國政治家，輝格黨議員，在議會中贊助進步的措施。因神經失常而自殺。

哪兒是喬治三世和他的遺囑(179)？
（這倒是一時不易弄清楚的謎）
哪兒是鳳凰四世(180)，我們的「皇鳥」？
　據說是到了蘇格蘭去聽騷尼(181)
拉提琴去了——請聽那「搔我，搔你」，
好一齣皇上癢、忠臣搔的把戲。
哪兒是甲勳爵？哪兒是乙夫人？

(178)賽繆爾·羅米力（1757～1818），英國法學家和律師，他在妻子死後自殺。經法院確定死因，認爲係由於神經失常。在拜倫的離婚訴訟中，他代表拜倫夫人一方，迫使詩人同意分居。

(179)喬治三世於1820年死去。喬治四世及其弟約克公爵因爭奪遺產而引起社會流言。喬治三世留下兩份遺囑，其中一份未簽字，引起糾紛。

(180)「鳳凰四世」，指喬治四世。詩人摩亞有一首詩名《鳳與凰，王室之二鳥》，拜倫引用此名譏喬治四世，因他肥胖而愛修飾。

(181)騷尼，蘇格蘭人的綽號。喬治四世在1822年訪問蘇格蘭時，受到當地權貴表示忠誠的盛大歡迎。

還有那些尊敬的小姐和情婦們？
有的像陳舊的歌劇帽，置之高閣，
結了婚，又離了婚，或者又結了婚
（這就是時髦的三部曲）。哪兒是
都柏林的呼喊[182]？——和倫敦的質詢[183]？
哪兒是戈倫維爾們[184]？照例轉了向。
我的朋友民權黨呢？還是在野黨。[185]
哪兒是卡羅琳[186]和弗蘭西絲[187]們？
離了婚，或者正走著這一過程。

---

[182]「都柏林的呼喊」，1821年喬治四世到愛爾蘭時受到上層人士的歡呼。都柏林是愛爾蘭的首府。

[183]「倫敦的質詢」，指倫敦市民對政府和政客們的不滿。

[184]威廉·戈倫維爾（1759~1834）及其兄弟是著名的輝格黨（或民權黨）的活動家。他曾改變過政治立場，在1807年退出政治界。

[185]民權黨與托利黨是英國當時的兩大政黨，但民權黨受托利黨的競爭和排擠，將近30年沒有執政。

哦，《晨報》！⑱你燦爛的一大串宴飲
和舞會的編年史呵！唯有你能
告訴我們馬車打破窗子，或其他
時髦的怪事，——請說說在那海峽中
現在是什麼潮流？有的死，有的飛，
有的淺擱大陸：只怪時光把人催。

那一度決心迷住慎重的公爵的，
終於和年輕的世家子弟打得火熱；
有的闊小姐不慎，上了騙子的鈎，
有的少女變爲太太，有的未出閣

⑯卡羅琳·蘭姆（1785~1828），英國首相梅爾本的妻子，以後離了婚。她寫有一些小說，有一時期是拜倫的情人。

⑰弗蘭西絲·韋伯斯特，是拜倫友人之妻，在1813年秋，拜倫曾和她一度鍾情。她以後和丈夫離異。

⑱「晨報」，英國的保守派報紙，其中上流社會的新聞佔有很大篇幅。

而成了母親，有的則花容凋謝。
　總之，這一串變化真叫人迷惑。
這本來不稀奇，但有一點可怪：
這些普普通通的變化來得太快。

別說七十歲是老年吧；在七年裡
　我所看到的人海滄桑，從帝國
以至最卑微的生靈，已遠遠比
　普通一世紀的變化都多得多。
我知道萬事無常；但如今，連變化，
　雖然變不出新花樣，都太難測；
看來人間没有一件事能永恒，
唯一的例外是：民權黨當不了政。

我看到雷神般的拿破崙如何
　縮小爲沙特恩[189]。我看過公爵大人

（別管是誰吧）變爲愚蠢的政客，[190]
　比他那副呆相（假如可能）還更蠢。
但現在，我該升旗揚帆，朝新的
　題目行駛了。我見過，而且頗寒心：
看國王先是被噓，以後又被哄，[191]
至於哪件事較好，我也不太懂。

我看過鄉紳們窮得不名一文，
　我看過瓊娜．蘇斯考特[192]；我看過
下議院變成了斂賦稅的圈套；[193]

---

[189] 沙特恩，羅馬神話中的農業之神，以後轉化爲希臘神話中的克羅諾斯。克羅諾斯是泰坦族巨人之一，他推翻其父而主宰宇宙，據說他吞食自己的兒子，以防他們造反；其妻瑞阿以石頭頂替宙斯讓他去吃，宙斯因此得救，並推翻克羅諾斯而成爲宇宙的主宰。

[190] 指威靈頓公爵，他在滑鐵盧戰後成爲英國政界的要角。

[191] 指喬治四世。他在做王太子時，頗不得人心。登上王位以後，到各地巡視，受到上層人士的歡迎。

我看過小丑戴上了王冠治國；
我看過已故王后的一段慘史；
　我看過一個會議什麼壞事都作；[194]
我看過有些民族像負荷的驢，
一腳踢開過重的負擔——上層階級。[195]
我看過小詩人和大塊文章家；
　和滔滔不絕的（並非永恒的）演說家；
我看過公債券和房地產交鋒；

---

[192] 瓊娜·蘇斯考特（1750～1814），英國一農家女，曾爲女佣多年，以後自稱有神異知覺，能預知未來。1801年她創立一個教派。招引信徒達十萬。她宣稱自己將誕生一先知，結果並未應驗，而不久以後即病死。

[193] 英國議會屢次通過法案，增收新稅，加重人民負擔，這暴露了其「民主政治」的虛僞性。

[194] 指1822年「神聖同盟」國家在義大利維羅那所開的會議，會議決定鎮壓西班牙革命和各國人民的起義。

[195] 指1820年的西班牙資產階級革命，限制了王權。又指義大利燒炭黨在1820～1821年領導的反奧地利統治的革命，以及當時墨西哥和南美洲的人民起義。

我看過鄉紳們號喪得像娃娃；
我看過騎馬的奴才踐踏人民，⑲⑥
好似踏過了一片無言的平沙；
我看過約翰牛拿麥酒換水酒，⑲⑦
他似乎鄙視自己是一隻笨牛。

但時光不再！唐璜，別放過！別放過！
明天就有另一場戲，一樣的快活
和短暫，又被同樣的怪物吞沒。
「生活是個壞演員，」⑲⑧莎翁說：那麼，
「壞蛋們，演下去吧！」切記不要管
你作的什麼，只看你是怎麼說；

⑲⑥指1819年8月16日的曼徹斯特城慘案。當時英國騎兵衝入集會的羣衆，揮舞馬刀，造成六百餘人的傷亡。
⑲⑦當時英國釀酒商爲了免交麥芽稅做水酒而不做麥酒。
⑲⑧引自莎士比亞《麥克白》第5幕第5場。

要虛僞，要察言觀色，別表露出你的本人，只學人依樣畫葫蘆。

資產階級

（《唐璜》第12章，第3～10節）

呵，黃金！爲什麼說守財奴可憐？
　唯有他們的樂趣才從不變味；
黃金轄制一切，像鐵錨和纜索
　把其他大小的樂趣都鎖在一堆。
你們也許只看到一個節儉人的
　粗茶淡飯，就暗笑他這個吝嗇鬼
何以竟愛財如命；但你們可不懂
一點點乾酪渣能生出多美的夢。

愛情令人傷神，酒色更傷身體，
　野心箭拔弩張，賭博傾家蕩產；
但積財呢，起初慢些，以後加快，
　每一次受苦都給添上一點點
（只要耐心等它），它可是遠勝過
　愛情、美酒、籌碼，或要人的空談。
黃金哪！我還是愛你而不愛紙幣，
那一疊銀行票子真像一團霧氣。

是誰掌握世界的樞紐？誰左右
　議會，不管它傾向自由或保皇？
是該把西班牙赤背的愛國者⑲
　逼得作亂？使舊歐洲的雜誌報章

⑲西班牙赤背的愛國者，指1820至1823年間西班牙的革命者。

一致怪叫起來？是誰使新舊世界
　或喜或悲的？誰使政治打著油腔？
是拿破崙的英靈嗎？不，這該問
猶太人羅斯察爾德，基督徒貝林⑳⓪！
這些人和那真正慷慨的拉菲特⑳①
　才是歐洲真正的主人。每筆貸款
不僅是一宗投機生意，而且足能
　安邦定國，或者把王位踢翻。
連共和國都難逃：哥倫比亞股票
　已有些賣給交易所的大老闆。
連你的銀質的泥土呵，秘魯⑳②！

⑳⓪羅斯察爾德、貝林，著名銀行家，他們掌有政治和經濟勢力。
⑳①傑克·拉菲特（1767～1844），法國銀行行長；當巴黎人被迫向聯軍捐款時，他代他們預先支付了這筆款項。
⑳②秘魯富於銀礦，為外國資本所掌握。

都難免受猶太人的折扣之苦。

爲什麼說守財奴可憐？我還要
　問問這句話：不錯，他過得簡樸，
但聖徒和犬儒學派㉓也這麼過，
　卻得到讚譽；凡苦行的基督徒
也都以同樣的原因被列入聖册；
　那爲什麼偏責備富人的刻苦？
也許您會說：這對他太不必要，
我看他的克己倒更值得稱道。

呵，他才是你們的真正的詩人！
　熱情，純真，眼中閃著靈感的火，

⑳犬儒學派，古希臘小蘇格拉底派之一，主張人們克己自制，獨善其身而無所求，認爲這就是美德。這種主張後來被稱爲犬儒主義。

他掂著一堆堆黃金；請想想吧，
　僅是黃金夢就曾引誘多少國
遠涉重洋！就從那幽黑的礦井，
　金錠對他閃著光，鑽石發著火，
還有翡翠的柔光給眼睛安慰，
以免守財奴看寶石看得太累。

大洋的兩岸全是他的；從錫蘭、
　印度或遙遠的中國開來的船，
無一不爲他卸下馨香的產品；
　他的葡萄園像朝霞一般紅艷；
他的轂子車把道路壓得呻吟；
　他的地窖可以作國王的宮殿；
但他呢，對感官之欲一概鄙棄，
只克勤克儉——作理智的上帝。

也許他心裡自有偉大的計劃，
　設醫院啦，蓋教堂啦，或創辦學府，
以便死後在一座大樓的檐下
　把他的尖削的臉子高高雕出。
也許他想要解放人類，就用那
　把人類業已降爲牲畜的礦物；
也許他想作全國最大的富翁，
或者狂喜於自己謀算的成功。

上流社會

（《唐璜》第13章，第79～89節）

府邸中貴賓雲集，先提女性吧：
　首先是公爵夫人費茲甫爾克，
怪彆扭伯爵夫人，包打聽夫人，
　胡塗夫人，風頭健小姐，愛饒舌
小姐，羽紗小姐，麥克・緊身小姐，
　和猶太夫人，闊銀行家的老婆；
此外還有可敬的睡不醒太太，
她看來像白羊，卻比黑羊[204]還壞；

還有許多伯爵夫人，說不出名堂，
　但有地位，是社會的精華和渣滓；
她們像濾過的水，純潔而虔敬，
　個個出類拔萃於芸芸衆生之外；
或者像印成鈔票的紙，別管那是
　怎樣印的吧，這張通行證就掩蓋
其人及其事蹟；因爲社交場上
雖然敬畏神明，卻也寬宏大量。

那就是說，寬大到一定的程度，
　這限度在哪兒，卻最難以標點。
體面是上流社會運轉的承軸，
　誰對誰都應該稍留一些情面。

---

⑳④在英國，一家或一羣人中的敗類被稱爲「黑羊」。

若是對美狄亞㉕說：「滾開吧，女巫！」㉖
未免失禮，那叫伊阿宋多麼難堪！
賀拉斯和帕爾其㉗都這麼認為：
又討人喜歡，又有利，何樂而不為？
我不能確切指出他們的準則，
那是非標準多少有些像抓彩；
我曾見到一個德行好的女人，
只因為被合謀排擠就坍了臺：

㉕美狄亞，據希臘神話，她是柯爾其斯國的公主和女巫，當伊阿宋率阿葛大船去尋金羊毛路過柯爾其斯國時，美狄亞愛上了他，幫助他取得金羊毛，並克服了她父親所設的種種障礙，撕碎了她的兄弟，而和伊阿宋登船同返希臘。途經科林斯時，伊阿宋愛上該國公主而拋棄了美狄亞；美狄亞為了報復，不但殺死情敵，也殺死了她和伊阿宋所生的兩個孩子，然後乘火龍駕駛的車逃走。關於她的故事，見奧維德的《變形記》。

㉖「滾開吧，女巫！」引自莎士比亞《麥克白》第2幕第3場。

㉗露意基·帕爾其（1432～1484），義大利詩人，著有詼諧的騎士故事詩《莫干特》，拜倫曾譯其一部分。

又有一位某某太太智勇雙全，
　略施小計就把地位爭了回來，
於是又成了高懸天界的天狼星，
帶著無損的訕笑跳出了陷阱。

我看見的真難以盡述，——但還是
　談談我們享田園之樂的那些人。
被邀的賓客大約有三十三位
　最高級人物——一代風流的婆羅門。
我前面提到的都不是頭號人物，
　只不過俯拾了几位湊湊脚韻。
夾在其中的，好像兩三點斑污，
還有幾位愛爾蘭的離鄉地主。

有位巴樂爾⑳⑧，那法學界的幹將，
　他只在議院和法庭才大打出手，

的確，要是被邀請到別的地方，
他的興趣倒在於議論而非戰鬥。
還有年輕的榨韻詩人，剛剛問世，
也要作爲明星在文壇照耀六周；
還有庇羅勳爵，自由思想的權威，
和約翰・海碗爵士，偉大的酒鬼。

還有蠻橫公爵，他是一個——公爵，
呵，每一寸都是；還有一打貴族
個個像是查理曼大帝㉑所封的，
論才智和相貌，絕不會被耳目
把他們誤認爲屬於平民一流；

⑳巴樂爾，莎士比亞戲劇《皆大歡喜》中一個生性膽小而又愛吹牛的人物。
㉑查理曼大帝（742～814），法蘭克王國加洛林王朝國王（768～814），公元800年由羅馬教皇加冕稱帝，號爲「羅馬人的皇帝」，法蘭克王國遂成爲查理曼帝國。

還有厚顏六姊妹，呵，六顆明珠！
整個是歌魂和感情，那憂鬱的心
不在於修道院，而是嚮往結婚。

有四位可敬的先生，他們的可敬
大多在頭銜以內⑩，而不在那以外；
有一位勇敢的騎士，智多星男爵⑪，
最近被法國和命運飄到這兒來，
他的無害的天才主要是娛人，
但俱樂部卻發現「笑」也很有害，
因爲他逗人的魔力實在太大，
連骰子好像也迷上他的俏皮話。

⑩在頭銜以內，英國議員、伯爵以下的貴族子弟等稱「可敬的某某」，因此「可敬」成爲他們的頭銜。
⑪智多星男爵，可能指法國人蒙通男爵（1768~1843），他是社交明星，談吐機智，善於賭博，因躲避拿破崙而逃亡到英國兩年（1812~1814）。

有一位狄克·多疑，是個玄學家，
　喜歡哲學，和一餐豐盛的酒肉；
還有三角先生，自命數學大師，
　和亨利·銀杯爵士，賽馬的能手。
有一位大言不慚的教理嚴神父，
　他不恨罪惡，只是罪人的對頭；
有一位姓普蘭塔金內特的貴族，
真是無一不精，更善於和人打賭。

有一位傑克·粗話，近衛軍的巨人，
　和火面將軍⑫，戰場上功名赫赫，
戰術和擊劍都精，北美戰爭中

⑫火面將軍，可能指喬治·普瑞沃斯特（1767～1816），英國駐北美總督。在第二次美洲戰爭中作戰不力，他在應該派兵馳援時反而下令士兵做飯，因而受譏。

　　他殺的美國佬不及他吃的多。

有一位惡作劇的法官鐵心人，
　　十分會應付他的嚴肅的職責：
當一個罪人來聽候他給判罪，
倒能有法官的玩笑做爲安慰。

上流社會好似棋盤，上面也有
　　什麼國王，王后，主教，騙子，小卒；
它本來是一場戲，不過那傀儡
　　是自己牽線，全是自願去充數。
我的繆斯呵，你怎麼像隻蝴蝶，
　　有翅而無刺，盡在半空中飛舞，
而不著邊際？——假如你是隻黃蜂，
恐怕就有不少的罪惡要喊痛。

議員選舉

（《唐璜》第16章，第70～77節）

亨利勳爵是個出色的競選人，
　爲了拉票，他像老鼠無孔不鑽；
但在本郡裡，他卻有一個勁敵，
　一位空頭支票伯爵和他競選，
那伯爵的兒子，可敬的混水摸魚
　是另外一個利益集團的成員，
（那就是說，也是爲自己的利益，
只不過在偏度上稍有些差異）。

所以，他在本郡處處用心周旋，
　有的施以小惠，有的給以情面：
對無論什麼人都是有求必應，
　而且到處應下了一大堆諾言，
這總合起來實在是一個包袱，
　幸而他倒鬆心，從不加以盤算；
反正有的兌現，有的說也白說，
總之，諾言的價值到處差不多。

他是自由和自由業主的朋友，
　但同時，他也唱著官方的讚歌，
他覺得他正好是這兩端的折衷，
　既有愛國之志，也被王恩所迫
在政府中無功受祿，「尸位素餐」，
（對政敵的指責，他這麼自謙說）。

他早認爲可以撤銷這閒差事，
但若連它都撤銷，法律也得要廢止！
據他「鹵莽地承認」（這樣的辭藻
是普通英文嗎？——不，只在議會中
你才能聽到它）。如今世風日下，
標新立異的風氣比上一代更盛。
他不願走黨爭之途而博得喝采，
只是爲了公益才有意忍辱負重；
至於他目前的官職，他只想說：
他得到的疲勞比實惠多得多。
老天知道，還有朋輩也都知道：
逍遙的生活一直爲他所推崇，
但他怎能在多事之秋捨棄了
他的皇上，陷人民於水火之中？

可恨煽動者流正在手執屠刀，
　要把那些使國王、貴族和民衆
聯結在一起的紐帶一一砍斷，
呵，詛咒他們製造的社會紊亂！

若是有一天由於國務的需要
　使他高居要津，他將勉爲其難，
直到知難引退或被免職爲止，
　只要使別人受益，他也就心安；
但假如一國而沒有重臣的地位，
　那舉國上下更要感到惶惶然，
誰來治理它呢？也許你覺得行，
他卻以作英國人而引爲榮幸。

他是不求於人的；呵，當然薪俸
　不足以維持「獨立人格」的官員

比他差得多，正如士兵和妓女
　若論他們各自範圍內的才幹，
自然比那不是專管此業的人
　更能在屠殺和賣淫上炫耀一番。
同樣，高官對下屬總愛擺氣派，
連他的門房對乞丐也不例外。

這一切（除了上一節）都是亨利
　說過或想過的，我不必再多敍。
因爲，誰沒有去聽過競選演說？
　或從「獨立的」官方競選人那裡
私下得到過一些小小的音訊？
　關於這，適可而止吧！不必再提。
而且餐鈴響了，人們都作了禱告，
我也應該去作這飯前的禱告——

第三部分　長詩

科林斯的圍攻㉑③

自從耶穌爲了救世人而死，
在一千八百一十年的日子，
我們是一夥大膽的兒郎，
馳驅在陸地，揚帆在海上。
呵，我們過得快活而盡與，
我們涉過河水，我們翻山越嶺，

㉑③科林斯是連接希臘南北兩部陸地的地峽城市。1715年，土耳其總督進攻科林斯以圖打通去伯羅奔尼撒半島的途徑。猛攻幾次後，該城總督米諾蒂請求議和，但在談判期間，土軍營地的軍火庫突然爆炸，死六、七百人，土耳其軍爲此再度猛攻科林斯，將全城守軍及總督盡屠。本詩將這一歷史事件作了某些修改。它寫於1815年。

沒有一天我們叫馬兒稍停；
不管睡在山洞，還是睡在草篷，
在最硬的床上也有輕盈的夢；
不管是裹著我們粗糙的外套，
臥在艙板上，任船在水上漂，
或是躺在沙灘，把我們的槳
給休憩的頭當枕頭枕上，
我們次日醒來總是生氣勃勃。
我們說話和思想不受束縛，
我們有的是健康，也充滿希望，
只知勞作和飄遊，不知有悲傷。
我們各有不同的語言和信仰，
有的曾是數念珠的苦修僧，
或在清真寺，或在教堂中；
有的，也許我弄錯，什麼也不信，
可是，在廣大世間盡你去找尋，

也難找到更混雜、更快活的一羣。
但如今，有的死了，有的走了，
有獨自飄零在天涯海角，
有的還在山中落草爲王，
就在伊皮羅斯㉑④峽谷之上，
呵，有時「自由」仍登高一呼，
用血來把「壓迫」的苦難償付；
有的已去到遙遠的國土，
有的在家鄉不安地苦度；
可是呵，我們再也、再也不能
重聚在一起，漫遊和歡騰！

那日子雖艱苦，飛得多舒暢！
現在卻一天天過得淒愴；

㉑④伊皮羅斯，希臘地名；該地瀕臨愛奧尼亞海。

我的回憶像燕子掠過莽原，
總把我的神魂帶回到以前
行經的大地，飄飄然玄想，
像一隻野鳥不斷地遊蕩。
就是這，永遠使我發出歌唱，
就是這使我常常，呵，太常常
請求那肯耐心聽我的
跟隨我去到那迢遙的領域。
陌生人呵，現在你可要跟我
坐在科林斯的最高的山坡？

一

多少消逝的年代，多少世紀，

戰爭的怒火和風暴的呼吸
都掃過科林斯；然而她挺立，
一個堅強堡壘在自由神手裡。
儘管旋風怒吼，地震山崩，
她蒼白的岩石仍巍然不動。
那是大地的拱石，國土雖陷，
她仍然驕傲地望著那座山，
那座山是兩股潮水的界標，
山的兩側拍打著紫色的波濤，
彷彿兩股水相遇而憤怒，
卻又在她腳下停歇和蹤伏。
然而，自從提摩連的流血的兄弟，⑵⑮
或從波斯暴君潰逃時算起，⑵⑯

⑵⑮提摩連，公元前4世紀科林斯的貴族，曾推翻西西裡島上諸城的暴君。當他的兄弟提摩芬尼斯想在科林斯稱王時，他曾勸阻未果，以後他聽任兩個友人刺殺了提摩芬尼斯。

她已看到了不知多少殺戮，
使血流成河，又向地下滲入；
若是那些血能從大地湧出，
赤色的海將以血水的浪波
把她下面平靜的地峽淹沒。
若是在這裡被殺戮的人
他們的白骨能留存至今，
那會堆起另一座金字塔
高高矗立在晴朗的天空下，
勝過雅典的衛城，它的塔頂
儘管好似吻著飄飛的雲。

㉖公元前5世紀，波斯王大流士在馬拉松敗於希臘。

二

在暗褐的西斯隆山脊上
有兩萬支鋼矛灼灼閃著光，
在山下，科林斯地峽的平原，
從此岸到彼岸，一望無邊
全是支起的帳幕，新月旗
在穆斯林的圍攻線上高舉；
在大鬍子巴夏的目光注視下，
土耳其的黝黑的馬隊在進發；
遠遠進進，盡目力所及的地方，
只見包頭的士兵聚在海灘上；
有阿拉伯人讓駱駝臥下，

有韃靼人在旋轉著他的馬，
還有土耳其牧民離開羊羣
把軍刀繫上了他的腰身；
還有轟隆聲像萬發雷鳴，
連海浪也被震懾得安靜。
戰壕已挖掘，大炮的呼吸
遠遠掠過死亡嗖嗖的大地；
城牆隨著沉重的炮彈
一齊炸開，碎石在空中飛旋，
而從那城牆後，敵對的一方
在煙霧的天空，塵沙的平原上，
以炮火作出回答，迅急而猛
回答著邪教徒的挑釁。

三

但在城前，在那些要攻陷
它的人中，有一個人最當先，
他在戰爭的歪門斜道上更精於
奧托曼的子孫的技藝，
他的鬥志昂揚，足比得上
任何在戰場上勝利的酋長；
一戰再戰，從駐地到駐地，
他飛馳著他熱騰騰的座騎。
只要哪兒隊伍要進攻戰壕
使最勇敢的穆斯林也停住腳，
只要敵人的炮臺把守嚴密，

還無法攻破，在那兒矗立，
他就下馬來鼓舞士氣，
讓鬆懈的士兵猛烈地射擊；
最先於隊伍，也最精神抖擻，
使斯丹布爾的蘇丹能誇口，
他率領人馬在戰地奔跑，
或指向地道，或揮舞長矛，
或圍著砍殺的刀而劈擊——
這就是艾爾普——阿德里亞㉑⑦的叛逆。

㉑⑦義大利城名。

四

威尼斯是他的出生的國土，
他的祖先曾是那兒的望族，
但最近，他成了她的亡命徒，
卻要對他的同胞使用出
他們傳授他的武藝；而今
他在剃光的前額紮上頭巾。
科林斯經過了多少變化，
終於和希臘同歸威尼斯管轄；
而在這兒，在這城牆之下，
他面對著威尼斯和希臘，
變成她們的敵人；他感覺

像年輕的新信徒那麼熱烈，
在他火熱的胸中聚集著
種種痛苦的回憶把他絞割。
對於他，威尼斯已誇不上
一個文明的古城——自由之邦，
在聖馬可的大殿，已經有
無名氏們在暗中寫下詛咒
沒有人塗去他們針對他
在「獅子口」中留下的責罵，
他及時逃了命，好把一生
未來的歲月虛擲在鬥爭中，
讓他的故土瞭解，十字架
損失了他要付多大的代價，
他要高舉新月旗與它對抗，
直到復了仇，不然就死亡。

五

庫姆吉㉘，他臨終的景況
爲尤金的勝利增光，
在卡羅維茲的血染的平原
他最後被殺，也是最勇的一員，
他倒下了，並不爲死而惋惜，
只是詛咒基督徒的勝利，——
庫姆吉呵，希臘的征服者，

㉘阿里·庫姆吉，土耳其17世紀的勇將，曾在一次戰役中打敗威尼斯，佔領伯羅奔尼撒半島。以後與日耳曼人作戰，被殺於卡羅維茲平原（在匈牙利）。他在臨死時，下令殺死日耳曼被俘的將軍和士兵。據說，當有人告訴他，他的對手尤金王子是一個偉大的將軍時，他說「我要比他更偉大」。

難道他的榮耀已經失色？
威尼斯自古給希臘的自由
又被基督徒交到她的手，
自從他重樹穆斯林的統治
一百年的時光已經流去，
如今他引導著土耳其軍，
給了艾爾普以先鋒的指引，
艾爾普也無愧於這一重任，
一路把城鎮都夷爲灰塵；
他以殺戮的事蹟來證明
在新的信仰中他多麼堅定。

六

城牆已危殆，飛速的火力
把不斷的子彈朝它投去，
那是毫不停歇的怒火
從大炮直搗向城垛；
轟隆的炮聲好似雷鳴
從每座火熱的蛇炮⑲升騰；
這裡，那裡，崩毀的房舍
被爆炸的炮彈引起了火，
就在這爆發的火山呼吸下

⑲16和17世紀外國一種大炮，炮上有蛇形搖柄。一譯長炮。

塌毀了整個的大廈，
火焰的紅柱盤旋上升，
殘墟的倒塌發出巨聲，
或者就迸出無數流星，
人間的星星飛向天庭；
那一天的雲層加倍地暗，
太陽被遮得無法射穿，
成捲的濃煙冉冉上升，
形成硫磺色的一片天空。

七

但不僅僅是爲了復仇，
叛徒艾爾普耽擱這麼久

嚴厲地來教穆斯林士卒，
怎樣突破一點的攻城術；
在那城牆裡關著一個少女，
他懷著希望要把她奪取，
儘管她頑固的父親不同意，
在一陣暴怒下曾對他堅拒，
當艾爾普以基督徒之名
請求少女許配他終身。
那是以前了，心情上快樂，
還沒有被責以叛變的罪惡，
在遊艇，在大廳，多麼暢快，
他在狂歡節中閃著光彩，
還彈著最柔情的催眠曲，
在午夜，彈給義大利的少女，
在阿德里亞的水邊何等甜蜜。

八

大多人以爲她的心已有所屬，
因爲它誰也不給，儘管被追逐；
年輕的弗蘭茜斯卡仍獨身，
沒有被教堂的誓約所困；
當亞得里亞海上的船
把蘭西奧托載到異教海岸，
她常見的笑容就失去，
少女變得蒼白而沉鬱；
更常常地到教堂懺悔，
而少見於歡慶和假面舞會；
即使在那裡，她也低垂著眼，

對它征服的心毫不稀罕；
她好像不經心地注視什麼，
她也不關心自己的衣著，
她的歌聲已不那麼歡暢，
她的步履雖輕，卻較遲緩
在晨曦照耀的對對舞伴中，
因爲通宵的舞還沒有盡興。

九

被政府派來防守這塊土地，
（它是奪自穆斯林的手裡，
當索別斯基的驕傲已暗淡
在布達的城下，在多瑙河邊；

威尼斯的將領就來攻佔
從帕特雷到埃維厄的海灣[220]）
米諾蒂在科林斯的高閣裡
擁有著共和國總督的權力，
那時和平正以憐憫的微笑
照看她久已遺棄的希臘海島，
那時不忠的停戰還未被突破，
她還沒感到異教徒的重軛；
他帶著美麗的女兒來到這裡，
並非爲了自墨涅拉俄斯之妻[221]
遺棄丈夫和國土以後，來證明
怎樣的災禍發自非法的愛情，

---

[220] 指自希臘西部至東部的海灣。

[221] 指海倫被帕里斯劫走逃離希臘而至特洛伊，因而引起特洛伊戰爭。使該城戰敗被毀（見荷馬史詩《伊利亞特》）。

儘管有比她，呵，絕色的遠客，
更美的倩影來使國土生色。

一〇

城牆破了，殘垣露著缺口，
只等明晨一線曙光初透，
一場激烈進攻的第一排壯勇
就要埋在那一堆亂石中；
隊伍排成行，精選的先鋒
由穆斯林和韃靼人組成，
充滿了希望，卻誤稱爲「敢死隊」㉒，

㉒英文「敢死隊」（Forlorn Hope）一詞，有「絕望」之意。

他們對於死亡毫無所畏，
只知以偃月刀殺出一條路，
不然就以屍體鋪出路途，
好使後繼的勇士攀登向前，
把才死的人當一個踏腳板！

二

正是午夜：淒清的圓月亮
深深照耀在濯濯的山上；
藍色的海在滾動，藍色的天
好似空中的海洋在鋪展，
有光的小島點綴其間，
這樣荒涼，這樣輕盈地燦爛，

誰能看到它們的閃閃發光
而回顧大地不感到淒愴，
而不願展翅，遠遠地飛離，
和那永恒的光融合在一起？
兩岸邊的海水輕輕蕩漾，
平靜而澄碧，和天空一樣，
它的泡沫很少把石子撳動，
而是像小溪般細語淙淙。
以碧波爲枕，風在安睡，
旗幡都在旗杆頂下垂，
而當它們在杆上被捲起，
一鈎新月就照耀於天際；
山野上一片深沉的寂靜，
只偶爾聽到崗哨的口令，
或駿馬不斷的尖聲嘶叫
引起山中的回音邈邈。

那野營大軍的一大片喃喃聲，
像樹葉的沙沙在兩岸間喧騰，
因爲報禱人㉓在午夜裡高喊：
已到了經常祈禱的時間；
這聲音悠悠升起，帶著悲調，
像野地裡一個孤魂的哀號，
它是一曲歌，淒楚而甜，
好似輕風流過了琴弦，
發出了悠長而無節奏的諧音，
遠勝過世間吟唱的詩人。
對於圍城內的人，它好像
預告他們覆亡的一聲嚷，
甚至在圍攻的士兵聽來，
它也預示著可怕的災害。

㉓原文爲 muezzin，伊斯蘭教寺院中報告禱告時間的人。

那抖顫的一聲難以形容，
使心靈刹那間停止了跳動，
然後脈搏反而更快，爲那靜止
所表示的驚異感到羞恥，
正如你突聞喪鐘而驚醒，
儘管那是爲別人而敲的一聲。

三

艾爾普的帳幕支在海邊，
一切靜悄悄，禱告已做完；
崗哨派出了，巡查也完畢，
命令都已發下，並遵照辦理，
只要再過一個焦慮的夜，

明天就會償報他一切
復仇和愛情所能給的贈禮，
以慰這長期的耽擱和努力。
没有幾刻了，他需要休息，
好爲明天許多屠殺的業績
而養精蓄鋭；但在他心中
思緒像洶湧的海在翻騰。
他在大軍中是獨立孤單，
無感於他們那熱狂的高喊——
揚言把新月凌駕十字架上，
若犧牲性命也無所損傷，
因爲那就可以在樂園中
被仙女愛撫著，歡度永恒。
他不像熱烈的愛國者能感到
在熱誠之中嚴峻而崇高，
充滿熱血，工作不知疲倦，

因爲是在祖國的大地上作戰。
呵，他是孤獨的——一個叛徒
所作所爲都背叛他的故土；
在全隊中，他是獨自一人，
沒有一個心或手可以信任。
他們追隨著他，因爲他勇敢，
他把奪得的大量擄獲都分攤；
他們屈從他，因爲他有辦法
使衆人的意志折服於他，
但對他們，他的基督徒出身
仍然可說是一種惡根，
他們也嫉妒他以穆斯林之名
獲得了一個不忠的聲名，
因爲他，他們最勇敢的統領，
少年時是個不滿的拿撒勒人㉔。
他們怎懂得驕傲會屈服，

當感情受衝擊，枯萎而乾涸；
他們怎懂得，當柔情的心
變爲冷峻，反會燃燒著恨；
也不懂一個專心復仇的人
所感到的變節而致命的熱忱。
他統率他們；只要敢於領先，
人可以統率最邪惡的成員：
獅子就如此操縱一隻狼狗，
狼狗嗅出獵物，它去下手，
以後由嚎叫著的獸羣
去吞食「成功」的那些殘羹。

㉒④伊斯蘭教徒蔑稱基督徒爲「拿撒勒人」。

二三

他的頭發燒，他的脈搏
迅急地跳動，不停地抽縮，
他的身子翻過來，覆過去，
只是在祈求，卻得不到安息。
若是打了瞌睡，一個響聲，
一個驚動，使他醒得心沉重。
頭巾緊箍著他火熱的頭，
盔甲像鉛塊壓住他胸口，
雖然，在這重壓下，睡眠常常
經久地落他的眼瞼上；
那時没有臥榻，也没有華蓋，

除了大地與天空做爲鋪蓋，
比現在戰士的床還粗糙，
比漫天的帳幕還不牢靠。
他不能歇息，他不能留在
帳幕中等著天光發白，
於是走出去，走到沙灘，
只見成千的士卒睡在水邊。
是什麼使他們安枕？爲什麼
他比最卑賤者還睡不著？
他們危險更大，也勞苦得多，
卻無畏地安睡，夢著擄獲。
只有他，當成千的人度著
安睡的夜（也許是最後一個），
卻在苦惱的不眠中蝶躞，
並羨慕著他看見的一切。

一四

他感到，夜晚的沁人清爽
使他的靈魂變得較舒暢。
沉靜的夜空無風而冷峭，
他的前額沐浴著空氣的香膏。
他身後是營地，在他前面
有許多曲折的小港和海灣，
那是利潘多海灣；在德爾法
山峯的眉頭，凝固而不化
是永恒的冰雪，高高閃爍，
儘管萬千夏季已燦爛地流過
這海灣，這山峯，和這片國土；

與人不同，它不向時間溶注；
暴君和奴隸都已被沖走，
他們在陽光之下不能持久；
但那白紗呵，最輕盈最弱，
卻能在高山峻嶺上偃臥，
當樓塔和樹木都摧毀掉，
它卻在它嶙峋的垛上閃耀；
形狀是頂峯，高得像浮雲，
紋理上像壽衣在鋪陳，
離去的「自由」就把它鋪下，
當她逃開了她心愛的家，
又在這兒稍停，因此這地方
她預言的精靈久久發出歌唱。
呵，她的脚步有時還迴旋
在枯萎的田野，荒蕪的神壇，
並指出每一個光榮的表徵

想把太破碎的心靈喚醒。
但她的呼聲枉然：只有等待
更好的時日發出懷念的光彩，
它曾照過波斯人的奔逃，
還看見斯巴達人雖死而含笑。

一五

艾爾普對那些偉大的時代，
儘管他是叛逃者，不無緬懷；
這一整夜，他一面遊蕩，
一面對古往今來沉思默想，
他想到光榮的死者在這裡
曾爲了更崇高的事業而死去，

他感到他能取得的聲譽
是多麼微弱，多麼不值一提：
鼓舞著士氣，揮舞著軍刀，
一個叛徒充任戴頭巾的軍曹；
他要率隊無法無天地攻城，
最大的成就不過是瀆侮神明。
他想到的古人卻不是這樣，
那些首領的灰就睡在他身旁；
他們在平原上擺出了方陣，
他們沒有白白運用這面盾；
他們忠誠地倒下了，但沒有死，
好像風在嘆息他們的名字，
水波喃喃著他們的英名，
樹林被他們的聲譽所充盈；
那靜靜的石柱，蒼白而孤立
和他們神聖的泥土交織一起；

他們的精神籠罩著幽暗的山，
他們的事蹟閃耀於水泉；
最細的溪水，最大的河流
融滙著他們的聲名而不朽。
呵，不管國土上重軛有多少，
她仍是他們的，仍屬於榮耀！
對於人間，將永存這句標語：
誰要想作出高貴的業績，
必指向希臘，而被她批准後，
就轉身來踐踏暴君的頭：
他向她求助，於是衝入戰鬥，
或者喪失生命，或者贏得自由。

一六

艾爾普在海邊靜靜地冥想，
貪戀著深夜的漂浮的清涼。
那海水没有潮汐，没有漲落，
它永遠不變地滾動著浪波；
因此，即使最大、最暴怒的海浪
也不會伸入幾碼遠到陸地上；
月亮無可奈何地看著海滾動，
對她的來去，海水無動於衷：
無論平靜，起風，在深淵或淺灘，
她對它的流向没有轄制權。
岩石露著底，没有被水浸潤過，

它遙望著浪花，不見它朝前撲落；
它下面有一條泡沫的界限，
那是多少世紀以前留下的線，
在它和綠色的土地之間
有一小條平坦的黃色的沙灘。

他沿著沙灘漫步往下走，
直走到離被圍的城牆有
一槍射擊的距離，但沒人發現，
否則他怎能免於一顆子彈？
可是有叛徒藏在基督徒中？
可是他們的手不靈，心已變冷？
這我不知道；但從那城牆上
沒有開火，沒有子彈嗖地一響，
雖然他是站在城堡下邊，
那城門正對著海虎視眈眈；

雖然他聽到聲響，甚至聽得清
城下的衛兵的不滿的話音，
衛兵就在石路上來回地走，
得得的聲響是那麼有節奏。
他看見一羣瘦狗在城下邊
正在死人身上舉行歡宴，
嘷嘷地吞噬著屍身和大腿，
只顧吃，還來不及對他狂吠！
它們從一個韃靼頭殼剝下肉，
好像你給無花果去皮，新鮮可口；
它們以白牙嚼著更白的頭殼，
有時失靈，碎骨不斷地從顎下掉，
它們懶懶咀嚼著死人的骨頭，
無法離開原地向別處走；
那倒下的人供應一頓夜餐，
正好把它們長時的齋戒打斷。

從沙灘上的頭巾，艾爾普知道
這首先倒下的在隊中最驕驍，
他們戴的披巾是深紅和綠色，
每人的頭頂有一綹長髮披落，
其餘的部分則剃光而赤裸。
現在這頭殼已都被野狗吞下，
只有頭髮還纏著它的下巴；
但在沙灘附近，在海灣上，
蹲著一隻惡鷹，對敵一隻狼，
狼從山間偷偷來尋找死人，
卻被一羣狗嚇得不敢走近；
但它在海灣的沙灘上找到了
被鳥啄的一匹馬，也吃了個飽。

一七

艾爾普閃開了這厭惡的情景；
在戰鬥中，他從沒有膽戰心驚；
但他看著垂死者淹沒於血泊，
為死前的乾渴和抽搐所折磨，
倒易於忍受，而現在他不忍
看到這些不知痛苦的死人。
在危殆的一刻還有一種驕矜，
不管死亡以什麼形態來臨；
因為是「聲名」指定誰流血死去，
「榮譽」的眼睛望著勇敢的事跡！
但這一切過去後，在戰地中

走過累累的屍體，看著蛆蟲
和空中的飛禽，林中的動物，
都聚攏來，令人感到一種羞辱；
這一切都把人當做擄獲，
在人的衰亡中歡慶作樂。

一八

有一個寺院只剩了廢墟，
不知何人修建，早已被忘記，
只有兩三石柱，野草叢生
在一堆大理石和花崗岩中！
滾吧，時間！對未來的一切
它不會留下比過去的更多些！

滾吧，時間！它只把過去的
留下一點以使未來感嘆於
那曾有過的，和那必然的宿命，
我們和子孫反覆見到的情景：
呵，那過去事物的斷瓦殘垣，
表明泥質的人曾築過石殿！

一九

他坐在一棵柱的石基上，
把他的一隻手遮在臉龐；
有如一個痛切沉思的人，
他的姿勢是朝前蜷著身；
他的頭直垂到胸口前，

無精打采，火熱而跳顫；
他還不斷以手指敲擊著
他那如此下垂的前額，
好似你看到你自己的手
在象牙的鍵上急速彈奏，
直到那有節拍的樂音
被你在弦上如願地喚醒。
他就坐在那兒，沉鬱地
傾聽著夜風的嘆息。
那可是風流過石頭的隙縫
發出如此溫柔多情的哀聲？
他擡起頭向大海凝望，
但海沒有起波，和鏡子一樣；
他看到長長的草葉也不搖擺，
但那柔和的聲音哪裡傳來？
他望一望旗，旗幟都靜止，

西斯隆山的葉子也是如此，
他的面頰也没感到微風拂過，
那突然的聲音意味著什麼？
他向左看，能否相信他的眼睛？
一個女郎坐在那兒，鮮艷而年輕！

二〇

他一驚而起，比一個持槍之敵
走近他身邊更使他驚懼。
「我祖宗的上帝！這是什麼？
你是誰呵？爲什麼來到這
如此接近火力對敵的處所？」
他顫抖的手已拒絕表示

他已不再認爲神聖的十字：
那一刻他想要恢復那手勢，
卻被良心把他的本能奪去。
他注視著；呵，他終於看清
那美麗的臉，那婀娜的身影：
是弗蘭茜斯卡在他身旁，
是他想婚配未成的姑娘！

她的面頰上還有著玫瑰色，
只是被更淡的光彩所調和；
她的柔唇的遊戲哪裡去了？
已看不到那使朱唇多姿的笑。
他們看到的平靜的海面，
對照她的眼，已不顯得那麼藍。
但那雙眼像寒冷的波浪一樣靜，
她的視線雖明亮，也同樣淒清。

她身上裹著薄薄的長衫，
她光燦的前胸没有遮攔，
她把飄垂的黑髮用手撥開，
使潔白豐潤的臂露了出來；
在她要答覆他的話以前，
她把手一度高舉朝天，
呵，那隻手如此蒼白，如此光澤，
你可以看到月光都能透過。

二二

「我捨棄安歇來找我的至愛者，
爲了使我快樂，使天賜他福澤，
我經過哨兵，城牆和大門，

爲了找你，安全通過了敵人。
據說獅子若遇到純潔少女，
也會被她的榮光逼得逃去；
哪能如此把森林之王驅逐
而保護好人的天庭的主
也給了我恩典，使我得以
不落在圍城的邪教徒手裡。
我來了——如果我來而無功，
我們就別再，呵，別再重逢！
你做了一件可怕的事情，
沒有把你祖先的信仰追從；
可是，把那頭巾擲到地上吧！
你永遠是我的，只要畫十字架；
快從你的心頭擰去那墨滴，
明天我們將結合，永不分離。」

「我們新婚的床在哪兒鋪展？
可是在垂死者和死屍中間？
因爲明天，我們就要殺燒光
一切基督徒的子孫和廟堂。
我已經宣了誓，除了你和我，
明天這一切都要覆沒。
可是你呵，我要帶你去個好地方，
在那裡和你攜手，永忘我們的悲傷。
在那裡，你仍將是我的新娘，
只要我把威尼斯的驕狂
再一次夷平，使她可憎的一族
感到這隻手不爲他們壓服，
反而以蛇蝎的鞭子來抽擊
被罪惡和嫉妒鑄成的我的仇敵。」

她把自己的手放上他的手，

輕輕一觸，使骨骸都在顫抖，
她以冷峭注射到他的心中，
把他凝結得無力移動。
儘管那致命的冷握輕得很，
他卻不能從它的魅力下脫身。
但從未有這樣親愛的掌握
把如此的恐懼感傳給脈搏；
以細長而潔白的手指的觸碰，
那夜晚，她已把他的血冷凍。
他的額際已不感到熱熾，
他的心噗地停頓，好似岩石，
因爲他看到她的面孔和容顏
不像平常那樣，已大爲改變：
美，但無神——再没有心靈的光
使每一秀色都活躍激蕩，
像晴和的日子閃爍的波浪。

她木然的唇像死一般靜止，
不帶著呼吸，說出一個個字，
她的胸脯膨脹而不見起落，
在她的血管裡好似沒有脈搏。
她的眼睛雖發光，但眼瞼呆滯，
它射出的視線狂亂而發直，
其中沒有變化，好像夢遊人
在迷亂的夢中透露的眼神；
有如壁畫上的人物，在一盞
殘燭的飄忽不定的光照下面，
又被冬天的空氣輕輕波動，
他們沉鬱地凝視，似生又無生，
看得人害怕，彷彿他們就要從那
陰森森的畫像的影壁上走下；
在幽暗中，他們可怕地來回走，
當掛毯上陣陣的風在飄流。

「如果爲了愛我，你不能捨下
這許多，那就爲了愛天庭吧——
我要再說一遍——扯下那隻
背叛的額上的頭巾吧，發個誓：
不傷害你被損害的祖國的兒女；
不然你就迷途了，從此別想見
（不提大地了）天庭或我的一面。
如果你能這麼做，儘管有
一個沉重的命運要你承受，
但那會減輕你一半的罪愆，
天恩的門也許會放你到裡面；
若是再拖延一刻，背棄上帝，
那他的詛咒必降臨到你，
呵，你再仰望天庭也不成，
天主的愛將永遠對你陌生。

你看有塊浮雲把月亮遮蓋，
它在飄走，很快就要飄開，
如果等那一團氣流過，
不再把圓月的光暈遮沒，
你的心呵還改變不了，
那麼，上帝和人必對你不饒；
你將要注定遭到惡報，
你得到的永劫還要更糟。」

艾爾普朝天上看了一看，
她所說的徵象就在中天；
但那深刻而無窮的驕傲感
使他的心膨脹，被撇在一邊。
這胸中最初的背叛的激情
壓過一切，像急流的奔騰。
他乞求仁慈！呵，他受驚於

一個怯懦少女的狂言亂語！
想想他，被威尼斯害得夠苦，
發誓把她忠實的兒子救出！
不，——儘管那片雲來得邪惡，
將以雷劈他——就讓它爆破！
他熱切地望著那片流雲，
沒有回答一個字音；
他看它飄過，越飄越遠，
整個的明月又照耀他的眼。
於是他說，「不管有什麼命運，
我不是見異思遷的人，
太晚了！蘆葦會遇風低頭，抖顫，
然後再直起；樹必然寒戰；
但我必須是威尼斯造成的
她的仇敵，我恨她的一切，除了你；
但你是安全的；哦，同我逃去！」

他一轉身，她已蹤跡毫無！
什麼都不見了，除了石柱。
她是隱入地下，還是溶進空中？
他未見——他不知——而人已無蹤。

三

黑夜過去了，太陽放射光明，
彷彿那是一個快樂的黎明。
清晨脫去她灰色的外衣，
輕輕地，燦爛地露出自己，
而日午將盼到炎熱的一天。
聽吧，喇叭聲和急驟的鼓點，
野蠻的號角發出了悲聲，

旌旗拍擊著向前迅速揮動。
馬在嘶鳴，萬衆嘈雜的喧囂
伴以交鋒和「來了，來了」的喊叫。
軍旗拔出了地面，刀也拔出鞘，
他們整起隊伍，只等一聲口令。
韃靼人，土耳其人和游擊騎兵，
捲起你們的帳篷，快向前進；
上馬呵，踢刺呵，急馳過沙場，
叫城裡逃出的人個個落網，
無論老幼，一個基督徒也別放。
而你們的步兵弟兄，如一團火球，
以血染紅了他們的突破口。
馬都套上轡繮，對繩噴著氣，
馬頸彎曲著，鬃毛隨風揚起，
它們的嘴咬著馬嚼子，吐著白沫；
鋼矛舉了起來，火柴點了火；

大炮瞄準方向，正準備咆哮，
把已摧毀的牆再摧毀一遭；
每個步兵都排進了方陣，
艾爾普赤裸右臂，帶頭行進，
他的偃月刀的刀鋒寒光逼人；
可汗和巴夏都在各自的崗位，
總督自己率領著整個部隊。
只等蛇炮發出信號，就進攻，
讓科林斯不留下一條性命——
廳堂沒有主人，神壇沒有牧師，
大廈沒有爐火，牆上沒有磚石。
讓上帝和先知呵——安拉！
都隨這一呼喊而直上天涯！
「有突破口讓路，有雲梯可攀登，
手放在刀把上，你怎能不取勝？」
無畏的總督庫姆吉這樣說；

回答是，萬千個煞神充滿歡樂
和怒火，揮舞著軍刀和鋼矛：
沉寂——一個信號響起——開炮！

二三

好像狼衝向莊嚴的水牛，
水牛眼中迸發火焰而怒吼，
以角挑出血，以蹄子亂踢，
它到處踐踏，或高高掀起
那挺身當先、只憑著驍勇
朝它衝來的（只落得一命告終）：
正是這樣，他們衝向城牆，
正是這樣，第一批人受到挫傷；

許多以銅鎖甲保護的胸膛
像割斷的草葉落到泥土上，
一個冷戰，子彈把他們射穿，
又穿到地面，他們再也不動彈；
就這樣倒下了，又往高裡壘，
好似割草人積起來的草堆，
直割到日之將盡，地已夷平；
正是如此，倒下了死去的先鋒。

二四

有如春潮從山岩峭壁間
猛力地衝激，由於不斷潑濺
而攻下許多巨大的石頭，

蒼白而轟鳴地順水流走；
有如阿爾卑斯山的雪崩，
冰雪滾滾地落到谷中；
科林斯的子弟們終於
被穆斯林大軍的一再攻擊
弄得筋疲力竭，奄奄一息，
也同樣隨著巨流被沖去。
他們團結堅定，他們成羣倒下，
邪教徒的大軍把他們砍殺，
手聯手、腳對腳地積成一堆，
那兒除了死亡，一切都鼎沸：
衝打，砍殺，飛馳和喊叫，
不是勝利歡呼，就是投降求饒，
還夾雜著排炮的轟隆，
使遠方的城市爲之震動，
不知這震天的戰鬥的吉凶，

是他們、還是敵人佔了上風；
不知在那毀滅的聲音中
他們該悲哀還是歡騰；
那聲音穿過深山，遠而又遠，
可怕的回音反覆地迴旋。
那一天，你可以聽見它
在薩拉密或在米格拉，
我們聽到耳聞者傳言：
它甚至波及比雷埃夫斯㉕灣。

㉕比雷埃夫斯，希臘海港，在雅典附近。

二五

從交鋒的劍尖到劍柄，
長劍和短劍都被血染紅；
但城堡攻破了，開始擄獲，
那是大屠殺以後的節目。
現在，從那被劫掠的家屋
更尖聲地響起混雜的哀呼。
請聽那急速飛跑的腳步
蹚著血水，在滑濕的街路。
但有些地方，只要能找到
對敵抗拒的有利的一角，
十幾個拚死的人就聚成羣

在那裡停下來，又轉過身——
他們背對背地靠近牆
凶狠地站定，或戰到死亡。

那裡有個老人，頭髮已花白，
但他久經戰鬥，臂力不衰；
他勇敢地對敵獨當一面，
那一天，死者在他的脚前
堆成了一個半圓；
但他仍舊毫無損傷地戰鬥，
雖然已被包圍，逐漸退後。
以前戰役中留下的傷疤
都掩蓋在他光亮的胸甲下，
但他的身上的每一傷口
都是得自以前的戰鬥；
雖然老了，他的臂力如鐵似鋼，

我們的青年很少能和他爭強。

他獨力困住的敵人在增加，
已多過他稀稀的銀白的髮。
他以軍刀從右向左揮擊，
許多奧托曼的母親在哭泣
那未生的兒子，當他的劍
初次使穆斯林的血迸濺，
而他當時還二十歲不滿。
那一天，在他一怒下砍倒的人，
他都可以是他們的父親。
很早以前他就失去了兒子，
他的怒火也使敵人喪子，
這是自從在那海峽中[226]

---

(226)指達達尼爾海峽，威尼斯和土耳其曾在此進行海戰。

他的獨生子死於交鋒，
他做父親的鐵腕就造成
許多次屠殺的萬人冢。
如果陰魂能被屠殺安慰，
巴仇克勒㉗的在天之靈不會
比米諾芾的兒子更爲高興，
那兒子是在亞細亞的邊境
和我們劃分界限時喪了生，
於是埋在那已有成千上萬
在幾千年中被埋下的海岸。
呵，留下了什麼遺跡能指明
他們埋在哪兒？他們如何喪命？
他們墓草上沒有石碑，墓中沒有骨頭，
除了他們是在詩歌中永垂不朽。

㉗巴仇克勒，希臘神話中的武士，他被赫克脫所殺，他的朋友大力神阿基里斯爲他復仇，殺死了赫克脫。

二六

請聽那「安拉」的呼喊！穆斯林
有最勇和最精幹的一隊來臨，
他們的隊長光著臂，上下揮動，
打擊最急速，絕不留情——
那隻手裸到臂膀，直指人向前；
他在戰鬥中就這樣轟傳。
有的人炫耀華麗的衣服，
引誘貪婪的敵人來擄獲；
許多人手執華麗的刀柄，
但沒有人的鋼刀染得更紅；
許多人戴著更高的頭巾，

艾爾普只以赤裸的白臂而馳名：
哪兒戰鬥最激烈，它就在哪裡！
在海岸上沒有一面旗
像他的旗那樣奮勇當先，
在穆斯林的戰爭中，也從沒有旗桿
把騎兵敢死隊如此引到一半遠；
它看來多像流星墜落遠天！
無論哪兒出現那威武的臂，
哪怕最勇的健兒和它相遇，
你就會聽到怯懦的求饒，
但對復仇的韃靼白白呼號；
否則就成爲靜靜倒下的英雄，
在死前決不肯發出一絲哀聲，
只聚起他最後的微弱的力氣
朝近身倒下的敵人揮擊，
儘管相互受傷而暈絕，

手指還抓著地面一片血。

二七

老頭子還在挺直地站立，
艾爾普的進程暫時受到阻力。
「罷手吧，米諾蒂！為了你自己，
也為了你的女兒，快放下武器。」
「絕不，叛徒呵，絕不可能！
儘管你賜我活下去，活到永恆。」
「弗蘭茜斯卡！——哦，應許我的新娘！
難道她也必須為了你的驕傲而死亡？」

「她是安全的。」「在哪兒?在哪兒?」「在天堂，
你那叛徒的靈魂永遠夠不上——
她遠離開你，不會受到褻瀆了。」
說完，米諾蒂陰沉地微笑，
他看見艾爾普身形搖搖一低，
好似這些話給了他一擊。
「哦，上帝!她幾時死的?」「昨夜裡，
我没有爲她的靈魂升天而哭泣。
我純潔的一族没有人願意
作穆罕默德或你的奴隸——
來吧!」但這叫陣没有用，
艾爾普已落進死人一羣中。
當米諾蒂以尖刻的言語
發洩著他復仇的怒氣，
不料這比他的偃月刀鋒——

假如時間容它砍殺——還有用；
正當此時，從附近教堂的門口
（這教堂已長時間地被把守，
其中剩了最後幾個拚死者
還要把失敗的戰鬥重新燃著）
射出一槍，把艾爾普擊倒在地，
子彈穿進這叛徒的頭腦裡，
眼睛還來不及看到他受傷，
他已旋轉著一頭栽到地上；
他的目光一閃，好似冒火焰，
他的身子便朝前軟癱，
讓永夜滲入他跳動的軀幹；
呵，生命飛逝得不留一星星，
除了他的四肢還輕輕顫動：
人們把他仰面翻個身，
胸和額際都沾著血和灰塵；

從他的嘴唇溢出生命的血，
因爲內部的血管剛剛爆裂；
然而他的脈搏不再搏擊，
他的嘴邊也沒有臨死的抽泣，
沒有輕嘆，話語，或呼吸急促
來引導他走進死亡之路；
沒有等他的思想禱告上天，
他已不待塗油禮而歸黃泉；
也不會希冀天恩來賜福——
他至死是一個叛徒。

二八

立刻一片吶喊動人心魄：

發自敵人和他的追隨者；
前者歡騰，後者充滿憤怒，
於是他們再次交手衝突，
刀和刀碰擊，長矛狠狠刺入，
劈砍和戮刺，一往一來，
把戰鬥者投擲到了塵埃。
米諾蒂，這個司令官和總督，
還把他最近剩下的領土，
一街又一街，一尺又一尺，
勇敢地和强敵爭執；
他的英勇部隊還剩些殘餘
在手和心上給他以助力。
那個教堂還沒有被攻佔，
——就是從它發出致命的一彈
幾乎爲全城的陷落復了仇，
擊倒艾爾普，那猛攻它的對頭；

他們節節向那裡退去，
一路留下了一條血跡，
同時還面對著迫近的敵人，
每一擊都給留下傷痕；
首領和他的退卻的人員
終於匯合到教堂裡面，
那裡有高築的工事爲掩蔽，
使他們暫時得到喘息。

二九

呵，片刻的喘息！戴頭巾的軍士
以增援的隊伍和洶洶的氣勢
銳不可擋、一鼓作氣地向前圍，

數目多得使人無法後退；
因爲通向教堂的路很狹，
那裡的基督徒還不甘失敗，
最前列的進攻者即使膽怯，
也無法穿過大柱轉身逃去；
他們只有接著幹，或者死去。
他們死了，但不等到閉目安息，
復仇者又在他們的身上躍起；
新的一批人，憤怒而迅速
填進不會稀的行列，儘管仍被屠；
就這樣，奧托曼士兵一再進擊，
使疲憊的基督徒逐漸無力。
現在，他們已攻到了門口，
只是沉重的鐵門還在堅守；
從每個洞隙，又準又厲害，
子彈仍舊嗖嗖地射出來，

從每個被摧毀的窗戶
陣陣的硫磺雨傾盆而覆，
但大門逐漸搖動而不穩，
鐵在屈服，鉸鏈吱紐地呻吟——
它彎身，它倒下——於是一切完了；
淪亡的科林斯不再抵抗了！

三〇

陰沉地，嚴峻地，米諾蒂
獨自對祭壇的石座站立；
聖母的面容對著他發光，
那是天廷的色澤被塗上，
眼裡有光明，視線裡有愛，

這畫像所以懸在那神臺，
是爲了把我們的所思固定在
神聖的事物；我們跪下時
就看見她和她懷中的神之子，
對著每次祈禱她都在微笑，
好似把我們的願心朝天上飄。
她總是在微笑，現在還是這樣，
儘管「殺戮」已來到她的走廊：
米諾蒂擡起他老年人的眼睛，
劃著十字，輕輕地嘆了一聲，
然後把那裡的火炬拿在手中；
他還在站著，伊斯蘭教徒
已帶著鋼與火破門而入。

三一

在嵌花石板下的地穴中
是多少世代的死者的墳冢；
石板上刻有他們的姓名，
而今已被血污得辨認不清。
那大理石的花紋波散著
奇異的色彩，還有隆起的石刻
已都被污染，塗抹，磨得精光，
又被斷劍和跌落的鋼盔覆蓋上。
地面上有死者，也有的寒冷地
躺在下面一列列靈棺裡；
你可以通過幽暗的鐵欄格

借著微光看見他們烏黑地堆著；
但「戰爭」已進入他們的地穴，
把她硫磺的寶物密密擺列
在屍骨之旁，這地下的墳墓
在圍城期間就成了基督徒
主要的彈藥庫；一根導火線
現在被引進來和它接聯，
這是米諾蒂下決心用最後一計
來應付敵人的壓倒的兵力。

三三

敵人來了，很少有人與他爭，
就是有人鬥爭也已無用。

復仇的胃口既已被挑起
卻沒有性命可殺，把它平息：
他們野蠻地劈擊著屍首，
又割下那沒有生命的頭，
從神龕打下神聖的雕塑，
又劫去廟堂上貴重的陳設，
曾被聖徒們賜福的銀器
在粗糙的手裡奪來奪去。
他們又走向高臺上的神壇，
哦，這兒真是輝煌壯觀！
在祭壇桌上，還能看見
爲祭神而使用的金盞！
它又大又深，是燦爛的財寶，
對著強盜的眼灼灼閃耀；
那天早晨，它盛過神聖的酒，
每個信徒在黎明都喝過一口，

這酒被基督化爲自己的血水，
他們在戰鬥前喝下爲靈魂贖罪。
那杯中剩下還有幾滴酒；
環繞著神聖的桌案，還擺有
十二盞高高的燈，光彩奪目，
它們是由最純的金屬熔鑄，
成爲最豪華的、最後的擄獲。

三三

他們走近來，最前的一個人
幾乎要拿到這件擄獲品，
這時，老米諾蒂手執火炬
朝著導火線把火引去——

呵，它引著了！
塔尖，地窖，神壇，擄獲品，死者，
戴頭巾的勝利者，基督徒士兵，
凡留下的一切，無論是死是活，
都和顫抖的教堂投擲到青雲，
在轟隆一聲中毀掉！
城市被震毀——牆壁都倒塌，
海水的波浪有一刻在倒卷，
山峯雖未裂，也搖晃了一下，
好似地震給了它以抖顫——
由於這巨大的爆炸，
千萬奇形怪狀的東西飛崩，
化爲一團火雲流經過天空；
它宣告了拚死戰鬥的結束，
呵，那海岸已太久地爲它所苦；
這下界的一切滙成一團，

像火箭似地衝上青天，
許多高大而善良的人
　　被燒焦了，縮成有巴掌大，
以後像播在平原的灰燼，
　　又朝向地面紛紛落下。
火灰有如陣雨往下降落，
有些落到海灣，承受它的水波
皺起了千萬個圓圓的旋渦，
有些落在岸上，但遠迢迢
在整個地峽都有灰往下飄。
基督徒或穆斯林，誰是誰？
讓他們的母親來認這一堆！
當他們在搖籃裡輕輕地搖，
每個母親都是滿面微笑
看著自己的孩子甜蜜的睡眠，
怎會想得到有這樣一天

那柔弱的肢體整個被撕斷。
那些家庭主婦再也認不出
她們養育的兒子的面目；
只一刻，那人的形態已沒有，
除了散碎的頭殼或骨頭；
燃燒的椽木到處降落，
石頭落在地上，打出了深窩，
一切焦黑，發臭，在那兒冒煙火。
聽到了那可怕的一聲地崩，
一切活的生靈都消逝無蹤：
野禽飛去了，野狗都逃走，
嚎叫地離開了暴露的屍首；
駱駝掙脫了它們的餵養人，
遠處的鹿跳出柵欄而飛奔——
較近的馬匹直衝向平原，
掙裂開肚帶，扯斷了韁轡；

沼澤中青蛙合奏的曲調
變得聲音濁重，加倍地粗糙；
狼羣在洞窟的山中嗥叫，
回音雷鳴般在遠近繚繞；
豺狼的狂嗥一個接一個，
從遠方淒涼傳來，越積越多，
一片嘈雜的聲音，盡力哀號，
好似嬰兒哭，和被打的狗叫；
巨鷹離開了它岩石上的巢，
朝太陽的方向越飛越遠，
因爲翼下的雲看來如此幽暗；
雲霧的煙直襲它吃驚的喙，
使它更高地翱翔和嘶鳴——
科林斯就這樣敗而又勝！

錫雍的囚徒

詠錫雍㉘

你磅礴的精神之永恆的幽靈！

㉘錫雍古堡在日內瓦湖旁。16世紀時，瑞士的愛國志士博尼瓦爾爲了圖謀推翻薩依法的查理第三大公的統治，並建立共和政體，被囚在這個古堡達6年之久（1530～1536）。當他有4年之久居於地牢的時候，他常常走來走去，以至在地上留下了一條彷彿由斧子刻出的痕跡。

自由呵！你在地牢裡才最燦爛！
因爲在那兒你居於人的心間——
那心呵，它只聽命對你的愛情；
當你的信徒們被戴上了枷鎖，
在暗無天日的地牢裡犧牲，
他們的祖國因此受人尊敬，
自由的聲譽隨著每陣風傳播。
錫雍！你的監獄成了一隅聖地，
你陰鬱的地面變成了神壇，
因爲博尼爾在那裡走來走去
印下深痕，彷彿你冰冷的石板
是生草的泥土！別塗去那足跡！
因爲它在暴政下向上帝求援。

一

我的頭發白了，不是由於年邁，
　　也不是在一夜之間
　我變得白髮斑斑，
像有的人驟感憂惶而變白；
我肢體佝僂了，不是由於勞累，
　而是由於苦力的歇息生了鏽，
那是地牢的囚居把它摧毀；
　因爲我呵，像其他的一些死囚，
注定和明媚的天地絕了緣，
又是鐵欄，又是鎖，——它成了禁臠。
然而我，是爲了父親的信仰

才在這兒受禁閉，渴求著死亡。
我的父親在烙刑之下死掉，
因爲他不肯放棄他的信條；
也爲了同樣的緣故，他的全家
都到黑暗裡找了地方住下。
我們原來七個，現只剩下一人，
　六個年輕的，一個是老年，
他們始終如一，從沒有變心，
　面對著迫害狂反而傲岸。
一個被火焚，兩個死在戰場，
把他們的信念用血蓋了印章；
爲了敵人不許信奉的上帝，
他們像父親一樣地死去；
另外三個被投進了地牢，
我這殘軀是唯一僅存的了。

二

錫雍的地牢又幽深又古，
裡面有七根哥特式的石柱，
七根柱子灰白而雄偉，壯觀，
在獄中的幽光下顯得黯然。
日光在中途就迷失途徑，
只落得在厚牆的隙縫
才透出一點便無影無踪；
它爬過濕地面慢慢移動，
好像窪地上的一盞鬼燈。
每根柱子上有一個鐵環，
每個鐵環裡有一條鎖鏈；

那鐵器可是毒害人的東西，
我的四肢還有它噬咬的痕跡，
這些表記在我的有生之日
會永遠留著，不會消失。
此刻的日光有一些刺眼，
　　我從沒有看見太陽如此升起
已多年了，這年數無法計算，
　　因爲呵，自從我最後的弟弟
死在我的身旁，我就已停止
記數這一長串沉重的日子。

三

我們每人拴在一根石柱，

我們是三個，可是個個孤獨，
誰都一步也不能走動，
誰也看不到別人的面容；
倒是那蒼白暗淡的光線
使我們看彼此像生人一般；
就這樣相聚，又這樣分離，
手被拴著，心卻連在一起；
雖然缺乏純淨的空氣，陽光，
卻仍有些安慰注入胸膛，
因爲能聽到彼此的話聲，
可以講説舊故事和新憧憬，
或者唱著英雄的壯歌，
兄弟們就這樣互相安慰著。
但連這終於也沒有味道，
我們的話語變得很枯燥，
好似地牢石頭的回聲，

聽來刺耳，和以往有些不同，
　不那麼自如、充沛而活潑；
　也許是幻覺吧，但對於我
那總不像是我們的話聲。

四

在這三人中間，我最年長，
我該支持和安慰他們倆；
對於這，我盡了最大的努力，
每個人也都是不遺餘力。
小弟弟最受父親的鍾愛，
　因爲他的前額長得像母親，
　眼睛也碧藍得像是天庭，

我的心爲他特別感到悲哀；
這樣的鳥兒關進這樣的牢籠，
看來著實令人心疼。
因爲他呵，美得好似白晝，
（我曾像幼鷹一般欣賞
美麗的白天，因爲那時我自由）
　是北極的白晝，不落的太陽
懸在天空，直到夏季過完；
　呵，那不眠的長明的夏日，
那披以冰雪的太陽之子，
　他就像它那麼純潔，燦爛，
他天生的性情快活而達觀；
他的淚只爲他人的不幸而流，
那時會流得像一個小山溝，
除非他能夠把憂患解除，
因爲他最怕看人間的痛苦。

五

另一個弟弟也是心地光明，
但他生來是爲的與人抗衡；
他身體魁梧，有一種性情
使他不畏與舉世戰爭，
並樂於奔赴前列而就義，
而不願身繫囹圄，懨懨待斃。
他的精神已被鎖鏈聲摧毀，
我看著他默默地枯萎；
也許，我也將走上同一條路，
可是我仍舊强打精神去鼓舞
我親愛的家庭的兩個遺孤。

他原是深山野林的獵人，
經常把豺狼和麋鹿追尋；
對於他，這地牢形同深淵，
帶著腳鐐是最大的災難。

六

萊芒湖緊挨著錫雍的牆，
　在牆下百丈深的深淵中，
湖水的潛流匯合而奔騰，
從錫雍的雪白的城垛上
一條測深線直垂到湖底，
而滔天的波浪把城圍起；
水和牆造成雙重的囹圄，

把地牢變成了活人的墳墓。
我們的黑洞就在湖面下，
日夜能聽到水波的拍打；
　它在我們頭上嘩嘩響動，
在冬季，我曾感到水的浪花
　打進鐵欄杆，從怒吼的風
　正在快樂的天空肆意奔騰；
那時連石牆都在搖晃，
我雖感搖撼也毫不驚慌，
因爲面對死亡我又何所愁，
死亡會使我重獲得自由。

七

我說我的兄弟萎靡不振，
我說他的壯志已消磨淨盡；
他厭惡地推開他的食物，
並不是由於嫌飯食太粗，
因爲我們慣於行獵的乾糧，
對於食物好壞並不較量；
從山上的羊擠出的羊奶
　已換成城溝裡舀來的水，
　我們的麵包好像自從人類
把同胞像野獸般關起來，
　是浸潤著千年囚人的淚；

但這些對我們算得了什麼?
他的身心並非因此受折磨。
我兄弟的心靈是這樣一種,
即使住在宮殿裡它也冰冷,
假使不給他以呼吸的自由,
不讓他在山野和峻嶺漫遊。
　但何必遲遲說這些?他死了。
我看到,卻不能抱住他的頭,
　也不能把他垂死的手摸到。
我想把我的鐵鏈扯斷
或咬斷,但怎樣使勁都枉然。
他死了,人們解開他的鎖鏈,
又在我們寒冷的洞中
給他挖了一個淺淺的坑;
我央求他們施一些恩典
把他埋在有日光的地點,

這本是一個愚蠢的念頭，
但我當時認爲：既生而自由，
他那顆心在這樣的地牢裡
即使死了也不能安息。
當然我的懇求與事無補，
他們冷笑一聲，還是埋在原處；
一塊平坦而不生草的土地
覆蓋著我的親愛的兄弟，
他留下的鐵鏈放在墓上，
做爲殺戮的碑記倒也恰當！

八

可是他，那個寵兒和天驕，

從小像朵花，最受人愛寵，
他的臉酷似母親的容貌，
他是全家喜歡的小兒童，
最被殉道的父親所牽掛，
也使我最近放心不下；
爲了他，我力求保持生命
以使他的一生少遭受不幸，
並且有朝一日獲得自由；
他也一直不倦地保持有
一種天生的，或振奮的精神——
可是現在，他也一蹶不振，
日復一日地在梗上枯雕。
上帝呵，那是多可怕的事情，
眼看著以各種狀態和心情，
人的靈魂飛離開軀殼！
我看過它在血泊裡衝出；

我看過它在海洋的中途
和那凶猛的澎湃互爭勝負；
我看過罪惡的淒慘的病床
由於靈魂的畏懼而囈語癲狂；
但那些是恐怖，而這是苦難，
呵，單純的苦難，確定而遲緩。
他枯萎了，如此平靜，柔和，
如此馴良而溫柔地衰弱，
沒有淚，但又黯然神傷而和藹，
爲他拋下的親人懷著悲哀。
他的面頰一直燒得通紅，
彷彿是對墳墓的嘲弄；
但那色澤逐漸地暗淡，
好似彩虹隱去，一線又一線；
他的眼睛有著晶瑩的光，
幾乎使地牢爲之明亮；

他没有一聲怨言，也不聞
對他的早死有一聲呻吟，
只談了一點昔日的好時光，
談點希望，以引起我的希望，
因爲這最後最大的喪亡
已經使我失神和迷惘。
接著，微弱得只剩下一息，
他還要抑制著自己的嘆息，
那是越來越緩，越來越少，
我仔細聽，但已聽不到；
我喚他，因爲我急得發瘋，
我知道是完了，但我的驚恐
還不甘於這樣被規勸；
　我呼叫，好似聽到一聲回應；
我猛力一縱掙開了鎖鏈，
　我衝向他——卻不見他的蹤影，

呵，只是我一人奔走在這黑地洞；
只是我一人活著，只是我呼吸
這地牢內該詛咒的發霉的空氣。
在我和那永恆的岸沿間，
這最後、最親、唯一的一環
這把我和衰亡的家族繫住的，
終於割斷在這致命之地。
一個在地上，一個在地下，
兩個弟弟都停止了呼吸。
我拿起了那已靜止的手，
哎呀，我的手也同樣冰冷，
我已經無力掙扎或走動，
只是感覺我仍舊在活著——
一種絕望的感覺，當你想到
你所愛的永遠不能再有了。
我不知道爲什麼

　不讓我一死擺脫，
我於塵世無所求，除了信仰，
而那又禁止自私的死亡。

九

這以後，對我發生了什麼，
　我不太清楚，我從未獲悉；
首先我無感於陽光和空氣，
以後連黑暗也都不覺得；
我没有思想感情，什麼也没有，
站立在岩石間，我也成了石頭；
彷彿不生草的岩石圍著濃霧，
我想的是什麼也完全模糊：

一切是灰色、荒涼、茫茫然，
那不像是夜，也不是白天；
甚至不是我沉重的眼
所最恨的地牢的光線。
只是虛無縹緲充滿空間，
只是凝固，而沒有固定點；
沒有時間、大地和星星，
沒有善惡，沒有變化，沒有止境，
只有寂靜和不出氣的呼吸，
那是既非生、也非死的一息，
那是癱瘓而停滯的海洋，
悠悠無際，靜止而無聲響。

一〇

有一線光明進入我的腦海，
　是一隻小鳥的歌聲，
它停歇一下，又鳴囀起來，
　從來没有歌這麼好聽。
我的耳朵感謝它，我的兩眼
隨著這驚喜也目遊一遍；
它們那時還不能看到
我已和苦難結成知交；
不過當時我的知覺已醒轉——
　已完全恢復了原來的軌道；
我看見地牢的牆和地面

像以前一樣把我圍繞；
我看見陽光朦朦朧朧
像以前一樣爬進穴中，
只是在它爬過的隙縫裡，
一隻溫馴可愛的鳥在棲息，
比在樹上還更馴良；
那翅膀青翠的美麗的鳥
唱著飽含千言萬語的歌調，
好像是在爲我而唱！
我以前從沒見過這樣的小鳥，
呵，同樣的鳥我也不會再看到；
它好像和我一樣在尋求伴侶，
但卻不像我這樣悲凄。
它是爲了愛惜我而來，
正當沒有人再和我相愛。
它在地牢邊給我以鼓舞，

把思想和感情又給我恢復。
我不知道它近來是否自由，
也許是剛出籠，又往這牢裡投。
但可愛的鳥呵！我深知囹圄，
可不願你再受這拘禁的苦！
也許它是個樂園的來客，
披著羽毛的裝束來訪問我；
因爲呵，願上天對我寬恕！
就在我想哭又哭不出
而反倒微笑的一刻，我以爲
也許是弟弟的魂來和我相會。
但那時，它終於飛去了，
我才明白它是一隻凡鳥；
因爲我弟弟絕不會這樣飛出，
再次把我抛給加倍的孤獨——
孤獨得像壽衣中的屍身，

孤獨得像飄零的浮雲，
呵，孑然的浮雲在烈日當空，
那是一絲對大氣的怒容，
當天庭到處是一片晴朗，
碧空萬裡，大地也正歡暢，
它的出現是如此不恰當！

二

這時我的命運有了點改變，
我的看守人漸漸對我見憐；
他們本來看慣了悲慘的景象，
不知是什麼使他們軟了心腸，
但事實如此：我掙斷的鎖鏈

由它斷裂著，也沒有再給接連；
我可以自由地在我的牢裡
從這邊到那邊踱來踱去，
橫著走，豎著走，怎樣都可以，
每個角落都踏上我的足跡；
我又圍繞各根柱子打轉，
然後又回到我開始的地點；
這樣走時，我只是躲避
我弟弟們埋下的那塊平地，
每當我想，若是萬一不慎
我的腳步褻瀆了他們的墳，
我的呼吸會立刻急促而氣喘，
我碎了的心也忐忑不安。

三

我在牆上作了一個登腳窩，
倒不是想從那兒逃脫，
因爲我已經把愛我的人
一個又一個都送進了墳；
從此對於我，這整個大地
不過是一個廣大的監獄；
我沒有父母、親屬和兒女，
在苦難之中沒有一個伴侶；
想到這些，我倒也高興，
因爲念及他們會使我發瘋。
我只是懷著好奇要登上

那被欄杆釘住的鐵窗
想再一次望望遠方的高山，
讓迷戀的眼睛感到慰安。

二三

我看見羣山了，和從前一樣，
不像我這樣改變了形狀；
我看見山巒上千年的雪峯
　和下面的湖，又廣闊又長；
那奔瀉的若恩河碧波萬頃，
　我聽見急流的水衝擊和跳蕩，
越過河床的石頭和斷樹叢；
我看到遠方白石牆的城，

和更白的船帆悠悠遠行；
我還看見河心一個小島，
好像是對我迎面而笑；
只有這一個小島，蔥蘢青翠，
和我的地牢大小相配；
但在那裡有三棵高大的樹，
　柔和的山風在它上空吹拂，
而在島的四周蕩漾著碧波；
新鮮的花兒在島上遍布，
散發著芬芳，色彩耀目。
在古堡的牆下有魚羣游過，
一個個都好像非常自得；
一隻鷹隼乘著急風飛翔，
　我想它從沒有如此疾速
像朝我飛馳時的那樣，
　於是淚水又在我眼裡湧出；

唉，我感到苦惱，——我倒情願
我不曾脫下那拿去的鎖鏈。
等我再爬下那個窗臺，
地牢的幽暗好似一個重載
壓在我心上；又像新掘的墳
蓋上了我們想搭救的人——
可是我的視線太受壓抑，
似乎它需要這樣一種休息。

一四

可能過了許多歲月，許多天，
　我沒有計算，也不曾記載，
我已不再希望擡起雙眼，

把愁苦的塵埃從眼前移開；
最後來了人把我釋放，
我不問原因，不問到哪裡，
無論戴著鐐銬或是除去，
對我左右終歸是一樣；
因爲呵，我已學會了喜愛絕望。
因此，當他們最後走來了，
把我的全身鎖鏈都拿掉，
這沉重的石牆，對我來說，
倒成了隱居之地——完全屬於我！
我幾乎感覺他們是走來
硬把我和第二個家分開；
呵，我和蜘蛛已結成友誼，
已慣於觀望它們邪惡的營生，
我看著耗子在月光下遊戲，
爲什麼不能和它們一樣高興？

我們都是一室內的住戶，
而我又是各族類的君主
掌握著生殺大權，——但說也奇怪！
我們倒處得彼此合得來；
我的鎖鏈和我也成了朋友，
長期的交往把我們變成故舊；
甚至在我獲得自由的時候，
我還輕嘆一聲離開牢門口。

貝　波㉙

——威尼斯的故事——

一

我們都知道吧（至少應該知道），

㉙《貝波》寫於1817年10月，威尼斯。次年5月發表，立即風行一時。它為拜倫開闢了一個新途徑，成為《唐璜》這一政治和社會諷刺長詩的前奏。

一切天主教國家都興懺悔日[230]，
而早在那節期的前幾個星期，
　信徒都歡樂個夠再準備齋戒，
好等到虔信時有的是可懺悔；
　不論貴族或平民，也不分行業，
人人都在吃喝、玩樂、歌唱、舞蹈，
還有其他花樣，只要你想得到。

---

[230] 天主教在聖灰星期三（四旬節的第一天）和復活節之間規定有四旬吃齋和懺悔的日期，這四旬（主要在3月份）稱爲四旬齋期。在齋期到來以前，人們可以盡情宴樂。進入齋期後，只可以吃魚，不能吃肉，而且禁止娛樂，以利懺悔。懺悔日（Shrove Tuesday）在聖灰星期三的前一天。

二

一旦夜幕遮蔽天空，（越黑越好！）
就開始了那不受丈夫們歡迎
而卻爲情人渴盼之至的時辰；
那時，「假正經」把鐐銬遠遠一扔，
「放蕩」輕掂著腳尖，任著性飄遊，
跟一羣狂蜂浪蝶嬉笑和調情：
吉他，歌曲，抖顫的樂聲和叫喊，
到處是打情罵俏，咿呀呀亂彈。

三

還有種種奇裝異服，各國面具，
古如希臘羅馬，遠如美國印度，
小丑和花臉表演著全身技藝，
土耳其和猶太裝也輝煌耀目；
什麼服飾都行，只要你想得到，
除了一樣∶別假扮教士的裝束；
在這些國家，可別和教門玩笑，
自由思想家呵，請記好這一條！

四

寧可扎一身荊棘吧，千萬不要
　穿一件短衲或袈裟，或者披起
有一針一線影射僧侶的什物，
　儘管你發誓，你只是逢場作戲；
他們會把你拉上地獄的煤火，
　教你的骨頭在沸騰的水泡裡
煮個不停，而且絕不念一句經
（除非你加倍給錢）使鍋爐稍冷。

五

但除此而外，你可以任憑喜好
　打扮得或莊或諧，由緊身上衣
到貴冑的斗篷，凡在蒙默思街㉛
　或破爛市買到的都可以穿起；
在義大利，甚至連這種髒地方
　說來都音調悠揚，名字怪美麗。
在英國，除了「修道院花園」菜場，
　還沒有任何堪稱「拱廊」㉜的地方。

㉛倫敦的蒙默思街是賣舊衣的地方。
㉜「拱廊」在義大利文中爲Piazza（音「庇阿扎」），「修道院花園」即被別稱爲「庇阿扎」。

六

這一個佳節名爲「嘉年華」㉝節，
顧名思義，就是「要和肉食告別」，
這個名字倒是名實相符，請看∴
到四旬齋期就要吃魚來齋戒。
然而爲什麼人們要如此狂歡
來迎四旬齋，這倒頗令人費解，
我想也許像友人在臨別以前
要痛飲一杯，然後再登車揚鞭。

㉝「嘉年華」（Carnival），即四旬節前三天（或前一週）的狂歡節。原義是禁肉食的意思。

七

於是，他們告別了葷腥的肉食：
　豬排，牛排，火腿和五香的燜肉；
足有四十天得吃那烏糟的魚，
　因爲燉魚缺不得作料和醬油，
而本地卻没有，這當然要引起
「呸！」「該死！」和一些太難聽的詛咒。
凡是英國去的人至少從小起
就習慣於蘸著醬油來吃鮭魚；

八

所以，凡是要去那裡嚐魚味的，
　在您出發以前，我至誠地建議：
您趕快差遣廚師、太太或好友
　到河沿大街商店去買一大批
辣醬油、番茄醬、胡椒粉和酸醋，
　（假如您先走了，那就託人轉遞，
但務需妥實可靠，以免遭損失，）
不然，天哪！四旬齋會把您餓死！

九

那就是說，假如您信奉羅馬教，
　而且既在羅馬，您要學羅馬人，
如諺語所云；——儘管沒有人强迫
　外國佬吃齋。但假如您是女人，
或新教徒，或貴體違和而寧願
　吃五香燜肉來造孽，那就隨您
吃肉和見鬼吧：請別怪我無禮，
因爲罰得最輕，也得打下地獄。

一〇

自古以來，度狂歡節最出色的
是威尼斯城，無論就舞蹈、歌唱、
舞會、情人小夜曲、假面劇、啞劇、
奇蹟劇，和種種取樂的新花樣
（恕我無暇盡述），威尼斯一向是
鰲頭獨佔，哪一個城市不讚賞？
就在我寫作這篇故事的刻下，
那個海上城就極爲燦爛奢華。

一二

而且威尼斯女人呵，多麼俊俏！
黑眸子，彎彎的眉毛，滿臉愛嬌：
彷彿是古希臘的女神的雕塑，
現代人怎樣仿製也模仿不好；
她們像提香㉞畫的一羣維納斯
（原作在佛羅倫斯，您可去瞧瞧），
特別是當她們倚著涼臺外望，
好似在喬爾喬涅㉟的畫中一樣。

㉞提香（Titian, 1490～1576），義大利畫家。
㉟喬爾喬涅（Giorgione, 1477～1510），義大利畫家，是提香的老師。

三

那幅畫可算得真與美的結晶，
　您要想看，它就在曼夫林尼宮，
那裡傑作雖然很多，但我認爲
　喬爾喬涅的那一幅才最生動；
也許您和我有同好，所以這裡
　我才不惜湊韻律來把它歌頌。
它畫的是他自己、兒子和夫人，(236)
　呵，怎樣的佳人！真似愛的化身！

---

(236) 這裡的描述不甚精確。喬爾喬涅未曾結婚。

一三

她畫得和真人一樣高，一樣活，
　而且體現著不是理想的愛情，
不，也不是理想的美，那好名詞，
而是極真實，就像魅人的原型；
你只想把她買來、求來或偷來，
（這說來不體面，其實也不可能。）
那臉兒使你痛苦地想起了誰：
你一度見過，但再也無緣相會。

一四

她像是我們在年輕時注目的
　許多美人之一，只是一掠而過；
呵，那轉眼飄逝的倩影！那雅致、
　那溫柔、那青春和鮮艷的姿色，
我們在多少不相識者的身上
　只飽餐一眼，便任其倏忽隱沒：
誰知道她住在哪兒？去向何方？
好似一顆星，永遠消失在天上。

一五

我說威尼斯女人像喬治奧尼
　所畫的畫，她們今日豐采依然：
特別是當她們佇立在涼臺上，
（因爲有時，美人最好從遠處看，）
真好似哥爾多尼㉓⑦的女主人公
　從窗簾偷窺，或是憑著欄杆；
老實說，她們大多是極其俊俏，
而更糟的是，還很愛弄姿招搖。

㉓⑦哥爾多尼（1707～1793），義大利喜劇作家。

一六

因爲注視會招來媚眼，而媚眼
　惹出嘆息，嘆息則又引起渴望，
接著是言語搭訕，以後是書簡
　教傳信天使飛來飛去地奔忙；
以後呢，天知道當一對年輕人
　被愛情拴住時會有什麼勾當！
密約啦，私通啦，接著一場私奔，
誓盟毀了，心碎了，腦袋也不穩。

一七

我們知道，莎翁的苔絲德蒙娜㉓㉘
雖然極美，卻難免人飛短流長，
直到如今，從威尼斯到維羅那，
一般窈窕淑女恐怕還是這樣；
不過從那時起，再也沒有丈夫
會僅僅由於疑心家室太開放，
就憤怒得把年輕的妻子掐死，
只因嬌妻有了一個「侍衛騎士」㉓㉙！

㉓㉘莎士比亞悲劇《奧賽羅》以威尼斯爲背景，寫一名門少女苔絲德蒙娜私嫁與黑人將軍奧賽羅。奧賽羅疑心她不貞而將她掐死。

㉓㉙「侍衛騎士」指有夫之婦的男友或情人。

一八

如今，丈夫的嫉妒（假如有的話）
已不似從前，而是變得更文雅，
他不再像奧賽羅，那個黑煞神，
活活把女人在鵝毛榻上扼殺，
如今達觀的人可不興這一套！
美滿姻緣對他早已味如嚼蠟，
誰肯爲那糟妻傷腦筋！他正好
另娶一個，或與他人構築新巢。

一九

您多半看過遊艇吧？假如沒有，
我想在這裡精確地描述一下。
那是一種有頂的狹長形的船，
船身緊湊而輕捷，船首刻著花；
由兩個船夫划著，這黑色輕舟
就在水波上神秘地往返遊泛。
初看來，好像船上擱一只棺木，
您在裡面做什麼誰也看不出。

二〇

這種船在長水道裡划來划去，
　不分日夜，時快時慢，隨處寄身，
有時在理阿圖橋身下疾駛過，
　有時聚在戲院附近，招攬遊人；
它們像一羣黑烏鴉在等待你，
　但不祥的事和它們絕無緣分：
因爲有時，那裡面真叫人快活，
好似送喪已畢歸途中的馬車。

二

但言歸正傳吧！這故事發生在
　大約三十年、也許四十年以前；
狂歡節正處在高潮，因此到處
　都有服裝和各種鬧劇的表演。
有一位女郎要外出看看熱鬧，
　她的真名我不知道，早已失傳，
所以只好胡謅一個，叫她勞拉，
　誰教這名字自動溜到我筆下！

三

她既不老，也不少，更沒有達到

　被某些人統稱為「一定的年齡」，

其實那種年齡最不一定，因爲

　我從沒聽見誰把那歲數說清；

甚至苦苦懇求，用賄賂或眼淚

　也難以教人偷偷寫出或低聲

說出那一定的年齡到底多少——

當然，如此追問就是無理取鬧！

二三

勞拉尚在青春盛年，她倒沒有
　辜負年華，時光對她也夠優待，
因此，只要打扮起來，去到哪裡，
　她都會顯得特別嬌媚而可愛。
一個漂亮的女人到處受歡迎，
　何況勞拉的眉頭從不皺起來；
確實，對人的注視她總是微笑，
好像以她的黑眼睛表示答報。

二四

她是結了婚的，這一點頗方便，
因爲在基督教國家，依照慣例，
已婚女人的失足總可以包涵，
但若是小姐一旦作出蠢事體，
（除非她在尚無不便的時期內
及時舉行了婚禮，使流言平息，）
那我可不知道她將怎樣掩蓋，
當然永不被人發現的是例外。

二五

她的丈夫經常在海船上航行，
有時在亞得里亞海，有時更遠，
當他轉回家時，碰上檢疫隔離，
又得在港口船上禁閉四十天；
這時他的妻子往往登上高樓，
因爲從頂樓能窺見那隻大船。
他是跑阿勒頗㉔作生意的商賈，
他簡稱爲貝波，原名叫久塞普。

㉔阿勒頗，敍利亞城名。

二六

他是一個結實而爽快的家伙，
　由於行旅在外，皮膚曬成棕色，
像是在制革廠裡染過了似的；
　雖然如此，卻通情達理而溫和，
在海上很難找到這麼好的人；
　而她呢，雖說她舉止不夠嚴格，
被認爲是德行端正的女人，
甚至引誘她，幾乎也是白費勁。

二七

但他們夫妻已有幾年不見了，
　有人說是沉了船，也有人認爲
他必是生意虧了本，負了債務，
　因此內心歉疚，感到有家難歸；
有幾個人敢打賭，賭多少都行：
　一方說他會來，一方說他不會，
因爲人都愛用賭注支持己見，
直到輸光了才變得明智達觀。

二八

據說他們最後的告別很淒慘，
　分離本來常常如此，並不稀奇；
沒想到他們的預感倒靈驗了，
　這一別彼此就再也沒有相聚！
（這是一種半詩意的病態感覺，
　我知道幾個人就有這種心理；）
據說在他走前，她跪在岸邊哭，
好似阿莉阿德尼㉑告別了丈夫。

㉑希臘神話：阿莉阿德尼是克里特島上的公主，幫助海神之子西修斯殺死牛面人身怪，並和他私逃。但在中途被他遺棄於一島上。

二九

勞拉等待了很久，也稍微哭過，
並且想要服喪，看來這倒應該；
她對每日三餐簡直毫無胃口，
夜晚獨自就寢也感到不自在，
一聽到風吹百葉窗發出響聲，
就像有強盜或精靈要撞進來，
因此她認爲該找個副牌丈夫，
主要是有個伴兒好把她保護。

三〇

女人挑選伴兒有一條怪道理：
　只要你反對，她就看誰都中意；
因此，在目前，趁貝波遠航海外，
　還無法回來安慰他忠實的妻，
她就選了一個所謂花花公子，
　（對這種人，女人都又駡又歡喜，）
據說這位伯爵富裕而又高尚，
對於玩樂，哪一樣他都不外行。

三一

而且他是伯爵，而且他懂音樂，
舞蹈，提琴，法文，和托斯甘的話㉔²，
這後一項並不容易，您要知道，
有幾個義大利人能正確說它？
他還是個劇評家，歌劇界裡的
一切內幕的花絮都瞞不過他；
在威尼斯，無論戲劇，演奏，歌唱，
只要他喊聲「無味！」就沒人欣賞。

㉔² 指義大利托斯卡納地區的語言，是義大利標準的文學語言。

三二

他喝聲「好！」能決定一切，藝術院

　爲此舒一口氣，默默懷著崇敬；

提琴師見他扭開頭就會發抖，

　生怕有些調子被他聽出毛病；

要是他厭惡地重重地「呸」一口，

　那會震動紅極一時的女歌星！

女高音、男低音，連配角都希望

伯爵哪一天在橋下葬身水鄉。

三三

他很讚賞即興詩人；不，他自己
就擅長詩文，有時還即席作歌，
他還能彈唱，講故事也有才能，
能夠賣畫，跳起舞來更不遜色
（這本是義大利人的專長，雖然
若比起法國人還須退避三舍）；
總之，他是有著十足的騎士風，
他的跟班總認爲他是個英雄。

三四

他既風流倜儻，也很忠心耿耿，
因此女人對他沒有任何抱怨，
雖然她們有時不免吵吵鬧鬧，
他從不使那嬌弱的心靈悲嘆；
他的心像蠟一般向對方熔化，
可喜在定形後又有岩石之堅，
他還是那老古板式的好戀人，
對方越三心二意，他越是忠貞。

三五

這一切怎不教一個女人癡迷？
　儘管她是心性堅定，明如聖賢！
更何況貝波的回家已無指望，
　在法理上，他等於離開了人間，
因爲他既不通音信，也不表示
　絲毫的關心，空叫她等了幾年；
真的，假如你不表示你是活著，
那你就是死了，或者死有應得。

三六

而且，在阿爾卑斯㉓以南，每個女人
（天知道，這是多麼罪惡的風氣！）
似乎都可以有二夫而不爲過，
我真不知道這惡習由誰興起；
但每位太太跟一位「侍衛騎士」，
的誰是司空見慣，誰也不在意。
我們至少可以說（話不必太損）：
這是腐蝕初婚的第二次結婚。

㉓阿爾卑斯山脈在義大利北部，與法國、瑞士和奧地利交界處。

三七

人們早先稱之爲「太太的姘頭」，
但如今，這頭銜已嫌粗俗不雅，
西班牙人較詩意，美稱爲「情友」，
因爲近來他們也盛行這作法；
唉，這風氣由波河直傳到特茹河㉔，
也許竟要渡海把我們也同化；
天哪！願古老的英國倖免於難，
否則，離婚法和賠款該怎麼辦？

㉔波河在義大利北部，特茹河流經西班牙和葡萄牙。

三八

對於獨身的女性我一向尊敬，
不過我總覺得，若論密切談心
或日常的交際，未字人的小姐
總不及已婚的女郎那麼可親；
我這麼說絕不是想另眼看待。
無論英國、法國或任何一國人：
凡太太都見過世面，而且隨便，
她們舉止自然，自然討人喜歡。

三九

當然啦，小姐都花一般的嬌艷，
　但是初初問世，總羞澀而忸怩；
她步步受驚，叫你也膽戰心驚，
　還不斷癡笑，臉紅，冒失和賭氣；
眼睛總不離媽媽，生怕你或她
　或無論誰的一舉一動有惡意。
她的談吐尚不脫嬰兒的語匯，
連身上也有麵包、奶油的氣味。

四〇

然而「侍衛騎士」卻是社交界上廣爲採用的名稱，這一辭表示有一類額外的奴隸：他總守在夫人身旁，像是她的一種裝飾；她的一言一語他都唯命是從，

從而可見，那絕不是等閑差使：馬車，僕人，遊艇，都得他去呼喚，手套呵，披肩呵，連扇子他都管。

四一

唉，義大利的壞事說也說不完，
　不過，它也是一個迷人的地方，
我愛它每一天都有陽光照耀，
　它的藤蔓並不是蜿蜒在牆上，
而是沿樹搭起，好似懸燈結彩，
　又像在流行的鬧劇的第一場
臨末的背景，那時要歌舞一通，
在類似法國南方的葡萄園中。

四二

我愛在秋天的黃昏騎馬郊遊，
　而且不必叫隨從把我的外套
紮在他的腰間以備不時之需，
　因爲義大利的晴天最是可靠；
我也清楚，當那噴香的葡萄車
　一輛輛壓過蜿蜒的綠蔭小道
而攔住我的去路時，若在英國
那必然是臭糞，灰塵，運貨卡車。

四三

我還愛吃義大利味的醬果鳥，
　愛看海上的落日，而且能肯定
它明晨必然升起，不是在霧裡
　像一個醉鬼的淚涔涔的眼睛，
而是普照在無雲的天宇那樣美麗，
　你用不著藉助於蠟燭的光明，
像在霉臭的倫敦的凌晨那樣，
　當那煙霧繚繞的大鍋在喧響。

四四

我愛聽義大利語，呵，那輕柔的
拉丁語變種，像女人的吻一樣
令人融化，聽來像在緞上滑過，
每個音調都訴說溫馨的南方；
一串清脆的聲音如流水潺潺，
絕沒有一個粗糙濁重的音響，
不像英語總是咕嚕在喉嚨裡，
你得用力連嘶帶啐，噴它出去。

四五

我也愛那裡的女人，（誰能免俗？）
　既愛那面頰棕紅的農家少婦——
她那大黑眼睛只要對你閃閃，
　就有千萬情意在無言中流露；
也愛貴夫人，她那額際較深沉，
　但也開朗，她的顧盼明快不俗：
她的心在唇上，靈魂在眸子中，
柔和像那氣候，明媚像那晴空！

四六

義大利的美人呵，樂園的夏娃！
　豈非就是你給拉斐爾㉔⑤以靈感？
從而使我們能看到他的名畫，
　足可與天堂媲美，令人間讚羨！
他豈非就在你的懷抱中死去！
　用怎樣的文字，充滿詩的火焰，
才能表現出你的今昔的豐采，
像卡諾瓦㉔⑥的雕塑那樣雕出來？

㉔⑤拉斐爾（Raphäel, 1483～1520），義大利畫家。
㉔⑥安托尼奧・卡諾瓦（Canova, 1757～1822），義大利雕刻家，古典藝術復興派的領袖。

四七

「英國！儘管缺陷多，我仍舊愛你；」
我没忘記我在加來㉔⑦這樣講過；
我愛發表意見，並且不厭其詳；
我愛政府（可不是目前這一個）；
我愛言論自由，下筆不必顧忌；
我愛人身保障法（如果能獲得）；
我愛議院裡展開的一場爭辯
尤其是，如果它並不來得過晚。

㉔⑦加來，法國東北部海港，與英國多佛爾隔海相望。

四八

我愛付捐稅，假如項目不太多；
　我愛一爐煤火，假如煤不太貴；
和任何人一樣，我最愛吃牛排，
　再加一瓶啤酒我也並不反對；
我愛非陰雨的天氣，那就是說，
　每年只有兩個月合我的口胃；
我高呼天佑攝政、教會和國王！
請看一切和一切我都很讚賞。

四九

我們的常備軍，窮人稅，改革法，
　海員的解散，我的和國家的債，
我們小小的暴動（這足以表示
我們是自由人）和天氣的陰霾，
我們冷感的女人，破產的名單，
　有的可以原諒，有的我已忘懷；
我還很景仰我們最近的光榮，
但我私願那不是托利黨之功。

五〇

但還是提提勞拉吧。我已發現

離題閑扯是行文的最大弊端；越扯越遠，使我感到很不對頭，

恐怕讀者也已經有些不耐煩——是的，親愛的讀者，您煩得有理，

作者的閑白和您有什麼相干！您要知道的是這故事的命意：

對詩人來說，這倒真是個難題。

五一

唉，但願我能輕而易舉地寫出
讓人讀來流暢的東西！但願我
能攀登帕納塞斯㉜之巔，乞求繆斯
口授我以膾炙人口的詩傑作，
那我將刊行一篇希臘或亞述，
或敍利亞的故事詩以饗讀者，
若再摻以西方流行的感傷病，
它當然就是最佳的東方樣品。

㉜希臘的一座山名。山有兩峯，其中之一在希臘神話中奉獻給阿波羅和繆斯。

五二

但我只是個說不上名堂的人，
　一個新近旅行的破落紈褲子弟，
從辭典找到什麼，我就用什麼
　來把我這支離的湊韻詩串起，
若是連這也沒有，差些也無妨——
　全顧不得還有批評家來挑剔；
我倒很想栽到地面來寫散文，
但詩歌更時髦——那麼只好歌吟。

五三

伯爵和勞拉爲生活作了安排，
　這安排倒相當有效，共有六年
他們維持著親密無間的關係；
　當然啦，小小的爭吵總不可免，
那些嫉妒的賭氣不影響大局。
　在露水姻緣中，從貴人達官
以至一般賤民，恐怕沒一個人
能擺脫這類撅嘴的小小糾紛。

五四

然而就大體說，這一對有情人

　在非法的愛情中已盡得其樂；

男的鍾情，女的貌美，而彼此間

　又沒有值得打碎的緊嚴束縛；

世界對他們很寬容，只有善人

　希望「魔鬼快把他們投入劫火！」——

但魔鬼卻沒有：他常常要等待，

好教老罪人勾上年輕的一代。

五五

但他們還年輕：呵，若沒有青春
　愛情還算得什麼？若沒有愛情，
青春有什麼意思？青春給了它
　歡欣、甜蜜、蓬勃而真摯的心靈；
但隨著年代，愛情越變越古怪，
　只有它不因經驗教訓而改進：
也許就因此，一些年老的夫婦
反而比年輕人更出奇地嫉妒。

五六

正是狂歡節，一如三十六節前

我已交待過的那樣。因此，勞拉

就照例打扮起來，正如您也會，

假如您準備今天晚上去參加

波伊姆夫人盛大的化裝舞會，

或是化裝去，或是只作鑒賞家。

不同的是，這兒是長時間表演，

他們一連六周都需要彩塗臉。

五七

勞拉打扮起來時，一如我所說，
她的模樣真俊俏得無以復加，
好像新開旅館門上的安琪兒，
或像剛出版的雜誌的卷首畫，
那兒炫示著上一個月的時裝，
五彩印色，還蓋在一張薄紙下，
因爲唯恐內封面的字一壓上，
或許染污那美貌女郎的衣裳。

五八

他們去到瑞多托。在那個場所
　人們跳舞，吃大菜，然後又舞蹈，
它也許應該稱爲化裝跳舞廳，
　但名稱對我的詩倒無關緊要；
它很像我們（小型的）狐廳花園㉔⑨，
　只不過它不會被風雨所干擾，
而且人很「雜」，（這一詞的用意是：
凡閑雜人等不值得您的注視；）

㉔⑨狐廳花園，倫敦著名的遊樂場所。

五九

因爲一羣「雜」人就是指除了您
和您的知交，以及五六十朋友，
可以彼此寒暄而不必皺眉外，
其餘的都是粗俗的泛泛者流，
只知到各種場合去濫竽充數，
全不怕在上流人的眼前出醜，——
而這幾百上流人呢，就是「世界」，
至於何以這樣叫，連我也不解。

六〇

我講的是英國的情形，至少在
　花花公子的王朝曾經是這樣，
現在也許不同了，也許另一批
　被模仿的模仿者又繼起稱王；
但這些時尚領袖又多麼快地
　一蹶不振了，唉！世事真是虛妄；
這世界是多麼容易由於戰爭，
愛情，或甚至寒冷而無影無蹤！

六一

可嘆拿破崙敵不過北方雷神，
他的大軍竟被冰雪之斧擊碎！
呵，冷天氣居然難住了法國人，
有如法語語法叫英國人受罪；
他盡可抱怨兵家的勝負無常，
而至於命運女神，——我不便多嘴，
因爲誰敢得罪她？一想到未來，
我相信一切還要由她來主宰。

六二

古往今來的事無一不由她管，
愛情、結婚和彩票也由她決定；
我還不能說受到她什麼德澤，
但我也決不敢小看她的恩情。
我們還沒有結帳，我總想看看
她將怎樣糾正她過去的偏心。
至於目前，我不想向女神哀求，
除非她給我值得感謝的報酬。

六三

離了題，再回來吧！真見它的鬼！
　可怪這故事老是從筆下溜開；
每當我整頓好了詩節要開講，
　故事才動一步，卻又出了障礙！
這種八行格呵，既用了也無法
　再加以改動，只好力求其合拍；
不過等我敷衍完了這篇詩作，
再試筆時，我定要換一換詩格。

六四

他們去到瑞多托，（我忽然想起
　我明天也要到那裡去兜一圈，
因爲我有些鬱悶，想散一散心，
　至少能受到一些歡樂的感染，
去猜猜在每個面幕下隱藏著
　什麼樣的面孔；只要稍稍心寬，
我想我能找點什麼快活快活，
哪怕只有半小時把憂鬱擺脫。）

六五

現在勞拉穿過了雲集的士女，
　眼裡喜氣充盈，嘴角笑得溫柔，
才和這個耳語，又和那個招呼，
有時向人請安，有時和人點頭；
剛一談到天氣悶熱，她的情人
就端來一杯檸檬——她呷了一口；
於是開始目巡四方，品頭論足，
可嘆她的友好們都如此粗俗！

六六

一個披著假髮，一個脂粉太濃，
又一個臉白得恐怕就要暈倒，
第四個——唉，哪兒買的那糟頭巾？
第五個真粗俗、邋遢、土頭土腦，
第六個的絲裙染了一塊污漬，
第七個穿那點薄紗也不害臊！
第八個呢——「得了，我不想再多看！」
唯恐像班柯的國王㉕⓪來上一串。

㉕⓪見註⑩⑦及注⑯④。班柯的國王即指女巫顯示給麥克白的一連串未來的國王，他們都是班柯的子孫。

六七

這時，正當她對別人一一打量，
　別人也朝她身上投來了視線；
她聽到男人竊竊地交口讚賞，
於是決定站一會，等人們看完。
女人則撇撇嘴，只是感到奇怪：
　像她那種年紀居然有人稱羨——
當然啦男人如今都已經壞透，
倒是無恥的賤貨合他們胃口。

六八

而至於我，現在我所不解的是
　爲什麼任性的女人——但我不想
在這裡談論有傷國體的事情，
　只是我不解何以事情是這樣；
假如我能穿上法官袍服的話，
　我就要大張旗鼓地向人宣講
這一條，讓韋伯弗斯和羅米力㉕①
　在演說時都能引用我的教義。

㉕①韋伯弗斯（1759～1833），英國議員，以主張廢除販賣黑人制度而著稱。羅米力是英國律師，以衛道者自居，在拜倫離婚案中迫害過拜倫。見註⑰⑧。

六九

正當勞拉一面看人，一面被看，
　有說有笑，她也不知說些什麼，
她的女友看到她的裝腔作勢
　和受捧的樣子，不禁滿懷妒火；
而花花公子不斷地朝她面前
　走過去一躬，找話題和她閑扯；
這時，有一個人對她特別注意，
兩眼總盯著她，盯得有些出奇。

七〇

這是一個棕黑色的土耳其人，
勞拉看到了他，起初感到愉快，
因爲土耳其人都推崇多妻制，
雖然他們對待妻子可是很壞；
據說，可嘆女人還不及一條狗，
他們把她像牛馬一樣買回來：
數目不少，可是都要嚴加禁閉，
法定四個妻子，娶妾就更隨意。

七一

她們帶著面幕，天天有人看守，
　她們很難看見親屬中的男人，
因此，她們不能像北國的婦女
　把每一天的時間都過得開心；
禁閉久了也使人臉色不好看；
　土耳其人既然不講究多談心，
她們就只得無所事事地度日，
洗澡啦，偷情啦，縫紉或餵孩子。

七二

她們不能讀書，所以不務批評，
　不會寫字，所以也不麻煩繆斯；
她們從未寫過警句或俏皮話，
　沒有劇本、評論、傳道文、羅曼司；
學識會破壞後庭的一統天下，
　但幸而這些美人不是「藍襪子」㉜；
沒有包澤比㉝和她們胡扯詩歌，
　指出一首新作的迷人的段落。

㉜「藍襪子」是英國人對女學究的戲稱。
㉝包澤比影射當時英國的一個拙劣詩人索斯比。

七三

没有那種端莊的老派的韻客——
　他一生都爲沽名釣譽而寫作，
只偶爾嘗到一點甜頭，這反而
　使他更忙碌地想成爲名歌者；
但始終不過是鶴立雞羣，莊嚴
　不脫庸俗，又豪邁得合乎規格，
是回音的回音，他首創了一派
女才子和神童——總之，是個蠢材！

七四

還自詡為聖明人，嘴上老掛著
　那可怕的贊許「好，好！」（其實未必）
像飛蟲嗡噆著撲向新的情熱——
　那你從未見過的最藍的才女；
他挑剔得你開心，誇得你難受，
　他緊斂著不舒服的小小聲譽；
翻譯也搞，但不懂原文一句話；
還拼湊二流劇本，比下流更差。

七五

你看他那討厭相，滿身作家氣，
　他以塗墨水的稿紙當作制服，
你簡直不知道該把他怎麼辦，
　他是那麼急迫，機靈，風雅，嫉妒，
只有用風箱鼓吹他；那最劣的
　搔首弄姿的人無論怎麼庸俗，
也比這拼湊的破紙片好得多，
呵，這午夜的蠟燭永不熄的火！

七六

這種人總有幾個，此外也還有
　通達世情的詩人，例如司各特，
羅傑斯，摩爾，以及較好的作家，
除了要筆桿，也還能想到其他；
至於那些「偉大母親」的孩子們，
　那掛名的君子，那候補的智者，
我由他們去享受「午茶已齊備」、
文學夫人，和天天舒適的聚會。

七七

可憐的土耳其婦女和這種種
　有益而可愛的人從没有交往，
只要遇上一個，她們會很驚奇，
好像在穆斯林寺院聽見鐘響；
我想很值得派一個教士作家
（雖然好計劃也往往引起禍殃）
領取年金向土耳其女人傳播
我們基督教語言的詞類、變格。

七八

没有化學書把她的氣體分解，
　没有玄學的講授給她灌迷湯，
没有巡迴圖書館給她搜集著
　宗教小說，道德故事，和對時尚
所發的批評，像我們所看到的，
　也没有展覽年年要她一張像；
她們從不在頂樓上仰望星星，
也不奉行（謝謝天）數學這本經。

七九

爲什麼我要爲這個謝謝天呢？
　勿庸多問，我當然有我的道理，
若是說出也許不太令人高興，
　我要爲此（後）一生而予以隱秘；
我擔心我的氣質有點愛諷刺，
　不過，我想人越年長越傾向於
用笑聲來代替譴責，雖然這笑
使我們笑過後對世事更難饒。

八〇

哦，歡樂與天真！水與乳的交融！
那幸福的往日裡幸福的飲料！
在這罪惡和殺戮的可悲時代，
可憎的人類已不用這種飲料
來解渴了；但不管怎樣，水與乳
還是我所愛的，我要衷心祝禱
和歌頌那薩杜恩㉕④的糖果朝代，
且飲一杯白蘭地祝願你重來！

㉕④薩杜恩是神話傳說中的羅馬帝王，他的朝代溫煦而和平，被稱爲黃金時代。

八一

勞拉的土耳其人還是盯著她，
　這盯法倒更像基督徒的引誘，
它似乎在說：「夫人，我給您恩惠，
　當我看著您時，請您也不要走！」
假如盯梢能成功，這次準成了，
　不過勞拉可不是如此就上鈎；
她經歷了不知多少攻心的火，
　這異鄉人的媚眼算得了什麼？

八二

現在晨光彷彿將要衝破夜幕，
在這時際，我要提出一個勸告：
女士呵，不管你們是正在跳舞，
還是在別種活動中玩得熱鬧，
在太陽初升以前，請你們趕緊
做好準備從舞場或大廳走掉，
因爲油燈和燭光若一旦變暗，
朝霞會使你的臉色變得難看。

八三

我當年也經歷過歡宴和舞會，
並爲了某種傻原因耽擱不走，
於是我（我希望這不算是罪過）
看看哪位女士的鮮艷最耐久；
唉，雖然我見過幾千窈窕淑女
嬌愛而迷人，甚至至今還風流，
但只有一個能舞到出現早霞，
儘管星光失色，她卻鮮艷如花。

八四

我不想說這位晨曦女神是誰，
　雖然說也無妨，因爲她之於我
毫無關係，除了是我們愛看的
　一個美人，上帝所獨創的傑作；
我怕寫出名姓來會惹起是非，
　但假如您非要知道這位絕色，
那就到巴黎或倫敦的舞會上
請看誰有最光艷凌人的臉龐。

八五

勞拉懂得在座中七小時以後
她再和曙光碰面就不很妥貼，
因此，她認為應該快行屈膝禮，
和這三千人的舞會立即告別；
伯爵拿著披肩服侍在她身側，
他們正在離開屋子，走下臺階——
您瞧！那該死的畫舫哪裡去了？
它沒有在它該停的地方拋錨。

八六

他們就像我們的馬車夫一樣
　難以找到，因爲人們擁擠，推，拉，
還發著一連串不停的咒罵聲，
　那叫罵足以叫人喊掉了下巴。
在我國，有警察老爺維持秩序，
　這裡是不遠就有崗哨在執法；
但儘管如此，還是叫罵得很凶，
那噁心的字眼不便冒犯尊聽。

八七

伯爵和勞拉終於找到了小船，
他們在安靜的河上划向歸途，
一路談著剛才的舞會的花絮，
還談著舞伴們和他們的裝束
以及社交醜聞；勞拉坐在她的
情人的身邊，對敗德滿臉厭惡，
而正當小船滑近他們的府門，
呀！他們又看到了那土耳其人。

八八

「先生，」伯爵緊蹙眉頭嚴肅地說，「您未經約請移駕到我的家門，使我感到有必要請問您一下：是爲了什麼？也許是看錯了人？我希望如此。而且不客氣地說，爲了您著想，希望您這樣承認。您聽懂了吧？不然您就會懂得。」

但那人答道，「先生，我沒有看錯。

八九

「這夫人是我妻子！」異常的驚愕
立刻浮上夫人多變化的臉色；
可是，當英國女人遇事暈倒時，
　義大利婦女並不立即這麼做；
她們只是叫兩聲她們的聖徒，
　接著就復元，或復元得差不多，
可以省得潑水，服鹽和鹿角精，
或剪緊身褡，像您見到的情形。

九〇

她說——說什麼？唉，沒什麼可說的，
　但伯爵被剛聽到的壓下氣焰，
和藹地請陌生人到家裡去坐；
　「這種事我們頂好拿到屋裡談，」
他說，「我們別爭吵，更不用高聲，
　免得當衆把彼此都弄得難堪。
因爲那唯一的好處就是叫人
感到好奇，對這件事百般採問。」

九一

他們進了屋子，又端來了咖啡，
在土耳其和基督教國，這飲料
倒都通行，雖然煮法不太相同；
勞拉這時已平復，或至少感到
不難開口了：「貝波！你在土耳其
怎麼稱呼？你的鬍子這麼長了！
天哪！你怎麼這麼久在外飄蕩？
你難道不覺得這非常不恰當？

九二

「你可當真，當真成了土耳其人？
　你有沒有和別的女人們成家？
他們用手指當叉子可是真的？
　呵，這披肩確實太美了，你把它
給我行嗎？據說你們不吃豬肉。
　這許多年來你是以什麼方法——
哎呀，天！你的臉色怎麼這麼黃，
我可從未見過！你的肝怎麼樣？

九三

「貝波！你那大鬍子多麼不順眼，
只要你還活一天，快把它剃去，
你爲什麼要留它？哦，我倒忘了——
你說這裡的氣溫是否比較低？
我改樣沒有？你穿這奇裝異服
可別走出屋子，人家若看見你
這種樣子，準會把這故事傳開。
你頭髮多短！天哪，它已經灰白！」

九四

貝波怎樣答的這一連串問題
　我無法知道。他曾遇難飄流到
特洛伊曾屹立和湮沒的地方㉕,
　當了一名奴隸，而苦役的酬報
就是麵包和鞭子，直到有一天
　在附近的海灣來了一羣海盜，
他就入了伙，一天天發財致富，
而且當上了聲名狼藉的叛徒。

㉕指小亞細亞北部。

九五

但是他闊起來，隨著財富增加
　他也更迫切地想再回到老家，
他認爲他這樣做是義不容辭，
　絕不能總在外過著海盜生涯；
有時候他像魯濱遜㉕⑥，感到孤獨，
　因此，他便雇了隻來自西班牙
而要開往科孚㉕⑦去的三桅商船，
　滿載著煙草，由一打水手掌管。

㉕⑥英國小說《魯濱遜飄流記》中的主人翁，他曾獨自在孤島上生活。
㉕⑦科孚，希臘之一島嶼。

九六

他帶著巨資（天知道怎麼來的！）
　冒生命和四肢的危險登上船，
卻安然通過，雖然作得夠魯莽，
　據他說，這是天保佑他的平安——
至於我呢，我不想說什麼，唯恐
　咱們有分歧；——好吧，這船揚著帆
一路平穩地走過指定的航程，
除了在邦角[258]之外，有三天無風。

[258] 邦角，突尼斯北方海角，即阿達爾角。

九七

他們到達島上，他換了一批貨，
　連自己帶跳蚤鑽到另一船底，
他喬裝成真正的土耳其商人，
　販運各種貨，那名稱我已忘記。
碰不巧會有人一槍把他幹掉，
　倒是這種僞裝使他混了過去；
他就這樣來到威尼斯，想恢復
　他的妻子、基督教、教名和房屋。

九八

既接收了妻子，也重受了洗禮
（不用說，他要給教堂一筆贈款）；
他於是脫下那掩飾他的僞裝，
　並借用伯爵的內衣穿了一天。
他的朋友因爲久別反而更親，
　因爲他有的是錢使他們歡宴；
在筵席上，他的故事成了笑料，
可是我相信，那大半都是揑造。

九九

不管少時怎麼受苦，可是老年
卻有財富和談資給了他補償，
雖然勞拉有時候會叫他生氣，
我聽說他和伯爵卻一直來往。
我的筆已經寫到一頁的底端，
算了，就讓這故事停在這節上。
我本來希望它能夠早些結束，
可是故事一講開就難於打住。

審判的幻景㉙

㉙1821年，英國桂冠詩人羅勃特·騷塞爲英王喬治三世之死（死於1820年）寫了一篇6步格詩《審判的幻景》，描寫在幻景中看到喬治三世從墳墓中起來，從大臣波西瓦爾的陰靈聽取英國近況的匯報，然後走到天堂門口。魔鬼和威爾克斯走來責備他，但以理虧被斥退，喬治終於接到華盛頓的證書而進入天堂。在該詩前言中，騷塞激烈地攻擊拜倫，說他的作品是「恐怖和譏嘲、淫穢和瀆神的可憎的大雜燴」。拜倫以同一名稱寫的這篇詩，是對騷塞的戲仿和答覆。在本詩中，拜倫對騷塞寫的許多反動而乏味的詩文，特別對他早年附和資產階級革命思想、以後背叛、終至死心塌地爲反動派效勞的行爲作了辛辣的諷刺和鞭撻。（見第85~105節）

一

聖彼得㉖⓪閑坐在天堂的大門口，
　他的鑰匙生了鏽，鎖也難擰開，
最近一時很少有人來麻煩他；
　倒不是這地方人滿，不再接待，
而是自從八八年高盧世紀㉖①後，
　小鬼都更齊心協力地一起拽，
就像海上水手似的，這一奮鬥
就把大多數靈魂拉到另一頭。

㉖⓪聖彼得是耶穌的使徒，公元66年被尼祿王釘於十字架上。
㉖①指法國革命後的年代。

二

天使們在歌唱，卻唱得不合轍
　而且嘶啞，因爲沒有別的可做，
除了給太陽和月亮上上發條，
　或者截住星星不要跑出了轍，
因爲總有一兩個年輕的星星
　或野馬似的掃帚星，越軌撞著
別的星體，它只頑皮地一捲尾，
像鯨魚捲小船，就把星體擊碎。

三

護衛天使都回到天上去安歇，
因爲被佑的生靈已不可救藥；
世間的事務使上天無所作爲，
只有記錄天使忙得不可開交；
他看到罪惡和災難迅速增加，
爲了一一記錄，他兩翅的羽毛
都當筆用而拔光了，就這樣趕，
還是不能把人間災禍都寫完。

四

近些年來，他的業務有增無已，

使他必須（當然，並非出於本願，

就像御前的大臣也都是如此）

想一些主意來應付這種局面：

既然需要他批語的越來越多，

因此在他感到心力交瘁以前，

只好求助於同僚：有一打聖徒

和六位天使都成了他的文書。

五

這個文書局不算小，至少對於
天堂是如此，但人人還很忙碌：
有許多征服的戰車天天奔馳，
有許多王國毀了又重新修補，
每一天都必須殺掉六七千人，
直到來了最大的屠殺：滑鐵盧㉖²，
他們充滿神的厭惡把筆一擲，
因為塵土和血已飛濺了滿紙。

㉖²滑鐵盧，比利時地名。1815年拿破崙最終戰敗於此地。

六

這只是順便一提：我這裡不想
　記錄連天使都不願寫的事跡，
這一次，因為羣魔亂舞得過分，
　連魔王都厭倦了自己的把戲；
雖然他把每一柄劍都磨光了，
　惡事過多也消滅了他的興趣。
（這撒旦唯一的善行值得一書：
他把雙方的將領都召回地府。）

七

讓我們略過幾年空洞的和平，
　它使人間没添丁，地獄仍舊滿，
而天堂無人問津，——不過這和平
　延長了暴君年限，添上新名單；
他們總有一天完蛋的，但目前
　卻都是頭角崢嶸，就像聖約翰
所預言的野獸，但我們這野獸
是犄角特別發達，而不是那頭。

八

在自由的第二次曙光㉖㉓的初年
喬治三世㉖㉔死了；他算不得暴君，
卻保護暴君，終至喪盡了理智，
使他昧於內心和外界的光明；
你難以找到比他更好的園丁，
或比他更壞的國王禍國殃民！

㉖㉓在1820年，歐洲南部民族革命的烈火重又爆發。
㉖㉔喬治三世（1738～1820），英國國王。他在位60年，晚年神經錯亂，最後9年由其子（後來的喬治四世）攝政。他執行的反動政策包括：⑴壓迫北美洲的殖民地以至引起美國獨立戰爭，⑵與法國革命及拿破崙作戰多年，⑶反對愛爾蘭的天主教解放法案。

他死了——留下的臣屬卻仍像他，
其中半數是瘋子，半數已全瞎。

九

他死了！他的死没引起多大波動，
　他的葬禮卻形成了盛大的行列：
羽毛，金箔，銅飾，一切都不缺少，
除了眼淚——當然這也拼湊了一些，
因爲它也可以按照其價值買到；
　至於哀歌呢，照例還是有人寫——
也是買來的；此外還有火把，袍服，
旗幟，紋章，和古哥特遺留的風俗。

一〇

這一切構成喪禮的鬧劇。在那些
　擠來演出或觀望的蠢人中，有誰
想到那個死人？熱鬧的儀仗成了
　注意的中心，只有黑色製造傷悲。
那裡沒有一絲思想滲到屍衣下；
　當你看到華麗的棺材埋入土內，
你會感到那彷彿是地獄的嘲笑：
八十年的腐朽竟以黃金爲封套。

二二

把他的身體摻合到塵土裡吧！
　這天生的混合物如順其自然，
本來會更快地進入分解過程，
復歸於原來的泥土、空氣、火焰；
可是不自然的香膏卻損壞了
　他生就的形體，它原像千百萬
未塗膏的泥身一樣卑賤、樸實，
而那一切香膏只延長了腐蝕。

二三

他死了，地面和他結算了一切；
　他被埋葬了；除了殯禮的帳單
或一塊墓銘，也許竟還有遺囑㉖⑤，
　他和這個世界已經毫無牽連，
但關於遺囑，誰敢問他的兒子？
　兒子倒完全繼承了他的特點，
除了夫德：即對一個惡毒醜婦，
　充當難得的忠貞不貳的丈夫㉖⑥。

---

(265) 見註(179)。又，據說喬治三世的眞正遺囑已被銷毀。

(266) 據說喬治四世畢生忠於他的妻子。

一三

「天佑吾王！」上帝多半很慷慨
　才保佑這樣的人；但假如他要，
那當然歡迎，因爲我並不認爲
被神詛咒是比被神保佑更好；
我也不知是否唯有我一個人
　懷著這渺小的希望：就是爲了
減輕未來的災厄，應稍稍節制
那永劫之地獄的火熱的法制。

一四

我知道這並不孚人望，我知道
　這是瀆神的；我知道我必遭報，
假如我希望其他人都不如此。
　我深知教理：我知道最好的教條
充塞在我們腦中，充塞得四溢，
　我知道除國教外，一切的宗教
都是冒牌，而其他那四百教派
都做了一場非常賠本的買賣。

一五

上帝可憐我們！上帝可憐我吧！
　天知道，我像在魔鬼掌中那樣慘，
要想置我於死地可易如反掌，
　有如把剛上鈎的魚拉到岸沿，
或者把羊交給屠戶去作食物；
　並不是我適於做盤中的美餐，
當然，幾乎每個生而必死的人
總有一天成爲小魚被人所吞。

一六

聖彼得閑坐在天堂的大門口，
　正對著鑰匙打瞌睡：忽然間，聽！
爆發一陣他久未聽到的吵嚷，
　彷彿是水流急湧，風火在奔騰，
總之是極大的吼叫，若非聖徒，
　在別人一定會吃驚得叫出聲；
而他呢，始而跳起，接著眨眨眼，
說道：「我想又有星星飛出界限！」

一七

然而在他能夠恢復平靜以前，
一個天使以右翼搧著他的眼睛，
聖彼得打了個呵欠，揉揉鼻子；
「看門的聖徒呵，」天使說，「快醒醒！」
他搧著一隻大翅膀，光輝閃閃，
就像染上五光十色的孔雀屏；
聖徒回答道：「呀，出了什麼事體？
這喧嘩可是盧西弗㉖㉗來到這裡？」

㉖㉗據神話，魔鬼撒旦在被逐出天堂以前，名爲盧西弗。

一八

「不是的，」天使說，「喬治三世死啦。」

「誰是喬治三世？」聖徒莫名其妙：

「什麼喬治？什麼三世？」天使回答：

「就是英國國王呀！」「那他遇不到

國王們來擠他；但他有沒有頭？

因爲上次來的就發生了爭吵，

他本來沒資格到天堂來受寵，

要不是他把頭朝我們臉上扔。

一九

「他是個法國國王㉖⑧，如果我沒記錯；
他的頭在世上保不住一頂王冠，
倒膽敢在我的面前自稱殉道者，
要求給他像我一樣聖徒的頭銜；
哼，假如我有把劍——我過去可割過
人們的耳朵，我會把他一刀兩斷；
可惜我只有鑰匙，沒有劍在手，
我只好從他的手裡打下他的頭。

㉖⑧指法國革命後被殺的法王路易十六。

二〇

「接著他乾嚎了一頓沒頭的叫喊，
所有的聖徒都跑出來把他領進；
於是他排坐在聖保羅下首，唉唉，
那個暴發戶保羅！他們倆倒親近！
是聖巴索洛繆的皮給保羅披上，㉖⑨
贖了他世上的罪，使他進了天庭。
那張皮雖然贏得殉道徒的名聲，
可還不及這呆拙的頭來得興隆。

㉖⑨聖保羅和聖巴索洛繆都是基督教的聖徒。前者被砍頭，後者被剝皮而死。

二二

「然而要是它仍舊留在脖頸上，
　那它到此的遭遇就會不同了：
聖徒們只要看到人的頭落下，
一種共感會給他們產生奇效；
因此，這非常愚蠢的頭也就被
　天庭焊接到頸上，這倒也很好，
反正世間所做的明智的行爲
這兒似乎照例要推翻了才對。」

三

天使答道：「彼得！別撅嘴嘟囔了：

這新來的國王可是頭身俱全，

他從不知道人們在搞些什麼，

他不過當著傀儡——由幕後牽線；

他當然該像別人一樣受審判，

但這類閒事呀，可用不著咱管；

咱們各有自己的戲，那就是說：

聽上面吩咐，怎麼吩咐怎麼做。」

二三

當他們正談著時，天使的行列
像巨風急馳而來，把碧霄劃破，
有如天鵝劃破了銀色的河流
（例如恆河、尼羅河或泰晤士河），
在他們中間有一個瞎老頭子，
他的靈魂也非常瞎，非常衰弱；
這天使的同路者就在大門口
停下來，披著屍衣落坐在雲頭。

二四

一個容貌迥異的精靈追蹤在
　這光輝的一羣後，他搧著翅膀，
彷彿荒涼海岸上的一片暗雲
　籠罩在那船骸累積的沙灘上，
他的前額彷彿風暴席捲的海，
　激烈而難測的情思在他臉膛
深刻著永恆的憤怒，他的視線
投到哪裡，哪裡便充滿了幽暗。

二五

當他走近時，他注視著這大門，
　無論他，無論罪惡，都無法進入，
他的目光充滿了非凡的憎恨，
　使聖彼得但願能被大門護住，
於是匆忙地摸索那一串鑰匙，
　急得汗水溢出了使徒的皮膚：
當然他的汗水只不過是神液，
或是諸如此類的精神的靈液。

二六

天使們縮成一團，好像一羣鳥
　看到鷹隼的飛來，他們感覺到
每根羽毛尖都顫抖，緊緊圍著
　他們保護的可憐老頭，像環繞
獵戶座的腰帶；而他呢，正不知
　要到哪裡去，雖說他這些保鑣
對皇上的魂很照顧（從經典上
我們知道：天使們都是保皇黨）。

二七

正當情況如此吃緊，天庭的門
　突然大敞開，它那鉸鏈的閃耀
投出了彷彿五色斑斕的火焰
　彌漫於太空，連地球這一小角
也沾到光彩，形成新的北極光
　在北極的上空展開霞光萬道：
在那被冰封的梅爾維爾海峽，
培利船長㉗⓪的水手正看到了它。

㉗⓪愛德華·培利船長於1819年至1820年爲了發現西北航線而航行到北極附近。梅爾維爾海峽在加拿大極北部。

二八

就從這打開的門，飛出來一個
美麗而威嚴的光明之燦爛體，
它散發榮光，像在推翻世界的
戰鬥中得勝而飄揚的一面旗，
我這寒傖的比喻必然會帶有
塵世的烙印，因爲我們這泥坯
有礙於大覺大悟，但也有例外：
比如蘇斯考特㉗，或囈語的騷塞。

㉗即瓊娜·蘇斯考特，見註⑲。

二九

這是麥克天使長。大家都知道
天使和天使長有怎樣的容貌，
因爲沒一個酸文人不曾寫過
由魔王以至天使首腦的素描，
還有祭壇上的雕刻啦，繪畫啦，
雖然我不敢說它們頗表達了
我們內心的不朽之神的概念，
但還是讓外行去誇說其優點。

三〇

米迦勒㉗②飛出來，滿是光榮和至善，
因爲他是那光榮與至善之主
所手創的傑作；他出門便站定，
面對他的是小天使和老聖徒。
（我說「小天使」，指他們看來年輕，
請別因此誤以爲他們的歲數
比聖彼得要小，那我可很抱歉；
我只是說，他們模樣看來較甜。）

㉗②即天使長，見《聖經·舊約全書·但以理書》第12章第1節。

三二

衆天使和聖徒對著天使長的
　尊嚴神駕深深一躬，他代表著
上帝，是天使神祇的最高一級，
　但這從未在他的神心引起過
自傲之感；除了服侍造物主外，
　他從沒有被別的思想侵擾過，
無論多崇高、輝煌，也不許侵入，
他只知道上帝是天庭的總督。

三三

他面對著那陰鬱沉默的精靈——
　無論善與惡，他們是知此知彼；
由於權力所在，誰也不能忘懷
　他昨日的朋友和未來的仇敵，
各自眼中都含著高傲的悔恨，
　彷佛並非意志、而是出於天意
他們得把永恆變爲戰鬥之年，
並且把天界變爲他們的前線。

三三

但這裡都是他們的中立地帶；
據《約伯記》㉗③，撒旦一年中有三回
能夠訪問天庭，而「上帝之子」們
和泥坯之子一樣，必須來作陪；
我們還可以從同一書中證明：
每當善惡之神在這時候相會，
他們是多麼彬彬有禮地會談——
但若引經據典未免浪費時間。

㉗③《約伯記》是《聖經》中的一書。

三四

而且這也不是一篇神學論著，
用不著希伯來文或阿拉伯文
來證明《約伯記》是隱喻或事實，
我寫的不過是真實的記述文，
因此只需從全貌記下某某事，
而對那稍有可疑的略過不問。
本詩的每個細節都確有其事，
和任何其他幻夢一樣地翔實。

三五

在天庭的門前，善惡神是處於
　中立地區，有如東方的陰陽門
是死底偉大事業的爭執場所，
　不知該往哪一界去派遣靈魂；
因此，米迦勒和他的對手是帶著
　和顏悅色相會見，雖然没接吻，
但黑暗大人和光明大人依然
　交換著非常雍容莊重的視線。

三六

天使長鞠躬如也，不像現代的
花花公子，而帶著東方的文雅，
以一隻光燦的手撫貼在胸前
（據說好人的心就生在那底下）。
他彷彿在接待同輩，不太謙卑，
但和藹，而撇旦對舊友的迎迓
卻稍帶傲慢，就像卡斯提貴族㉗㊹
没落的子弟遇上新的暴發戶。

㉗㊹卡斯提是西班牙的一門望族。

三七

他只把他魔鬼的頭點了一點，
　然後昂首而立，申明他的權利
或冤屈，指出國王喬治為什麼
　不能或不應赦免永劫的地獄，
因為有許多國王論心和頭腦
　比他好得多，歷史上也曾提及，
　都未能在這件事上得到勝訴，
一直是「以善意為地獄鋪了路」。

三八

米迦勒道：「你要這死後升天的人
　做什麼？他生前犯下什麼罪愆
使你有權來要他？說吧！說得對，
　就由你處置；假如在有生之年
他無論做人或做國王都不曾
　盡到責任，而是大大有失檢點，
那就指明吧，當然他歸你所屬；
假如不是這樣，讓他走他的路。」

三九

「米迦勒！」地獄之王回答：「即使在
你所侍奉的天主門前，我也得
索要我的屬民；我要讓你看到
不僅他的泥身是我的崇拜者，
他的靈魂也是；儘管對於你們
他很可貴，難得他不迷於酒色，
然而，請看看吧：自從登上王座，
他統治萬民只是爲了侍奉我。

四〇

「請看我們的，或者我的地球吧，
　它一度更多是你們的，然而我
並不傲於征服這可憐的星體，
　你的天主無須嫉妒我的擄獲；
萬千燦爛的世界都擁戴著他，
　至於人間那些脆弱的下賤貨
他大可以忘懷：我想很少有人
值得下地獄，除了他們的國君。

四一

「這些國君不過是一種免役稅，
　我要他們只爲表示我的主權，
即使我想施手段，你們很清楚，
　那不必要了，他們已壞到極點，
連魔鬼都没有更多的事好作，
　只有聽其自然；而他們的瘋癲
和邪惡是天性生成，上天無法
予以改正，我也無法再給加碼。

四二

「看看人間吧，我說過了還要說：
　當這個又瞎又瘋的糟老昏蟲
還在年少翩翩初登上王座時，
　那世界和他都有不同的面容；
大半個陸地和全世界的海洋
　都尊他爲王；遍歷過巨浪狂風，
他的海島駛於時間的深淵上，
因爲粗獷的美德以它爲故鄉。

四三

「他年輕時執王笏，放下時已老。
請看看他接管和遺下的版圖
是什麼情況吧，再看看編年史：
他怎樣把船舵交給一個家奴，
怎樣在心裡對黃金有了渴望，
呵，這乞丐的惡癖，它只能征服
最卑鄙的心。至於其他的事跡，
請展望一下北美洲和法蘭西。

四四

「確實，他自始至終是一個工具，
（使用人已在我處，）但做爲工具
讓他投入劫火吧！自人類知道
　有帝王統治以來的多少個世紀——
從罪惡和殺戮的血腥名册上，
　從培養凱撒的學校，盡你列舉
最壞的學生吧，可有一個朝代
比喬治的更血腥，更充滿殺害？

四五

「他永遠和自由及自由人作戰，
無論是國家，個人，外敵或臣民，
只要他們高呼『自由！』就會發現
喬治三世是他們的頭號敵人。
誰的歷史能像他的一生那樣
爲國家和個人的悲哀所浸潤？
我承認他節欲，私生活表現出
中性的美德，是大多君主所無；

四六

「我知道他是一個忠實的丈夫，
一個體面的父親，平庸的貴族。
這一切值得嘉獎，特別在王座；
譬如戒酒，在修士做來就不如
在艾庇西阿㉗⑤的餐桌上更難得。
我知道他有一切善良的天賦；
這對他很好，但對於千百萬人：
他被暴政利用，就當另作別論。

㉗⑤艾庇西阿，羅馬帝國時期著名的美餐者。

四七

「新世界甩開了他；舊世界還在
他和臣僚策謀的虐政下呻吟；
他已把一切惡習留給繼承者
在王位上，卻不能保證使他們
有他的惻隱，他那乖順的美德；
呵，昏睡的懶漢，記性壞的暴君，
在王位上蘇醒吧！應該再傳授
那被忘卻的一課，讓他們顫抖！

四八

「五百萬土人㉗⑥堅持尊奉你們的
宗教信仰，他們只要求那自古
就屬他們所有的財富的一項——
信教的自由——即不僅信奉天主，
也信奉你，米迦勒；還有你，聖彼得！
試問你們能不憎恨這種惡徒：
他反對天主教徒參加到一個
基督教國家的各方面的生活？

㉗⑥指愛爾蘭的天主教徒，他們受到信奉英國國教的喬治三世的迫害。

四九

「不錯！他允許他們對上帝祈禱，
可是做爲祈禱的後果，他不許
規定他們可以和那些不信奉
聖徒的人們處於平等的境地。」
聽到這裡，聖彼得怒火冒三丈，
叫道：「你快把這個死囚徒帶去︰
要是天堂對這個歸爾夫㉗打開，
那我就白當守衛，遭劫也活該！

㉗英國王室出自歸爾夫家族。

五〇

「我寧可和色勃拉斯㉗⑧交換職位，
（他那裡並不是閑差使）也不能
看著這個王家瘋子在天庭的
碧野裡到處閑蕩，你可以肯定！」
「聖徒呵！」撒旦答道：「你該爲你的
信徒所受的苦對他狠狠報應；
假如你已決定了要交換位置，
我將勸色勃拉斯到天上一試。」

㉗⑧據羅馬神話，色勃拉斯是有三個頭的狗，看守在地獄門口。

五一

米迦勒插嘴道：「好聖徒！魔鬼！請別
　這麼匆促吧；你們都有欠斟酌。
聖彼得呵，你一向是溫文爾雅，
撒旦！你也別責怪他說得冒火——
簡直近於凡夫俗子，唉，連聖徒
　開起會議來也難免信口開河。
你還有話講嗎？」「沒有了。」「如果您
不嫌我冒昧，請喚來您的證人。」

五二

於是撒旦轉身揮動他的黑手，
　那手以它的電力能夠把雲層
遠遠攪動，遠到難想見的地方，
　儘管有時他是在人間的上空；
地獄的雷能把大千世界中的
　一切陸地和海洋都深深震動；
陰間的電池點起排炮，彌爾頓㉗⑨
曾說這是撒旦最崇高的發明。

㉗⑨約翰．彌爾頓（1608～1674），英國詩人。他的長詩《失樂園》描寫撒旦對上帝的反抗。

五三

這是給那些遊魂的一個信號；
他們雖陷入永劫，卻得到特許
可以越界隨意地遊蕩，不受到
過去、現在或未來的世界所宥，
地獄的花名册上没有給他們
分派固定的拘留所，他們可以
隨興之所至或出於某種事由
到處遊玩——當然同樣受著詛咒。

五四

他們對此很自負，這也有道理：
　因爲這等於騎士資格，或腰間
別著金鑰匙；或者像後樓梯的
　開私門，或類似的契合的天緣。
我這些比喻都是取自塵世的，
　因爲我本是凡人。但願陰曹間
勿爲我這鄙陋的比喻而開罪，
　遊魂的公事當然比那要高貴。

五五

偉大的信號從天堂傳到地獄——
這是千萬倍於太陽（根據推算）
和地球之間的距離，因爲我們
已能精確地算出每一條光線
須走多久才能驅散倫敦的霧；
就透過這霧層，風信雞每一年
大約有三次能模糊地鍍上金，
假如那一年夏季不是太嚴峻，——

五六

我說我能算出來——那是半分鐘；
　我知道太陽的光線在啟程前
需要較多的工夫來打點一切；
　而且它的電報並不如此莊嚴。
假如要和撒旦的信差相競賽，
　它肯定不如後者先到達地點。
太陽每道光若需要經年累月
才到達目的，魔鬼則無需半日。

五七

在太空的邊際出現一個斑點
有半個金幣大，（在愛琴海上空
在狂風來臨前，我曾看到類似
它的東西，）這斑點越來越擴充，
並且變了形狀，它像空中的船
隨風改著方向，掌舵在半空中，
或被掌舵著（這一詞句的文法
使我猶疑，因此本節不夠暢達，——

五八

但隨它去吧。）繼而變成一層雲，
　黑壓壓的一層，——對了，一羣見證！
但多麼蜂擁的一羣！沒有土地
　曾見如此密麻麻飛來的蝗蟲！
他們遮天蔽日而來，像野鵝般
　發出了響亮的、各種調子的叫聲，
（如果一支大軍能拿鵝來比喻）
倒很體現了「地獄鼎沸」這辭句。

五九

這裡有約翰牛㉘的粗豪的咒罵，
還詛咒他瞎了眼，和以往一樣；
那裡有愛爾蘭土腔「憑耶穌說！」
還有蘇格蘭溫和的「尊意怎樣？」
法國鬼另有罵法，但我不願學
馬車夫那樣翻譯過來，在這場
爭鬧中，可聽到約納遜㉛的話聲：
「我想我們的總統要進行戰爭。」

㉘見註㉑。
㉛約納遜，華盛頓在美國獨立戰中的朋友和顧問。「約納遜」後來成了美國的綽號。

六〇

此外還有從西班牙、荷蘭、丹麥
　聚來的鬼，總之集鬼魂之大成，
從塔希提島到索爾茲伯里平原㉘²，
　不管什麼地方，什麼行業、年齡，
都來聲討好國王了，就像紙牌
　梅花對黑桃那樣地憤憤不平：
都是奉了禦傳票之召來盡力
使國王能像你我一樣下地獄。

㉘² 塔希提島在太平洋，索爾茲伯里平原在英國。

六一

米迦勒初見到這羣鬼時，禁不住
臉色蒼白，以後像義大利黃昏
變爲各種顏色——像孔雀的尾巴，
或者像古寺中的哥特式圓頂
照進了落日的餘輝，或像鱒魚，
或像遙遠的夜空有電閃頻仍，
或像彩虹，或像三十團的士兵
大檢閱，紅、綠和藍色交織如錦。

六二

接著他對撒旦說：「怎麼，好朋友——
　確實我把你看做我的老知交，
我們兩派使我們不得不敵對，
　可是咱們從沒有個人的爭吵，
咱們不和是在政治上；我相信，
　不管下界發生什麼，你必知道
我對你極爲尊敬，這就使得我
很不願意看到你把事情弄錯——

六三

「唉，我親愛的盧西弗，別亂來吧：
我向你要求證人，可絕不是説
要你把人間和地獄通通找來，
那不多餘嗎？因爲只要有兩個
誠實利落的證辭就夠了，咱們
何必把時間浪費在呆呆聽著
原告和被告？要是聽雙方都講，
咱們的永恆會變得更加漫長。」

六四

撒旦答道：「這事對我個人來說
　本來無所謂，像他這樣的靈魂
我可以輕而易舉找來五十個
比他好得多，也不必這麼勞神；
我不過是考慮到程序的問題
　才爲這死陛下的事和你爭論：
你們怎麼處理他都成；天知道：
下界我掌管的國王已夠多了！」

六五

魔王如此說。（多產的詩匠騷塞
說他是多面人。）「那我們就可以
從列席我們會議的千百萬中
叫出一兩個魂作證吧，其餘的
就用不著了，」米迦勒說，「但誰有幸
首先發言？能發言的人有的是，
誰呢？」撒旦答道：「證人倒是不少，
但你叫傑克・威爾克斯[283]就行了。」

---

[283]傑克・威爾克斯（1727～1797），英國資產階級政治家，他在報上攻擊英王喬治三世及大臣，因而被逐出議院，一度流亡。以後他又被選入議院。漫畫家曾把他畫成一個斜視的人。

六六

一個快活、斜眼而怪樣的鬼魂
　立刻從人羣裡走出，他的衣衫
是一種早已忘卻的式樣，因爲
　陰間的人對他們陽世的打扮
總是長期保留；因此，不管對、錯，
　陰間有各種的服裝蔚爲大觀：
由夏娃的無花果葉直到晚近
和那樹葉差不多大小的短裙。

六七

這魂靈環顧一下周圍的人羣，
　叫道：「天地各部界的諸位友好，
站在這雲端我們很容易感冒，
所以快談正事吧：這一次號召
爲的什麼？假如這些穿屍衣的
　是世襲地主，爲了選舉來吵鬧，
好，我就是一個不變節的代表，
聖彼得呵，你能不能投我一票？」

六八

「先生，你錯會了，」米迦勒說，「這類事
已是前生的陳跡；我們在天庭
所做的要莊嚴得多：這個會議
所以召集起來，是要審判國君。」
「那麼，那些有翅膀的紳士必是
天使了，」威爾克斯說，「那個躲進
他們身子下的人像喬治三世，
不過老得多——天哪，他可是瞎子？」

六九

「他正是你看到的那樣，」天使說，
「他的歸宿要取決於他的事跡。
假如你有冤要申訴，墳墓允許
即使最卑賤的乞丐也能擡起
他的頭反對至尊。」「但有一些人
等不到至尊者被裝進棺材裡
就已如此了，」威爾克斯說，「而我
在天日下就對他們無所不說。」

七〇

「那麼，你在天日之上重複一遍
　對他的控訴吧，」天使長說。「既然
舊怨已成為過去，」鬼魂回答道，
「我何必翻老帳？真的，我絕不幹。
而且，我終於打得他一敗塗地，
　不管他那什麼貴族院、下議院；
在天上我可不想把舊事重提，
他那行為對於國王也不稀奇。

七一

「雖然那是愚蠢而邪惡，竟壓迫
一個不名一文的可憐窮光蛋；
但我認爲他的罪責遠遠小於
伯特和葛拉夫頓㉘的，我不願見
他爲了他們的暴行在此挨罰，
那兩人不早已入地獄，到今天
還在那兒嗎？至於我，我已經寬恕，
我贊成他受天堂的『人身保護』。」

㉘約翰·伯特（1713～1792），英王喬治三世的寵臣，曾任首相。奧古斯達·葛拉夫頓（1735～1811），英國政治家，主張對北美實行鎮壓政策，曾受到朱尼阿斯的指責。

七二

「威爾克斯呵，」魔鬼說，「我瞭解你，
在你死前你已變爲半個廷臣，
現在你似乎覺得在恰隆㉘的船
把你載來後，把半個變爲全身
是挺不錯的；你忘了他的統治
已結束了，無論發生什麼事情，
他再也當不了君主：你白費力，
因爲他頂大不過是你的鄰居。

㉘據神話，恰隆是冥河上的船夫，他把靈魂接引到地獄。

七三

「不過，我知道該怎麼估計，當我
看到你在烤肉叉旁打趣、低語，
那兒值班的貝利艾爾㉘正使用
福克斯㉘的油脂給他的小徒弟
威廉·庇特㉘周身塗抹以便火烤；
我說，我知道該怎麼對你估計：
這傢伙到地獄來還作惡多端，

㉘貝利艾爾，指魔鬼。
㉘查理·福克斯（1749~1806），英國政治家，他和威廉·庇特是敵對的，但都是效忠英王的大臣。
㉘威廉·庇特，英國首相。見註⑯。

我得『箝制』他——這也是他的法案。

七四

「傳朱尼阿斯[289]！」一個幽靈從鬼羣
　走了出來，聽到他的名字被喚
大家立刻湧上前，爭先恐後得
　誰也不再安適地漫行在雲端，
而是互相衝撞、擁擠、個個被阻，
　手腳和膝蓋被擠得無法動轉，

---

[289]自1769到1771年，以朱尼阿斯爲筆名的一些信在英國報刊上發表，對喬治三世及當政要人加以抨擊，並表同情於威爾克斯爭取民權的事件。這些評議朝政、筆鋒剛勁的信曾引起社會重視，並於1772年合成一集出版，但其作者爲誰，始終未能確定。

好像汽體被閉壓在膀胱裡了，
或者像人的疝氣疼，那就更糟。

七五

那幽靈走出，瘦而高，一頭白髮，
好像他在世時就是一個幽靈，
他行動矯健而敏捷，精神充沛，
但看不出出身和教養的特徵；
他一會兒縮小，一會兒又變大，
忽而憂鬱，忽而有粗野的豪興；
但請細看他的面容吧，每一刻
都在變化——變成什麼卻很難說。

七六

鬼魂們越是對他注視，越難以
　辨認出他具有的是誰的面容；
連魔鬼也不知道該怎樣猜測，
　那面容像是夢：忽而西，忽而東；
人羣裡有幾個發誓：他們深知
　他是誰，有一個竟莊嚴地宣稱：
他是他的父親；跟著有人肯定
他是他母親的堂姐的親弟兄。

七七

另有人說，他是一個公爵、騎士，
一個牧師或律師，一個演說家，
一個印度來的財主，男助產士；
但奇怪的是，他的面容能變化
和他們的決定一樣快，他儘管
暴露在衆目睽睽下，反而增加
人們的困惑，就像一個萬花筒，
他是如此難以捉摸，飄忽不定。

七八

只要你一旦說他是某某無疑，
好，他的臉變了樣，成了別的人。
而且不等這變形完全確定了，
它又在改樣，我想連他的母親
（假如他有母親的話）也不能夠
認出她的子嗣，他變得無法認：
對這書信集的「鐵面人」㉙的猜測
竟由一種樂趣變爲一種苦活。

㉙法王路易十四曾將一個神秘人物囚禁40年之久，在轉換監獄時，使他戴著黑面罩，以免外人認出。因此這個囚人有「鐵面人」之稱。

七九

因爲他有時看來像色勃拉斯——
「三位紳士一體」（如馬拉普洛普
夫人㉑英明指出的）；可你又覺得
他連一位都不是；忽而他發出
耀目的光輝，忽而濃厚的蒸氣
把他隱蔽起來，好像倫敦的霧；
似勃克，又似吐克，人們任意猜，
說是菲利普·弗蘭西斯也合拍。

㉑馬拉普洛普夫人是謝立丹喜劇《情敵》中的一個角色，她以錯用文辭著稱。

八〇

我有一個假設，是我獨出心裁，
　直到如今我從不敢把它透露，
生怕對皇座周圍的人有妨礙，
　比如傷害了國務大臣或貴族，
甚至把什麼污點給他們吹來；
　那就是——善良的讀者，請別轉述：
那就是，我們傳聞的朱尼阿斯
實在是並無其人，只是空名字。

八一

我看不出爲什麼信簡不能夠
　不用手寫，因爲我們天天看見
它們没有用頭寫；還有書，您瞧，
　也可以不經頭而把文字填滿；
真的，直到我們能確切指出來
　某某人是那些書的作者以前，
他會像尼日爾河口那樣折磨
世人去推測有無河口或作者。

八二

「你是誰？是怎麼回事？」天使長問。

「關於這，你可以看我的書名頁，」那個幽靈的巨大的影子答道：

「既然我已保密了半世，現在也沒有必要透露它。」米迦勒繼續問：

「你怎能罵喬治·瑞克斯㉒，或作些更多的指責？」朱尼阿斯回答他：

「你頂好先叫他答覆我的信札。」

㉒此名影射喬治三世。

八三

「我的控訴已成文字流傳世間，
將比他那墓誌銘的銅更長久。」
米迦勒問：「你不後悔生前太誇張？
如你的話果真，他必要受詛咒，
若是不真，上天可同樣懲罰你。
由於你的情緒的陰沉，你是否
太譏刺了？」「情緒嗎！」那幽靈回答：
「我愛我的國家，我當然要恨他！」

八四

「我既已寫出的，我絕不再收回：
讓那後果由他或是我來承擔！」
這個老隱名氏如此說，而就在
他說時，他已化爲空中的青煙。
接著撒旦對米迦勒說，「別忘了把
華盛頓、吐克㉙和富蘭克林㉔召喚。」
不過這時候，傳來了一片喊聲：
「讓開，讓開！」雖然鬼魂誰也不動。

㉙約翰・霍恩・吐克（1736~1812），英國政治家，曾聲援威爾克斯的爭取民權行動。

㉔班傑明・富蘭克林（1706~1790），美國獨立運動的領袖之一。

八五

終於從人羣夾縫裡，連推帶擠，
又加以司警衛的天使的協助，
惡魔阿斯摩狄亞走進人圍中，
看來他這旅程使他受了些苦。
當他把重負放下時，米迦勒叫道：
「這是什麼？哎呀，不是鬼？是活物！」
「我知道，」惡魔說，「他變鬼很容易，
只要你肯把事情交給我處理。

八六

「這倒霉的叛徒！竟被他壓折了
我的左翅，他太重了！你會以爲
他是把他的作品套上脖子啦。
說真的，當我在斯基道山㉙㉕邊飛
（那裡和往常一樣，還陰雨連綿），
我看見下面一支燭光顫巍巍，
我飛下來，原來這傢伙在誹謗——
不但污蔑《聖經》，對歷史也一樣。

㉙㉕騷塞住在德溫特湖濱，斯基道山在其附近。

八七

「後一項是魔鬼的記錄，前一項
　就是你的，好米迦勒；因此，你明白，
這件事有關咱們雙方。我一撲
　把他攫到空中，就送到這裡來，
正如你看到他那樣子；在空中
　才十分鐘吧，至少我没有離開
一刻鐘就飛到了這裡，我敢說
他的老婆還在家裡吃茶待客。」

八八

這裡撒旦插嘴道：「我早知道他，
　我在這兒等待他也有些時辰，
你難得找一個比他更蠢，或者
　在他那小行業裡更自大的人；
不過，說實在的，老弟，把這賤種
　放在你的翼下未免過於操心；
何必費力背他呢，就是沒有你
他也會自動地安然來到這裡。

八九

「但既然他來了，讓我們看看他
幹了些什麼。」「幹！」阿斯摩狄亞說，
「他已預見你們在這裡的公務，
便像給命運作秘書，拼命寫作。
誰知道他會弄出什麼下流話，
要是這樣一個蠢驢開口胡說？」
「讓我們聽他講一講吧，」米迦勒道，
「你知道我們對他也得講公道。」

九〇

詩人很高興能博得一羣聽衆，
這要是在人間他可很難獲得；
他開始咳嗽、清嗓子、哼了一陣，
然後把嗓音提高到對於聽者
是一種可怕的哀號（誰要不幸，
唉，親聆到詩人的抑揚的音波），
他一用起六步格就固執不變，
那疼風的腳沒有一步邁得歡。

九一

但在他把筋骨腫的揚抑抑格
　踢進吟誦以前，無論六翼天使
或小天使都立刻顯得惶惶然，
　只聽一片細語傳過這羣天使，
而還沒等他那跛腳的詩邁出
　一個字以前，米迦勒已叫道：「停止！
看在上帝的面上，停止吧，夥計！
神人俱不容㉙——你知道那後半句。」

㉙羅馬詩人賀拉斯有一句詩說：神人俱不容平庸的詩。

九二

這神鬼的集會整個騷動起來，
他們似乎對詩歌都非常討厭：
天使們當然如此，那祈禱儀式
使他們早聽夠了；鬼魂不久前
在生命終結時也聽過不少歌，
不至於對這場合再感到新鮮；
一直沉默的國王也叫道：「怎麼！
派㉙又來了？可別再、別再搞那個！」

㉙亨利·傑姆斯·派（1745～1813），英國桂冠詩人，他的詩作是當時英國文壇嘲笑的對象。

九三

騷動越來越凶，咳嗽震撼空際，
就好像卡斯爾雷㉘在一場辯論中
講話夠長的時候（我是說在他
成爲首相以前——現在當然不同：
是奴隸們在聽）有人像看笑劇
會喊：「算了！算了！」終於，弄得很窘，
詩人請求聖彼得（他也是作家）
看在他的散文面上，爲他緩頰。

㉘羅伯特·卡斯爾雷，見註⑫。他慣於做長篇演說，成爲拜倫嘲笑的對象。

九四

這奴才並不是個難看的無賴；
　從臉上看，他很像一隻鷹，具有
一隻鈎鼻和一雙鷹眼，這給予
　他整個的面容以類似騙子手
那樣的精明、文雅；他相當嚴肅，
　可不像他沉悶的詩那樣出醜，
至於後者，那確實是不可救藥，
足稱詩壇重罪，純係自己製造。

九五

米迦勒吹起喇叭，以更大的鬧聲
　平息了鬧聲，就如同在人世間
所通行的辦法；除了有些牢騷
　偶爾悄悄地闖入這會上，打亂
守禮的靜穆外，沒人在喝住後
　還要再一次擡高嗓門來叫喊；
這時詩人就擺出自吹的架勢，
爲他那倒霉的行業進行解釋。

九六

他說（我只概述）他之粗製濫造
　並不想傷害誰：凡寫任何題目
他都如此，而且那是爲了麵包，
　他總給它兩面塗油；他怕耽誤
這個會議太久（他確如此擔心），
　用一天也難以列舉他的著述。
不過他願意提幾種：《瓦特·泰勒》，
《布嫩海姆之歌》，和《滑鐵盧》頌歌㉙。

㉙這三篇都是騷塞的作品，

九七

他曾對弒國王的人加以歌頌，
　又對無論什麼國王都唱贊歌，
他為共和制度寫過文章辯護，
　可又對它進行更激烈的指責；
一度高呼萬民平等，社會萬歲，
　這理想怪聰明，卻不那麼道德；
以後又變成了反雅各賓㉚黨徒，
他翻穿衣服㉛——還想翻轉皮膚。

㉚雅各賓黨是法國革命的激進派。

㉛翻穿衣服（turncoat）在英文意指「叛徒」。

九八

他曾反對一切戰爭，接著高歌
　戰爭的光榮；他曾把評倫稱作
「不文雅的藝術，」接著自己成爲
　最卑鄙的粗製濫造的評論者；
他被主子賞賜和豢養，但就是
　這些人害了他的繆斯和道德；
他寫過無韻詩和無味的散文，
無味甚於無韻，數量多得驚人。

九九

他寫過威斯萊(302)傳；說到這裡時
他轉向撒旦：「先生，我正想給您
寫一部兩卷傳記，八開本精裝，
加上前言，註解，和一切能吸引
虔誠的買主的；而且不必擔憂，
因爲我能挑選自家人寫評論；
所以，請把有關的材料交給我，
我會把您寫成我的一位聖者。」

(302)威斯萊，在滑鐵盧之役戰敗拿破崙的英國將領威靈頓，他被一些人吹噓爲民族英雄。

一〇〇

撒旦鞠躬而沉默。「好吧，假如您
　和藹而謙遜地謝絕我的建議，
那麼您怎樣，米迦勒？您的回憶錄
　可是神聖莊嚴，沒有別人能比。
我的筆無所不爲，雖不如以前
　那麼新穎，可是我能把您吹噓
像您的喇叭一樣。嘿，我的喇叭
有更多的銅㉝，我的吹力也很大。

㉝銅（brass）在英語中還有「厚臉皮」的意思。

一〇一

「談到喇叭了，這就是我的幻景！
現在請一切人來評判吧；是的，
你們將以我的論斷爲準，聽從
我決定誰將升天堂，誰下地獄。
我像阿爾豐沙王304，是憑直覺決定
諸如現在、過去、將來、天堂、地獄
和一切的。當我的眼如此錯亂，
我可以替上帝省卻許多麻煩。」

304阿爾豐沙一世（約1110~1185），葡萄牙王國的創建者。

一〇三

他住了口，接著拿出一卷手稿，
　不管魔鬼、聖徒、天使怎樣勸說，
也攔不住他滔滔不絕的朗誦，
　因此他便讀出了前三行詩作；
但讀到第四行時，神靈和魔鬼
　立刻消失，只留下硫磺氤氳和
神的香氣，因爲他們已像電閃
從他頓挫的鼻音前驚惶逃散。

一〇三

那輝煌的英雄史詩真像符咒，
使天使堵住耳朵，揚起翅高飛；
魔鬼們嚎聲震天地衝下地獄，
小鬼都結結巴巴朝各界奔回
（因爲他們住在哪裡還待解決，
我請讀者各抒己見給予定位）。
米迦勒想求救於喇叭，可是，哀哉！
他的牙齒在打戰，竟吹不起來！

一〇四

聖彼得呢，他一向被看作是個
莽撞的聖徒，舉起了鑰匙一擊，
在那第五行上便擊倒了詩人，
他像菲頓305般跌落到他的湖裡，
但比菲頓安適，因爲他沒淹死，
而是由織網的命運女神編起
桂冠詩人臨終花圈的一面網，
因爲凡悔過自新都有這收場。

---

305 菲頓，希臘神話中太陽神的兒子，他駕御父親的日車失誤，翻倒下來，使大地燃燒，自己則跌入水中。

一〇五

他先是沉到底，有如他的作品，
但很快浮到上面，有如他自己，
因爲凡腐物由於自身的腐朽
都能像軟木漂兒在水上浮起，
或像泥沼上的鬼火飄忽；也許，
他像一架子無味的書，能隱蔽
在他的書齋裡，寫什麼「傳」、「幻景」，
如人所說：魔鬼也變成了正經。

一〇六

至於後事如何，現在該要結束
　這真正的夢了：那使我的視覺
透視一切假相的望遠鏡已失，
　它曾顯示給我已寫過的那些；
在殘餘的夢中我還能看到的
　只是國王喬治已溜進了天界，
而當那一場混亂復歸平靜時，
我見他正練第一百篇讚美詩。

《青銅世紀》簡介

查良錚

「青銅世紀」這一詞，來自西方神話。據古希臘詩人赫西奧德記載，世界經歷五個時代，即黃金世紀，白銀世紀，青銅世紀，英雄世紀和鐵的世紀。青銅世紀是充滿暴虐和戰亂的世紀。

本詩開始寫作於一八二二年十二月，完成於一八二三年一月十日。拜倫在寫給李·漢特的信中提到本詩說：「我已送交雪萊夫人一篇詩去謄寫，它大約有七百五十行，名《青銅世紀》，或《世事的歌及平凡的一年》，並附有『並非阿基里斯的敵手』這一題辭。它是爲了能閱讀的大衆寫的，全部論及政治，是對當代時事的評論——使用了我早期的《英國詩人和蘇格蘭評論家》的文體，不過有一點雕琢，過於充塞了『戰鬥的辭藻』和古典及歷史掌故。如果註解是需要的，那就加以註解。」

本詩在一八二三年四月匿名發表。它所寫的「平凡的一年」是一八二二年，這是拿破崙死後的一年，是西班牙資產階級革命暫時取得勝利的一年，也是反動的「神聖同盟」各國急於採取對策而召開維羅那會議的一年。本詩正是針對維羅那會議的勢頭予以迎頭痛擊。

當時的國際局勢是，在拿破崙帝國崩潰以後，全歐洲的專制王朝捲土重來，各國腐朽的封建勢力在復辟，其中心堡壘是英、俄、奧、普（後三國是「神聖同盟」的發起者），它們執行著國際憲兵的任務，這是一方面；但另一方面，被壓迫的民族和階級也在進行著不斷的鬥爭，革命運動風起雲湧；其顯著者，在西班牙有一八二〇年至一八二三年的資產階級革命，爭取恢復一八一二年憲法；在義大利有一八二〇年至一八二一年由燒炭黨領導的起義，它推翻王室並反對奧國的控制；在希臘有一八二一年爆發的反土耳其統治的獨立運動，由希臘國民議會在一八二二年宣布了獨立，但隨即受到土耳其的殘酷鎮壓。以上這些革命運動雖然暫時失利，表面看來「神聖同盟」及其維羅那會議是強大的，但在詩人拜倫看來，反動勢力是腐朽的，終必滅亡的，因此它「並非阿基里斯的敵手」。阿基里斯是希臘神話中的大力士，反動勢力是敵不過他、敵不過革命的力量的。

本詩分爲十八節。開頭兩節似對維羅那會議的風雲人物而發。他們野心勃勃，覬覦全世界，「事業」雖大，但也有力不從心、「好景不再」之感。拜倫指出：由於他們的「耍弄心機」，人間已流夠了淚。並舉出一些同類人物，近者如英國首相庇特，遠者如古代的馬其頓王亞歷山大，他們的野心不過落得一場空，其結果是死亡和墳墓。拜倫認爲，他們算不了偉人，眞正的偉人是能超越死亡而永生的。

接著議論拿破崙（第3至5節）。關於拿破崙，詩人對他的評價是複雜的。拿破崙在法國革命初期立有戰功，接著偸竊革命的成果，發動政變，自居爲皇帝，建立大資產階級的軍事獨裁政權，對內鎭壓人民，對外進行侵略。列寧指出，「拿破崙主義是一種統治形式，是由於資產階級在民主改革和民主革命的環境裡轉向反革命而產生的。」拜倫稱拿破崙爲「暴君」，這是正確的，但他還不能免除對拿破崙的一種幻覺。在當時進步的社會輿論中，拿破崙死後的聲譽上升了，這是因爲那些捲土重來騎在人民頭上的王公貴族，是更爲腐朽的封建勢力，因此，人們自然會追念拿破崙時代所實現的某些民主改革，儘管這些改革不能歸功於拿破崙個人，但他的名字逐漸成爲法國革命的象徵。拜倫是在這一意義上，對拿破崙除了詛咒和嘲笑以外，也有惋惜和推崇的表示。

拿破崙在聖海倫島上被囚的情況，曾引起英法輿論界的爭論。保守派認爲待他太寬，激進派則認爲不該對他如此苛刻。拜倫對拿破崙的英雄崇拜使他對他的甘受屈辱既嘲諷而又不平。在第四節中，詩人表示：拿破崙的名字做爲法國革命的象徵將永垂不朽，並成爲未來對帝王戰鬥的號角。第五節回顧了拿破崙一生的戰績，由遠征埃及到橫掃歐洲，由莫斯科的全軍覆沒到巴黎陷落，由滑鐵盧戰役到聖海倫島的被囚。詩人下結論說，與其以枯骨堆起個人聲譽，不如造福人類而流芳千古。

第六、七節談到各地的革命運動，革命潮流波及的地方包括南美洲、希臘、法國、西班牙。

對希臘的革命鬥爭，拜倫特別提出一個危險的敵人，就是沙皇俄國，勸告起義者不要受沙皇的欺騙，他的諾言不可靠，「唯有希臘人能解救希臘。」如果依靠俄國，終至會「餵養北方的熊」。第七節列舉了西班牙的腐敗現象——她的昨天，也歌頌了她今天的英勇鬥爭和游擊戰。

第八至十節轉向一八二二年十月由「神聖同盟」召開的維羅那會議，特別譏諷了它的主要人物俄皇亞歷山大。這個會議是專爲應付西班牙革命而召開的，它反映了反動派的虛弱。西班牙革命者取得了政權，囚禁了國王，他們的戰歌是「吞下它，吞下它」，意即要求接受一八一二年憲法。革命的發展震驚了「神聖同盟」的頭子，於是會議討論了武裝干涉西班牙問題。俄、奧、普、法一致主張鎮壓，除了發表宣言譴責西班牙革命外，並秘密決定了由法國出兵。只有英國外相坎寧表示反對，因爲英國企圖獨佔西班牙的海外市場，並願保持仲裁者的地位，以坐收漁人之利。因此，英國在這件事上拒絕與「神聖同盟」合作。會議的結果並不十分滿意，當時英國《晨報》會議誚說：「皇家的惡鷹們被剝奪了他們所期望的一餐。「俄皇亞歷山大一世是第十節的鞭撻對象，他所以被挑選出來，因爲他是同盟中最反動、最熱心的成員，他是以「自由」、「和平」等詞句裝飾起來的劊子手，因此拜倫對他的僞裝予以揭發，指出他在國內外的黑暗統治，並警告他這樣滑下去絕沒有好下場。

第十一至十二節諷刺復辟後的法國，她的吵鬧的議會和不穩的國王。第十三至十五節諷刺英國及其統治者。第十四節寫英國的地主階級，從經濟根源揭露出他們好戰的原因。在戰爭時期，英國國內物價上漲，濫發紙幣，國債龐大，地租上升，地主極爲受益，靠收什一稅的敎會也如此。但在戰爭停止後，一八一九年恢復了硬幣支付，物價（包括小麥）下跌百分之五十；糧價下降，農村破產，地租也收不進來了，地主們叫苦起來。與此相反的是，一般城市資產者在戰時受到通貨膨脹和高物價的損害，在和平恢復後卻受益於硬幣支付和物價下跌，諸如金融資本家、官吏、薪金收入者和購買公債者都得到好處。這些人和地主是兩個矛盾的集團，拜倫的論點反映了一般城市資產者的利益。但是大資本家卻超出這一矛盾之上，他們無論戰時或戰後都是掌握經濟命脈的，拜倫揭露這些國際金融資本家是世界政治舞臺的眞正主宰者（第15節）。

第十六至十七節再回到維羅那會議，以其各色人物爲花架，寫出會議的滑稽戲性質，特別諷了拿破崙妻子。最後一節以蘇格蘭的丑劇做爲本詩的收場。

青銅世紀（或名《世事的歌及平凡的一年》）

「並非阿基斯的敵手」㉖

一

呵，好景不再！——一切逝去的時代都好，

㉖這句題辭是拉丁文，引自羅馬詩人維吉爾的作品。拜倫引用它可能和如下一事有關：1822年6月倫敦海德公園建立一座阿基里斯石像，以英國婦女的名義將它獻給「威靈頓公爵及其英勇的戰友」。反動派既然把戰勝拿破崙的威靈頓比作阿基里斯，拜倫借題反譏，就指出反動派「並非阿基里斯的敵手」。

這時代如果肯逝去，也將爲人稱道；
偉業過去有，現在有，將來更會有，
只要渺小的人憑意願努力以求：
請看前面是一片更廣闊的新天地，
專供有志者在青天下要弄心機。
我不知道天使看見了是否要流淚，
但人間已流夠了——只落得更受罪！

二

無論好，無論壞，萬事破滅如泡沫。
請想想在你幼年的時代吧，讀者！
當時庇特[307]多麼威風，他就是一切，
至少對政敵如此，他從不聽勸誡。[308]

我們曾看到精神界的兩大巨靈，
像阿索斯和艾達⑽兩座巍峨高峯
隔海對峙，呵，是被雄辯之海隔開，
那言辭的波濤是多麼洶湧澎湃！
就像在希臘和扶里吉亞⑽兩岸之間
愛琴海的深淵掀起咆哮的狂瀾。
但而今呢，這兩個對手都安在？
只有幾英尺沉鬱的泥土把他們隔開。⑾
呵，墳墓！你肅靜，有力，使一切沉默，

⑺威廉·庇特，見註⑯。他22歲時任財政大臣，25歲即任首相，在任期中（1783～1804）兩次聯合歐洲國家與法國作戰。1804年復任首相時，繼續對抗法國，直至死亡。

⑻庇特的政敵指查理·福克斯，見註⑱。福克斯常說：「我從不缺乏言辭，但庇特從不要這言辭」

⑼阿索斯，希臘半島的山峯。艾達，小亞細亞半島上的著名山峯，在古特洛伊城附近。

⑽扶里吉亞，小亞細亞的古國名。

⑾庇特和福克斯都葬在威斯敏斯特大教堂內，兩墓相隔18英寸。

你是一個從不起浪的寂滅之波
淹没了世界。——噫，「塵土復歸於塵土」，
這故事雖古老，卻還没有人吐露；
時間無法減弱它的恐怖，而蛆蟲
還是在墓下，在寒冷的穴中蠕動，
無論陵墓多優雅，下面總歸一樣，
屍灰甕可以塗彩，但屍灰不再閃光；
儘管克柳巴的木乃伊被迎來三島，⑫
安東尼⑬也曾爲它把帝國放棄了；
儘管亞歷山大之墓已成爲名勝，⑭
在他不曾征服、從未聽聞的國土中——
唉，他曾爲没有世界可征服而流淚，

⑫克柳巴，公元前1世紀的埃及女王。大英博物館中所保存的克柳巴木乃伊，是底比斯行政官的親屬，約生於公元1世紀。

⑬安東尼，公元前1世紀羅馬將軍，因迷戀克柳巴而放棄羅馬，終至被政敵戰敗而死。

這狂人的願望多癡！他徒然傷悲：
半個世界不知他為誰，也許只聽說
他的生死和淒涼，而希臘，他的祖國，
卻已在敵人的鐵蹄下沉淪、破碎。
唉，他曾為沒有世界可征服而流淚！
想想他，從不知有地球，卻已決心
不能饒過它，並為此而日夜不寧！
豈料還有熙攘的三島，遠在北國
留存他的屍甕，——而未聞他的王座。

⑶⒁亞歷山大大帝是公元前4世紀的馬其頓國王，他統一了希臘，並將版圖擴充到埃及、波斯，直抵印度。傳說他為再沒有可以征服的地方而落淚。他死於巴比倫，葬於亞歷山大城，羅馬帝國的皇帝多去祭掃，但以後，石棺及遺體都失蹤。1801年，英國軍隊找到一個石棺，據說就是亞歷山大之棺，存於大英博物館中。

三

然而他呢，現今那個更大的權勢者？⑮
他並非王族，卻使帝王們爲他駕車，
這是再世的西索斯特里⑯，而那羣王
一旦解除繮索，就以爲生了翅膀，
他們原來被繫於首領駕下的戰車，
現在卻唾棄他們曾爬過的舊轍！
是呵，他在哪兒？那或偉大、或渺小——

---

⑮指拿破崙。
⑯西索斯特里，即古埃及王拉美西斯二世（前1317～前1251）。據載，當他進入廟宇或城市時，他讓侍者將馬匹卸下車駕，而把四個國王和四個王子代替馬拴在車桿上駕車。

那一切智慧或暴虐的繼承和倡導？
帝國是他的兒戲，王座是他的賭注，
大地是牌桌，他的骰子是人的屍骨；
看吧，他只落得一個孤寂的荒島[317]
做爲輝煌的收穫——隨你感嘆或微笑。
你可以感嘆於奮飛高翔的巨鷹
竟降格而啄食自己狹小的囚籠；
或笑看這魔王，以前把萬邦橫掃，
現在竟天天爲規定的口糧而爭吵；[318]
或悲傷地看到他如何在每一餐
爲了減少的菜和省略的酒而哀怨。

---

[317] 拿破崙在滑鐵盧一役戰敗後，被放逐到南大西洋的一個小島聖海倫島上居住（1815～1821），直至死亡。

[318] 拿破崙被囚於聖海倫島時，仍保留一小羣隨從，每年開支一萬二千鎊，由聖海倫島的英國總督赫德遜·羅爵士支付。爲了防止他逃跑，除在他身邊設有密探外，對撥發給他的酒、家禽和柴，也都嚴格計算，這一切和其他種種都使他不快。關於拿破崙被囚的這種情況，他的醫生奧米拉曾透露到英國，在英國政府中引起過爭論。

難道就是這個斤斤計較瑣事的人
曾經盛宴帝王，或使他們膽戰心驚？
再看看他的命運是靠什麼而升降：
一紙醫生的證明，一個伯爵的演講！[319]
一個塑像誤了期，一本書收不到，[320]
這震撼過世界的人就睡不好覺。
難道就是他，曾使顯貴服服貼貼，
而今卻求助於一切手段，以圖取悅
一個好奇的遊客，爲了他的遊記，[321]

---

[319] 拜色斯特伯爵（英國國防及殖民地大臣）於1817年3月18日在議院中曾對拿破崙個人待遇問題做出答覆。他通過與赫德遜·羅的通信，也得到奥米拉醫生的一些話做爲證詞。

[320] 拿破崙之子萊赫斯塔特公爵的塑像，在寄交聖海倫島的過程中曾延誤14天，據説是通過檢查之故。收不到的「一本書」指霍布浩斯題辭「贈拿破崙皇帝」的著作《巴黎一英僑的信簡》，該書爲赫德遜·羅沒收，未送到拿破崙手中。

[321] 可能指貝西爾·郝爾船長，他在《爪哇航程記》一書中談到與拿破崙的會見。

或激怒下賤的獄卒、盤查的奸細！㉜
唉，倒不如下地牢，他仍可保持雄偉，
這中間的地位才最難堪、最卑微；
他居住的既不是牢獄、也不是宮廷，
他忍受的那一切很難博得人同情！
他抗議有什麼用？他的用款有人付，
勳爵大人按時發給他酒和食物；
他患病也無用，絕對更換不了地方，
無需懷疑：他那個島最適於調養；
那爲他的利益申訴的梗直的醫生㉝
已被免了職，卻得到世人的掌聲。
然而微笑吧——儘管頭和心的痛苦

㉜指拿破崙的監管人、聖海倫島總督赫德遜·羅。他爲人傲慢而苛刻。他曾與拿破崙會面五次。拿破崙在他面前和背後都罵過他，並不惜採取一些藉口來激怒他和反抗他的指令。據推測，拿破崙所以如此做，可能有意擴大事態，使消息傳到倫敦和巴黎，或可引起進步人士的抗議，以改善他的處境。

蔑視和拒絕醫術的遲緩的援助，
儘管沒有人守在他卑微的床邊，
除了幾個至友，和那男孩雕塑的臉，
（唉，這男孩已不能再被父親擁抱！）
儘管那久令人類敬畏的心昏迷了，
微笑吧——因爲被囚的鷹已掙脫鎖鏈，
他又能在這世界之上傲然飛旋。

㉓拿破崙的醫生愛德華·奧米拉原爲英軍中的軍醫，以後在船上工作，拿破崙因他會講義大利語而喜歡他，便請求派他到聖海倫島作他的醫生。奧米拉被總督賦予密告的任務，但他逐漸接近了拿破崙，不再向總督秘密匯報情況，終於在1818年7月被免職，並勒令離開該島。他返英後對此事向上級提出抗辯，因提到赫德遜·羅說的「拿破崙死了有益於歐洲」一語，上級認爲是誹謗，索性取消了他的軍醫銜。他憤而於1819年寫出《流放中的拿破崙，或聖海倫的聲音》一書，行銷5版，轟動一時。

四

呵，假如那翱翔的精靈還有記憶，
把他戰火的統治哪怕模糊記起，
在他俯視這世界時，他會怎樣暗笑，
看他的過去和他的追求如此渺小！
儘管他無邊的野心拓展的帝國
還不及他的名字那樣遠遠傳播，
儘管他居於榮耀之首，又跌得最慘，
帝國的榮華和詛咒都被他嘗遍；
儘管帝王們慶幸逃脫最近的枷鎖，
並且巴不得以他們的暴君爲楷模；
他必會遙顧那荒涼的墳而微笑，

因爲那是高於波浪的傲岸的海標！
何必管他的看守耿耿忠於職務，
唯恐鉛製的棺材還不能把他囚住，
竟不許在他的棺蓋刻一句言語，㉔
以記載那被包藏者的生死日期；
他的名字將變受辱之地爲聖土，
對一切人（除了他自己）都是護身符；
在東風下揚帆的船從海上過路，
將會有水手們在桅桿上向它歡呼；㉕
只要有一天高盧的勝利碑重樹，
有如在沙漠的天空下龐貝的石柱㉖，

㉔拿破崙死後，蒙托隆伯爵請求在棺上刻上「拿破崙。生於阿雅克修，1769年8月15日；死於聖海倫，1821年5月5日。」但爲赫德遜·羅所拒絕。他說他接到的指示是只能刻上「波拿巴將軍」，不能刻其他名稱。

㉕郝爾在《爪哇航程記》中提到，1817年他的船將在聖海倫靠岸時，船上的人都爲可以見到拿破崙而異常興奮，連最冷漠的人都激動起來。

那埋葬了他的骨灰的荒涼海島
將如英雄的像，俯瞰大西洋的波濤；
而雄渾的大自然將舉辦他的葬禮，
遠勝過吝嗇的「嫉妒」所拒絕的哀祭。
但這些與他何關？無論飛升的魂靈，
或受縛的塵土，可還會渴望聲名？
他何必再顧及墳墓：假如永眠了，
他無感；假如他永生，那更不必要：
那徹悟一切的幽靈當然看得開，
一個石島上粗糙的墓與他無礙，㉗
假如不久把他的骨灰換一個地方，
到羅馬或高盧的神殿，也是一樣。㉘

㉖「鹿貝的石柱」在公元 302 年建立於亞歷山大城附近，紀念羅馬皇帝戴克里先（約 243～313）的戰功。
㉗拿破崙最初葬聖海倫島上一深谷中，在兩棵柳樹下。
㉘拜倫認為拿破崙將會改葬在法國名人所安葬的神殿中。拿破崙的靈柩於 1840 年 12 月遷葬於法國。

他對此無所求，但是法國將需要
這最後的一點安慰，儘管如此少。
是她的榮譽和信念需要他的骨灰
高過王座金字塔上最高的王位；
或者把它向戰鬥的最前方傳佈，
像蓋克蘭㉙的骨灰，成爲法國的護符。
但無論如何——他的名字總有一天
像色斯卡㉚的戰鼓，能使敵人膽寒。

㉙蓋克蘭（1320～1380），法國名將。「蓋克蘭在圍城戰中死去；城被攻克後，人們將城的鑰匙放在他的屍架上，以示該城已交託他的屍灰保護。」——拜倫註

㉚色斯卡（1360～1424），基督教新教胡斯教派的領導者，在莫拉維亞圍攻一城時戰死。死前有人問他願意葬在哪裡，他回答說，葬在哪裡都行，但要把他的皮保存起來，製成戰鼓，帶到前線，這鼓聲或可嚇退敵人。

五

天庭呵！你委任他體現你的神形，
大地呵！他是你一個高貴的生靈；
科西嘉島呵！你將長久被追念，[331]
因爲你曾見鷹雛啄殼，羽毛未滿！
阿爾卑斯山呵，你見他黎明的飛翔，
翱翔吧，你百戰不殆的勝利之王！
羅馬呵，你看到凱撒的業績已失色！
唉，爲什麼他竟也越過魯比肯河[332]——

[331]自此以下所列舉的地名，都是與拿破崙一生有關聯的。他生長於科西嘉島，以後到法國投身於軍隊。在共和時期，他曾轉戰於奧國（阿爾卑斯）、義大利和埃及。

越過人類已醒悟的權利的邊界，
去和惡濁的國王和寄生蟲並列？
埃及呵！從你那些悠久的陵墓裡
被遺忘的法老已從長眠中驚起，
他們在金字塔裡也戰慄地聽到
一個再世的甘拜西㉝在耳邊咆哮，
像驚起的巨人，四十世紀的幽靈
都已站在尼羅河的洪水邊吃驚；
或者從金字塔的高聳的尖頂
望著蜂擁的、好似來自地獄的大軍
在沙漠上爭戰，他們的屍體鋪滿了

㉜魯比肯河是意大利和西薩爾平・高盧之間的小河。公元前49年凱撒率軍越過這條河進入義大利境內，而開始了與龐貝及元老院的內戰。在戰敗龐貝後，凱撒成爲獨裁者，意圖稱帝，終被布魯塔斯刺死。拿破崙自埃及回國後，發動政變推翻共和政府，自稱皇帝，因此把他和凱撒相比。

㉝甘拜西，古波斯王，以誇張的、熱烈的雄辯著稱。

這不毛之地，像是給它施加肥料！
西班牙呵！你暫時把熙德㉞置於不顧，
而看到他的旗幟把馬德里凌辱。㉟
奧地利呵，你的首都兩次被征服，
又兩次被赦，終於策劃了他的傾覆！㊱
腓得烈㊲的後代呵！前人的名字和狡獪
全被你們繼承，只除了他的聲威！
你們一敗於耶拿，再匍匐於柏林，㊳

㉞熙德是西班牙11世紀時英勇的戰將，曾與摩爾人作戰，攻佔瓦倫西亞。他的事跡爲西班牙的許多民歌、詩及戲劇所傳誦。

㉟馬德里於1808年兩次被法軍佔領。

㊱法國元帥繆拉在奧斯特利茨一役大敗俄奧聯軍，於1805年11月佔領維也納，簽訂和約後，次年1月撤出。在此以後，拿破崙於1809年擊敗第五次反法聯盟，又佔領維也納，簽訂維也納和約後撤出。但在1814年，戰敗拿破崙的各國在維也納開會，「策劃了拿破崙的傾覆」。

㊲腓得烈大帝（1712～1786），普魯士國王，他進行軍事擴張，使普魯士成爲强國。

先跌倒了，但又爬起來追隨於人！
克蘇斯科㊴的同族！你們尚能記住
凱薩琳的血債有多少還沒償付！㊵
復仇的天使㊶飛掠過波蘭的土地上，
但他沒有做什麼，你仍是一片荒涼；
他全忘了你的要求依然沒有滿足，
忘了你被分割的人民，喪失的名目，

㊳拿破崙在耶拿一役（1806）戰敗普軍，隨即進軍柏林，並在柏林宣布了封鎖英國的敕令，禁止歐洲大陸各國與英國通商。

㊴克蘇斯科（1746～1817），波蘭的愛國志士，他領導了波蘭1794年的起義，但被俄普聯軍擊敗。於是波蘭第3次被瓜分。

㊵波蘭經過3次被瓜分，第1次在1772年，由俄國女皇凱薩琳和普魯士共同策劃。第二次瓜分（1792）也是由凱薩琳干涉波蘭革命而引起。第三次瓜分在1795年。3次瓜分都是由凱薩琳主持的。

㊶「復仇的天使」指拿破崙，他早年同情波蘭，認爲波蘭的瓜分是一種罪惡。但以後只作了空口的允諾，沒有任何實際的幫助。他率軍遠征俄國時，越過波蘭的國土，但未理會波蘭復國的願望。

忘了你自由的呼號，你久已流的淚，
以及那在暴君耳邊的霹靂一聲雷：
克蘇斯科！去吧，去吧，喝血的魔王
正覬覦農奴的血，和他們的沙皇。
半開化、半野蠻的莫斯科的城垛
在陽光下閃爍，但那已臨近日落！㉟
莫斯科呵！你是他的大業的收尾，
魯莽的查理㊸曾爲不見你而心碎，
他卻看到了你，但他看到又如何？
宮廷和塔尖都捲入了一場大火；

342 拿破崙於 1812 年入侵俄國，佔領莫斯科，由於俄國的焦土抗戰和冰雪嚴寒，法軍受到嚴重損失，潰不成軍，拿破崙隻身逃回巴黎，從此走向崩潰。
343 指查理十二（1682~1718），瑞典國王，英勇善戰。他擊敗了北方聯盟，攻克波蘭的首都，侵入俄國，在納瓦打敗了彼得大帝。但在 1709 年被彼得大帝在波爾塔瓦擊敗，退入土耳其的本德。有一次他從本德騎馬冒險達到俄營附近，見沙皇車駕勝利行進，不禁沉痛地回到本德。

爲了這場火，士兵投來燃燒的火把，
爲了這場火，商人添上囤積的貨物，
王侯捐出大廳——莫斯科成了焦土！[344]
呵，輝煌的火山爆發！伊特那噴的火
比起你黯淡無光，赫克拉爲之失色；
維蘇威不過是司空見慣的一景，[345]
從平凡的的高度冒火焰，叫遊客吃驚：
只有你是空前的，沒有火能匹敵，
除了那把火，將一切帝國付之一炬！
還有你，哦，自然間另一嚴厲的元素，[346]
你上的一課征服者永不會記住！
你以冰寒之翼撲打崩潰的敵人，

[344]莫斯科的火焚是俄法戰爭的轉折點，自此拿破崙由勝利轉入失敗。
[345]伊特那，赫克拉，維蘇威都是火山，各處於西西里島，冰島和義大利南部。
[346]指冰雪。

隨著每片雪花都有一個英雄下沉；
你以凍僵的鐵喙和沉默的指爪
只狠狠一刺，浩蕩的大軍就都死掉！
塞納河[347]還在沿岸張望，但是枉然：
他歡躍的千萬壯士已不再回返！
法蘭西將在葡萄架下黯然追懷
她的少年——他們的血比酒流得更快；
或者他們已累累躺在北國的荒原
凍成了木乃伊，凝結成冰塊一般。
義大利明朗的陽光也白白喚起
她寒冷的子孫：它的光已被遺棄。
從他獲得的一切戰利品中，有什麼
能夠送回來？只有征服者的破車！[348]
只有征服者的尚未破碎的心！

---

[347] 塞納河，流過巴黎的一條河。

羅蘭㊾的號角又響了，扭轉了惡運。
盧森，那勝利的瑞典人倒下的地方，㊿
看見他戰勝；可惜，唉，可惜沒有陣亡。
德累斯頓看見三個暴君再次潰逃，(351)
他們的太上皇還能把他們橫掃。
然而就在這裡，幸運已衰竭、離去，

---

(348)拿破崙自莫斯科逃至華沙時，非常狼狽，人們見他坐了一輛雪橇，上面放著一個嚴重損壞的馬車的車身，四面圍著皮子。當人們祝他一路平安時，他回答道：「我從來沒有比現在更好；如果我帶著魔鬼同行，那就更好了。」說完這句話，他又登上雪橇揚長而去。

(349)羅蘭，據歐洲中世紀傳奇，他是法蘭克王查理曼大帝的著名騎士。公元778年8月，查理曼的遠征軍自西班牙凱旋，後備隊在隆塞瓦爾山谷中被巴斯克人包圍。羅蘭爲後備隊指揮，他的同伴奧利維3次要求他吹號角求援，羅蘭均由於自傲而拒絕。最後他才吹起號角，但爲時已晚，終於全軍覆沒。

(350)盧森，地名，在普魯士薩克遜省。1632年瑞典王古斯塔夫二世戰死於此地。拿破崙在1813年5月在盧森打敗了俄普聯軍。

(351)1813年6月拿破崙進入德累斯頓城，並擊退了俄皇和普魯士皇所率領的聯軍，取得輝煌的戰果。

來比錫的背叛[352]使驕勝者終於屈膝；
薩克遜的走狗不再爲獅子效勞，[353]
而去充當大熊、狼和狐狸的嚮導；
於是森林之王退歸他絕望之穴，
他鬱鬱守著家門，但已不容他安歇！

法國呵，你的每一寸綠色的田野
都成爲爭執的土地，被炮火爆裂，
直到「背叛」——它是他唯一的制服者——
高踞蒙瑪特的山頭，[354]向下俯瞰著
被踐踏的巴黎！呵，壁壘森嚴的島！[355]

---

[352] 1813年10月在來比錫之役，薩克遜軍背叛拿破崙而加入聯軍，法軍大敗。自此一役後，巴黎即告陷落。

[353] 獅子指拿破崙。

[354] 1814年3月，拿破崙派其兄約瑟夫鎭守蒙瑪特山，以指揮巴黎的防守戰。約瑟夫指令守軍向聯軍投降。因此他被認爲是背叛了拿破崙，出賣了巴黎。

從你可以遙望艾楚瑞阿㊿在微笑，
你成了他的野心的臨時避難所，
直到被「冒險」——他的哭泣的新娘——俘獲，
於是法國又爲一次進軍所振奮，㊼
她的道路本來就是一長串凱旋門！
可是，血戰滑鐵盧！一切付諸東流！
這表明蠢材們也能有好運臨頭，
半由於將錯就錯，也半由於叛謀。
呵，枯燥的聖海倫島！儘管嚴密看守——
聽！聽那普羅米修斯從他的岩壁
正向大地、空氣、海洋和一切呼籲，㊽

㊺拿破崙於1814年退位後，被囚於義大利沿海的厄爾巴島。
㊿艾楚瑞阿，義大利中部的古國名。
㊼拿破崙於1815年3月逃出厄爾巴島，率領一千人在法國登陸，接著在巴黎登帝位。這是他的「百日政變」，以滑鐵盧的失敗而告終。這以後，他被囚於聖海倫島。

只要我們感到他的權力與榮耀，
並且能聽到那個像悠久的歲月
一樣浩蕩的名字，我們就能聽見
他的教導（教導多少遍也是枉然）：
「不要做錯！」只要一步做對了，這個人
會成爲多少人間地獄的華盛頓！[359]
一步走錯，就會把他的聲譽玷污，
他曾是幸運的蘆笛，皇座的權標；
是聲譽之神，以多少枯骨堆在腳下；
是祖國的凱撒，全歐洲的漢尼拔，[360]
可惜不如他們傾覆得尊嚴、可敬。
然而，虛榮曾指出更好的成名途徑：

---

[358]「我請讀者參閱艾斯基拉悲劇中普羅米修斯在侍從離去後和海仙合唱隊出現以前的第一次獨白」。——拜倫注

[359]拜倫認爲華盛頓是美國的解救者。

[360]凱撒使羅馬成爲强大的國家。漢尼拔是古迦太基名將，在與羅馬長期的爭戰中，曾幾次使羅馬處於危險中。

誰不見在歷史底擾攘的册頁間，
千萬個征服者尚不及一個聖賢。
請看富蘭克林的遺芳充沛天地間，
因爲他曾經劈裂和制服了雷電，㊿361
或者從像雷電一樣燃燒的國土
取得自由與和平，帶給他的同族；
請看華盛頓的美名已家喻戶曉，
只要有回聲的地方，它就會傳到；
請看西班牙人的戰爭和黃金夢
竟也忘了皮薩羅，而向玻利瓦爾㊿362致敬！

---

361 班傑明·富蘭克林，見註294。他還是一個作家（作品有《自傳》等書）和科學家。他以風箏做試驗，測驗空中的雷電，發明了避雷針。

362 西門·玻利瓦爾（1783～1830），拉丁美洲獨立運動的領袖。他率領當地的西班牙人和印地安人反對西班牙的統治，成立了哥倫比亞共和國和玻利維亞共和國，並成爲秘魯的元首。他號召人民不要屈從於暴君，拜倫曾一度想遷居到玻利瓦爾的國家去。皮薩羅（1471～1541）是西班牙征服秘魯的殖民者。

那麼，爲什麼大西洋的自由之波
聚起一個暴君的墳墓——這個笨伯！
身爲衆王之王，卻也是奴下之奴，
他打碎千萬人的鎖鏈，卻又鑄出
新的枷鎖給歐洲和他自己戴上，
而他浮影般在地牢和皇位間消亡！

六

但枷鎖捆不住了——火星已經爆發，
西班牙人又爲過去的光榮所激發，
那經過八個世紀相互流血的糾紛
終於擊敗摩爾人的崇高的國魂(363)
復活了——在哪兒？在那復仇的土地(364)，

它曾把西班牙看做與「罪惡」同義，
它曾見「考蒂斯」365和皮薩羅的旗在飄，
現在，這個新世界果然有了新貌！
那是古老的渴望鼓起新的生命，
在陳腐的肌體裡燃起了人的心靈，
過去希臘就如此驅逐了波斯人，366
（而今天呢？希臘依然是希臘，我相信！）
萬衆一心爲了一個共同的事業，
東西方的奴隸都在震撼著世界，
從安第斯以至阿索斯的山頂，367

363西班牙於711年被阿拉伯人和摩爾人佔領，此後不斷戰爭，在15世紀始完全被逐出。
364指西班牙在拉丁美洲的殖民地。它脫離西班牙而獨立。
365「考蒂斯」是西班牙議會的名稱。
366指古代希臘曾擊退波斯入侵者。在拜倫寫作本詩時，希臘仍在土耳其治下，但已在從事獨立的鬥爭。以英國的地理位置來看，希臘是東方，拉丁美洲是西方。

是同樣的旗幟在招展，相互呼應。
雅典人又拿起哈摩狄阿的短劍，368
智利的首領已與異主一刀兩斷，369
斯巴達人又以做希臘人而自豪，370
每一個酋長都冠以自由底羽毛。
大西洋翻騰咆哮，暴君枉然爭辯，
他們欲退無路，困居於各自的岸邊。

---

367 安第斯山脈在拉丁美洲（秘魯和智利），阿索斯山在希臘。

368 雅典在公元前6世紀爲兩個暴君所統治，哈摩狄阿和阿里斯托吉吞等刺殺了一個暴君，但爲另一個暴君所擊到，並加以刑訊，但他們堅强不屈，以後民衆起來把暴君推翻，他們被尊爲雅典的愛國志士和解放者。1822年6月，希臘一支起義軍受挫，在雅典簽降，但簽降後3日，又以藏在桃金娘枝中的劍擧行暴動，殺死無數土軍俘虜，雅典街上横屍數百。

369 智利在約瑟·聖馬丁的率領下，打敗西班牙殖民軍，於1818年4月宣告獨立。聖馬丁在1821年8月宣告秘魯獨立，並任秘魯國家元首。

370 1822年8月，由易普息蘭梯率領的希臘起義軍在勒納附近擊敗了土耳其軍隊。

浩蕩的潮流駛過凱爾普的海峽㊆，
把法國半已馴服的土地輕輕沖刷，
又沖過那古老的西班牙人的搖籃，
幾乎把奧索尼亞㊇和大陸聯成一片：
雖然暫時受挫，但它並沒有停息，
接著沖過愛琴海，令人想到薩拉密！㊈
呵，就在那兒，它掀起巨大的波濤，
暴君的勝利也無法平息這風暴。
危急而孤立，雖然仰賴基督教徒，
卻在需要他們時被棄置於不顧，㊉
呵，被摧殘的土地，被蹂躪的島嶼！
外人挑唆你的內爭只爲了自娛，

(371)凱爾普海峽即今直布羅陀海峽。
(372)奧索尼亞，即今之義大利。
(373)薩拉密海島附近是古代希臘海軍擊敗波斯入侵者的地方。

你求援而被搪塞，教你冷冷等待，
這一切只是爲了等你被屠宰——
呵，這一切就是希臘的真實寫照，
她能指出假朋友比真仇敵更糟！
但這也好，唯有希臘人能解救希臘，
別靠野蠻人，別信他貌似和平的話；
請想那奴役人的君主，農奴之王㊆，
怎能期望他把各族的人民解放？
倒不如服侍傲慢的土耳其總督，
遠勝過爲哥薩克的車隊充當馬夫；

㉔希臘起義者內部分爲兩派，以馬伏洛柯達多爲首的一派代表富商和船主的利益，希望得到英國的援助；另一派以科羅考特洛尼將軍爲首，反映農民及手工業者的要求；兩派的衝突演變成爲內戰，使土耳其暫居於優勢。沙皇俄國僞裝同情希臘，實則打算削弱土耳其，擴充它在巴爾幹的勢力，因此和英國各懷陰謀，互相角逐。希臘的秘密革命團體「希特里亞」原成立於俄國，其領導人易普息蘭梯原在俄軍中服役，因此拜倫在這裡特別提出要警惕俄國。

倒不如服侍主人，勝過奴下爲奴，
在俄國人的門前屈身聽候吩咐——
你們被成羣計算，像一筆人丁資財，
是活的產業，只爲了被奴役而存在；
千萬人都可以做爲適當的獎勵
由沙皇賞給最受寵的宮廷官吏；
而這些主子呵，即使他們在睡眠，
也不會忘記西伯利亞的那片荒原：[376]
倒不如守著自己的絕望，在沙漠中
去趕駱駝，遠勝過餵養北方的熊。

---

[375] 指俄皇亞歷山大一世。

[376] 意指：俄皇及其爪牙念念不忘迫害人民。西伯利亞是流放之地。

七

但不僅是在最古老的文明之邦㊀[377]，
（自有時間開始，它就是自由的家鄉，）
也不僅是在印卡人居住的山間[378]，
（到夜晚，他們的隊伍好似暗雲一片。）
黎明在復蘇：連那浪漫的西班牙
也再一次把侵略者拒於國門下，
如今，羅馬或迦太基的大軍別再想
霸佔他的田野做爲他們的擊劍場，[379]

[377] 指希臘。
[378] 指拉丁美洲。印卡人發源於秘魯高原。

如今，汪達爾人和西哥德人更不能
玷污她的平原，對她的人民逞凶；[380]
年老的培拉猶[381]已不必在深山腹地
把一千年戰士的祖先予以培育。
那種子已經播散，而且有了收穫，
因此摩爾人才黯然回憶他的故國。[382]
在農夫的歌裡，在詩人的冊頁上，
阿本西拉吉[383]的事跡久久地回蕩；

---

[379] 古羅馬和迦太基在長期的布匿戰爭中，曾以西班牙爲戰場進行角逐。

[380] 汪達爾人和西哥德人都是侵入羅馬帝國的日耳曼族。汪達爾人於5世紀侵入西班牙（409）。西哥德人於5世紀後期進入西班牙，並以它爲王國的中心。

[381] 培拉猶，8世紀時西班牙的國王。他曾被交給摩爾人做人質，以後逃出，率領基督教徒的軍隊擊敗摩爾人，於是被擁爲王。他是西班牙王系的創始者。

[382] 摩爾人（阿拉伯人和柏柏爾人的混合種族）在711年侵入西班牙，他們信奉伊斯蘭教，與信奉天主教的西班牙人進行了長期鬥爭，直到15世紀末始完全被逐出，仍回到他們的故土——北非。

齊格里和被俘的勝利者都被逐，
復歸他們所來自的野蠻的故土。
他們的信仰、劍和統治都成爲過去，
但留下比他們更反基督的大敵：
那是迷信的君主，屠夫般的教士，
宗教裁判，和它那火焚人的筵席，㊳㊹
是信仰的紅爐，竟以人做爲燃料，
而天主教的火神坐視，殘酷地微笑，
它閃著無動於衷的目光，欣賞著
基督徒痛苦之筵宴的一把烈火！

㊳㊸阿本西拉吉是在西班牙格拉那達城中的摩爾世家，齊格里是該城中與之爲敵的另一摩爾世家。這兩家之爭（15世紀末）造成了流血事件，成爲後世詩人歌唱的主題。

㊳㊹西班牙於1478年成立宗教裁判法庭，起初僅對僞稱信基督教的猶太人和伊斯蘭教徒加以迫害，以後擴展到對一切持有異見的基督徒都不容忍，用刑極爲殘酷。它的第一任裁判長共燒死2千人。西班牙的宗教裁判是著名於世的，它在1820年才最後廢除。

嚴厲或昏聵的君主，輪流坐上王座，㊳⑤

傲慢的貴族，驕傲於懶惰的生活，

久已腐敗不堪；有名無實的騎士；

農民日趨困苦，但未盡喪失廉恥，

國土人煙稀少，那一度驕矜的海軍

衰落了，那一度攻打不動的方陣

瓦解了，還有著名的托利多鋼刀

已不再有人鍛鑄，熔爐的火熄了；

每一國港口充斥著外國的財富，

而她卻不見土人血汗換得的貨物；

她的語言本來可以與拉丁文爭勝，

而且曾被各族家喻戶曉地通用，

卻荒廢了：這就是西班牙的昨天，

㊳⑤在拿破崙傾覆後，1814年西班牙由斐迪南7世恢復君主獨裁，貴族又享有特權，宗教裁判也重新活躍，一羣腐敗的廷臣和教士統治著西班牙達6年之久，至1820年斐迪南才由於革命形勢的發展而被迫承認1812年憲法。

但今天已不如此，它也絕不再現。
那些暴虐爲害的入侵者正感到
古老的卡斯提爾的國魂重新燃燒，[386]
起來吧！無畏的鬥牛勇士，重新奮起！
你聽法拉里斯的銅牛[387]又嗥叫不已；
行俠的騎士呵，快騎上你們的馬！
不要白白高呼：「雅各！關住西班牙！」[388]
是的，用你們盔甲的胸把她關住，
這堵圍牆曾抗拒拿破崙的士卒——

---

[386]卡斯提爾，西班牙中部的古代王國。它是幾個世紀反摩爾人鬥爭的主要中心。這時由於面臨法軍的入侵，所以說西班牙的古國魂又在燃燒。

[387]法拉里斯是公元前6世紀西西里島上的一個暴君。他製造了一個銅牛，將判死刑的人置於銅牛腹中，腹下燒火，囚犯的呼號有如銅牛嗥叫，他以此爲樂。他第一次用以試驗的人就是發明創製這銅牛的人。「鬥牛勇士」象徵西班牙，因爲西班牙以鬥牛著稱。

[388]「雅各！關住西班牙！」是西班牙古時的戰鬥吶喊，雅各是聖徒名。

那是焦土抗戰，叫原野一片荒蕪，
市街不留居民，除了被殺的屍骨，
在奇突的峯巒間，更奇突的游擊隊
像山鷹般翱翔，隨時都等待機會
向下猛撲；呵，被圍困的薩拉戈薩！
你奮戰的城牆雖陷落，卻最偉大；㊳㊽⑼
男人意氣風發，女人揮著男人的劍，
阿拉岡的刀，托利多的鋼青光閃閃；
卡斯提爾騎士的矛本來名滿天下，
凱塔隆尼亞戰士的槍從不虛發，
安達盧契亞的戰馬在前方奔波，(390)
還有火把能把馬德里變爲莫斯科；

(389)西班牙在1808年受到拿破崙軍隊的入侵，曾進行過英勇的抵抗。在薩拉戈薩城的攻守戰中，女英雄奧古斯丁娜奮勇殺敵的事跡，曾爲拜倫所歌頌（《恰爾德．哈洛爾德遊記》第1章第54~56節）。這裡也暗指到她。

(390)阿拉岡、托利多、卡斯提爾、安達盧契亞都是西班牙地名或古國名。

每一顆心都爲熙德的精神所激發，
這就是過去的、也是現在的西班牙！
前進吧，法國！不是西班牙被佔有，
而是你該奮勇取得你自己的自由！391

八

可是看！一個會議！392這名字夠神聖：
它解放過大西洋！393我們如今可還能
期望它解放陳舊的歐羅巴？聽到它，

391這裡對進攻西班牙革命政府的法國侵略軍提出忠告，說他們的使命不是佔領西班牙，而應該是向法國復辟的君主要回他們的自由。
392指1822年10月的維羅那會議。

使我們想到年輕的自由的預言家，
好像撒母耳顯靈在掃羅王之前，㊙
從華盛頓和玻利瓦爾的國土也呈現
有亨利㊙，那森林中誕生的德摩斯梯尼，
他的雄辯曾使海上的菲力普戰慄；㊙

㊙在美國獨立運動初期，由各州代表舉行「大陸會議」，商議對英政策：1776年「大陸會議」透過獨立宣言，使美國擺脫英國而獨立。因此，拜倫說「它（會議）解放過大西洋」。美國革命當時影響了許多地方。

㊙撒母耳是代表耶和華上帝的先知。掃羅是以色列的第一任國王，因他違背上帝的意旨，撒母耳死後顯靈，告訴他將失去國家，他和他的兒子們都將被敵人殺死。在顯靈的次日，這一切都實現了。見《聖經·舊約全書·撒母耳記上》第28章第15節。

㊙培垂克·亨利（1736～1799），美國獨立運動的領神之一。生於維吉尼亞州，少年時喜在林中遊獵。他善於演說，在反對「印花稅法案」的發言中，他有如下一段著名的說：「凱撒有他的布魯塔斯，查理一世有他的克倫威爾（譯者按：爲反對暴政，布魯塔斯殺死了凱撒，克倫威爾使查理一世斷頭），喬治三世呢——」這時會上高呼「叛逆！叛逆！」但亨利接著說，「喬治三世可以從中得到教益。如果這是叛逆，那就由他們懲辦吧。」他曾出席第一次「大陸會議」，以後任維吉尼亞州長及參議員。

有堅忍的富蘭克林，他精力充沛，
他的天靈裏以被制服的雷電光輝；
華盛頓也醒來，那暴君的制服者，
呵，他教我們恥於爲奴，要打碎枷鎖。
然而，這議會的少數人由誰構成，
竟大言不慚地自命要解救大衆？
是誰又復蘇這一個神聖的名目？
只有造福人類的會議才配這稱呼。
如今，是誰響應神聖的號召來開會？
神聖的盟友呀！據説一共只有三位！
呵，塵世的「三位一體」！㊳⑰它裝模作樣

---

[396] 德摩斯梯尼（前383~前322），希臘著名演説家，因見馬其頓王菲力普意圖吞並整個希臘，便號召雅典人起來防御。以後希臘被征服，他受到馬其頓的偵探追踪，服毒自殺。「海上的菲力普」指英國。

[397] 「三位一體」是基督教的名稱，指三位（即聖父、聖子、聖靈）合成一個上帝。「神聖同盟」中的三位指俄皇亞歷山大和普皇及奥皇。

彷彿承天受命，像猴子學人一樣。
一個虔誠的結盟呀！它只有一條心，
就是把三個蠢材捏成一個拿破崙。
你看，埃及的神倒比他們更合理，
他們的狗和牛都知道安分守己，
狗在狗巢、牛在牛棚裡都很安詳，
不必操勞，自有人按時候來餵養；
然而這些更飢餓的，要求也更多：
他們要有權狂吠、齧咬、抵角、挑撥。
《伊索寓言》的蛙羣比我們更幸運，
因為是活的蠢木頭統治著我們，[398]
他們載著沉重的惡意搖擺不定，
常以愚蠢的一擊壓碎各族人民，

[398]《伊索寓言》中有一則故事說：一羣蛙要求派一個國王治理它們，丘比特天神就扔給它們一塊木頭，但青蛙嫌這個國王太沒有生氣，於是天神給它們送來一隻鸛，這鸛便把青蛙通通吃掉了。

笨拙的他們都急於包攬一切，
不給革命的鶴王留下一點事業。

九

幸福的維羅那[399]！請看神聖的三位
以他們的御駕向你灑下了光輝！
你蒙受他們的光臨，卻不義地忘卻

---

[399]維羅那在義大利北部。自古它是一個城邦，以下略述它過去的史跡。拜倫給摩爾的信中說：「我遊歷過維羅那。那圓形劇場很好，甚至超過希臘。他們在某種程度上堅持朱麗葉的故事是真的，列擧出事實及時間（1303），並指出有她的墓。那是一個露天的、簡單的、部分雕殘的石棺，其中有敗葉，在一修女院的荒蕪的園中，它一度是墓園，但現在完全荒涼了。……」1814年以後，維羅那由奧國統治，因此「忘了」她過去的共和傳統。

那凱普雷特家族的驕矜的墓穴！㊵⓪
你忘了你的斯凱里捷們，——那「狗大帝」
（或甘・格蘭德，我冒昧把他如此翻譯）㊵①
怎能和這些更輝煌的叭兒狗㊵②相比？
你的詩人凱塔拉斯也把桂冠轉移；㊵③
你忘了羅馬人曾圍觀的鬥技場，
你忘了你的城庇護過但丁的流放；

㊵⓪凱普雷特家族即朱麗葉所屬的家族。朱麗葉是維羅那一少女，殉情而死。詳見莎士比亞悲劇《羅密歐與朱麗葉》。

㊵①斯凱里捷是統治維羅那的家族（1260～1387），在這一世系的統治下，維羅那在政治和文化上有較大的發展。甘・格蘭德（按字義，拜倫戲將此名譯爲「狗大帝」）是其中最著名的一個，他贊助文學和藝術，但丁曾避難於他的治下。

㊵②叭兒狗們指出席「神聖同盟」會議的各國君主。

㊵③凱塔拉斯（前84～前54），羅馬詩人，生於維羅那。在拜倫當時，維羅那有名詩人伊波利托・品德蒙特（1753～1828），號稱爲現代的提布拉斯（古羅馬詩人）。

呵，你的好老人[404]，他的世界全在城內，
從不知有廣大的鄉野在他周圍；
但願皇家的貴賓既在你的城裡，
那就像他一樣吧，永遠不再出去！
呵，歡呼！永誌紀念！[405]樹起恥辱之碑，
向「迫害」告禀：全世界都聽它支配！
湧向戲院吧，對皇上萬分的熱狂，
但精彩的喜戲可不是在舞臺上；
那最華麗的表演是綬帶和金星，
你可以從地牢的門觀看這一景；
鼓掌吧，和藹的義大利，你的雙手
雖然戴著鐐銬，卻還有這點自由！

[404] 出自《維羅那的老人》，古羅馬詩人克勞迪安的作品。其中描寫一個從未走出城的老人。

[405] 據法國作家夏多布里安記載：「在會議開過以後，人羣湧向圓形劇場去看戲……如果不是服飾不同，旁觀者會以爲是看到了古羅馬人復活了。」當時有歌劇表演，景況熱烈。全城入夜燈火輝煌。

一〇

燦爛的景象！請看花花公子沙皇[406]
既能在戰場、也能在華爾茲上稱王！
既渴望疆土、也希求人們的喝采聲，
他不僅會掌舵，也會和女人調情，
有蒙古族之秀，也有哥薩克的文采，
還有寬大的氣度，只要它沒凍壞。
如今他正半融進自由主義的暖潮，
但也會僵硬如初，只要早晨冷峭；

---

406 指俄皇亞歷山大一世。他在1801年登位，最初作了一些改良措施，如減稅、減刑、興辦大學，並給波蘭以憲法（1815）。但過些時後，他撕下了假相，成爲歐洲反動勢力的首領。

他並不反對真正的自由，只不過
不能讓世界各民族失去了束縛。
這皇家公子哥多會拿和平來吹噓，
他多願意解救希臘，假如歸他奴役！
他多麼高貴地歸還波蘭人的議會，
接著命令吵鬧的波蘭快閉住嘴！
他多麼想仁慈地派溫和的烏克蘭
送幾團可愛的士兵把西班牙規勸！
在驕傲的馬德里，他將以多大氣派
向南國顯示一下他皇家的儀態！
呵，與莫斯科人結爲朋友或仇敵，
人人知道這是代價不高的福氣。
前進吧，菲力普大帝之子的同名人，
拉哈普，你的亞里士多德，叫你前進；[407]
他在古昔所見到的西席亞[408]，在今天
正可由你的士兵在伊比利亞[409]實現。

不過，請想一想你那老大的年華，
你的前輩在普魯特河旁的驚嚇；⑩
假如你碰上他的遭遇，你可得求助
不是年輕的凱薩琳，而是許多老嫗。⑪
西班牙也有的是山岩、河流和峽道，
可提防別使大熊衝進獅子的圈套。
海瑞斯的田野是哥特人的墓地，⑫

⑦菲力普大帝之子即馬其頓王亞歷山大（前356～前323）。亞里士多德（希臘著名哲學家）是他的老師。拉哈普（1754～1838）是俄皇亞歷山大的老師，具有自由思想，因此亞歷山大早年受到他的影響。
⑧西席亞，黑海以北的古地名，在今俄國境內，當地人以野蠻著稱。
⑨伊比利亞，即西班牙所在的半島。
⑩亞歷山大由彼得二世和凱薩琳所出。彼得曾在普魯特河（在俄國和羅馬尼亞交界）旁受到土耳其人的圍困，凱薩琳以金錢和珠寶向土耳其首相行賄，始得以解圍，並訂《普魯特條約》（1711）。
⑪亞歷山大曾愛一位五十歲的男爵夫人，因此傳爲笑柄。
⑫海瑞斯是西班牙西南部的城名。711年，西班牙人在此打敗西哥特的最後一個統治者。

難道拿破崙的制服者會聽從你？⑬
還不如開墾你的荒地，化劍爲鋤頭，
別使你的巴什基爾⑭騎兵囚面垢首；
還不如取締你國內的農奴和鞭笞，
遠勝過朝這致命的道路滑馳，
以你骯髒的軍團來蹂躪這片土地：
西班牙原有純潔的天空和法律，
她不用你們當肥料，但也不餵敵人；
不久以前，她的鷹隼也吃夠了食品，
難道你還要供給它們更多的野食？
唉，你豈能征服她，只不過來送死！
我要做第歐根尼，儘管羅斯和匈奴⑮
把多少民族和他們的太陽隔住；

⑬英國對西班牙另有企圖，故不同意「神聖同盟」去鎮壓西班牙革命。
⑭巴什基爾人是居住在烏拉爾山一帶的蒙古——土耳其種，他們是俄國騎兵中的非正規軍。

但如果我當不了第歐根尼呵，
我寧做蛆蟲遊蕩，而不當亞歷山大！
任人去當奴隸吧，憤世者卻自由，
他的桶壁比賽諾庇⑯的城牆更耐久，
他還要提著燈盞去照君王的臉，
爲了尋找一個正直的人到處察看。⑰

---

⑮第歐根尼（約前404~約前323），公元前4世紀的希臘哲學家，被稱爲憤世者。他力求樸素而單純的生活，最終住在一陶泥桶中。當馬其頓王亞歷山大大帝來會見他時，問到他是否能對他有所幫助，第歐根尼答道：「是的，請別擋住我的太陽。」據說亞歷山大贊嘆說，「如果我不是亞歷山大，我願當第歐根尼。」這裡指羅斯和匈奴（即俄軍和奧軍）梗阻在希臘等民族和他們的獨立之間，有如亞歷山大梗阻在第歐根尼和他的太陽中間。

⑯賽諾庇在小亞細亞西北，是第歐根尼的鄉土。這個城曾受到馬其頓王菲力普的進攻。

⑰傳說第歐根尼白日提燈在街上行走，人問以故，他說他在尋找正直的人。

二

但高盧怎麼樣，那不再要任何「極端」
和有一支雇佣軍的國度?她的講壇
和爭吵的議院，使每個人首先要
爬上講壇才能發言，而言論剛發表，
他就聽到「胡說！」做爲對他的回答。
我們英國下院有時還嚷「聽聽他！」
可是高盧的參議院到處都是舌頭
而不是耳朵；甚至他們舌辯的能手
康斯唐418，也必須講完話去參加決鬥，
以證明他在議院的論點確有理由。
但對於真正的法蘭克419，這不算什麼，

他寧願毆鬥，連父母他都聽不得。
真的，算什麼呢?簡單地面對一聲槍，
遠勝過不能插嘴，聽人慢慢地講。
儘管這不是古羅馬的傳統德行：
它曾讓塔裡[420]的吼聲震動每座大廳；
但德摩斯梯尼卻爲這做法提出佐證，
因爲他說：雄辯就意味著「行動！行動！」

---

[418] 亨利·康斯唐（1767～1830），法國議員，他常常惹起激烈的論辯。1832年6月，弗般侯爵在報刊上對他的幾封信做公開的答覆，使他覺得詞窮，於是約定決鬥。

[419] 法蘭克即法國人，它原指6世紀征服法國的日耳曼族的一支。

[420] 塔里即西塞羅（前106～前43），羅馬著名演說家、作家和政治家。他主張共和政體，因反對奧克達維失敗，被處死。

三

然而君王[421]在哪裡？他是否就餐了？
或者已被不消化底積欠壓得難熬？
是否革命者的壁壘已沿街築起，
把皇家的內臟變成了一座監獄？
是否有不滿引起了軍隊的騷亂？
在菜湯放毒以後有沒有別的暗算？
那燒炭黨[422]的廚子難道還沒有燒夠

---

[421] 指法國復辟的君主路易十八（1755～1824）。他在拿破崙時代流亡英國，居於哈特威爾郡，於59歲時回歸法國登位，他臃腫肥胖，食量很大，傳爲笑談。他患有不消化症和痛風。但喜歡文學，曾批評賀拉斯（古羅馬詩人）的一些譯本。

每一道菜？可恨的醫生還不准吃夠？
唉，在你那沮喪的容貌上，我看出
法國的一切背叛都寄託於廚夫！
熟讀經典的路易呵！你可還認爲
做大家都想殺之稱快的人是很美？
爲什麼要離開艾庇西阿㊸的餐桌，
哈特威爾綠蔭的宅第，賀拉斯的歌，
而來統治一個不願被統治的人民？
他們寧願受折磨，也不肯聽教訓！
唉，你的脾氣和胃口原不適於皇座，
你最恰當的位置倒是豐盛的餐桌；
做爲一個不太過分貪口福的人，

㉒燒炭黨19世紀義大利的秘密革命組織。1820年7月，暗殺了貝里公爵的魯維爾被處死，據説他是燒炭黨人。當時尚有其他一些名人如康斯唐都被疑爲秘密黨人。

㊸艾庇西阿，見註㉗⑤。

你充當主人或賓客都恰如其分；
還能談談各種學問，或順口背出
半部詩典，或一整套烹調的藝術；
你是一個讀書人，有時也能譏誚，
甚至能溫文爾雅，如果消化良好；
但你可統治不了自由人或奴隸，
無須別的，那痛風病已足夠折磨你。

一三

是否阿爾比安㈣能被勇敢的英國人
一筆帶過，而不像慣常，誇獎一聲？

㈣見註⑤。

文才呵，武備呵，喬治㊷㊺呵，光榮的三島！
還有快樂的英國，財富，自由的微笑，
那白色的峭壁，使侵略者無法登陸，
還有她滿足的臣民，全無賦稅之苦，
還有驕傲的威靈頓，他有鷹鉤的嘴
和鷹鉤鼻子，能掛著全世界而無畏！[426]
還有滑鐵盧，海外貿易，以及——（噓！
關於徵稅和國債可一個字也別提！）
還有一個從未被追悼（夠）的卡斯爾雷[427]，
他用小刀割斷一條氣管而安睡；
還有「沖過每一種風暴的領航人」[428]，

[425]喬治，英國國王之名。
[426]「他把自己掛在鉤鼻上」——賀拉斯。這個羅馬人用這句話僅僅指對自己的熟人驕傲的人。——拜倫註
[427]卡斯爾雷是拜倫所最憎恨的英國官僚之一，他於 1822 年割氣管自殺。見註[72]。
[428]這句話是 1802 年坎寧在爲英國首相庇特祝壽時的祝辭。

（可是千萬別提「改革」，哪怕爲了押韻。）
這些題目以前已多少次歌唱過，
我想這裡我無需再爲它們作歌；
遠遠近近都已印出了這麼多卷，
讀者呵，你們絕不想再在這裡看見。
不過，也許還有些什麼值得一提，
不但與理性合拍，甚至合乎韻律。
坎寧[429]呵，你身爲政治家，但也有才智，
憑你的天才，你也會承認有這種事——
即使在沉悶的議院，你的詩的火焰
也從沒有被頑固的散文緊緊關嚴；
我們唯一的、最後的優秀演說家，

---

[429] 喬治・坎寧（1770～1827），英國政治家和作家。1822年任外交大臣。英王喬治四世對他不滿，因爲他在喬治的離婚問題上，同情王后，而且贊助天主教徒的解放事業。因此，拜倫在本節最後的十幾行中，向坎寧提出警告，讓他知道他的處境的危險。

甚至我也能誇你，不比托利黨人差——
不，我誇得更真，——朋友，他們都恨你，
對你的精神不是感奮，而是畏懼。
好像一羣獵犬聽到獵人吆喝聲
就乖乖聚攏，隨著他的去向行動。
可是別把他們的叫喊錯當做愛慕，
他們不是贊賞你，而是渴求獵物；
不過他們遠不如四腳畜生忠義，
一有風吹草動，兩腳動物就退避。
你在鞍座上還沒有坐得很牢，
那皇家的馬也尚未果斷地邁開腳；
笨拙的老白馬呵，它很可能失足，
每一打滑就把它巨大的身體陷入
到泥坑裡，把騎者也整個投下，
但那又算得了什麼？它就是這種馬。

一四

噫，鄉間！怎樣的筆墨或唇舌，如今
才能悲嘆它那禍害鄉土的鄉紳？
他們最不肯使戰爭的叫囂止息，
他們第一個認爲和平是場疫癘。
因爲，這些鄉間的愛國人士爲何而生？
還不是爲了打獵、選舉、使穀價上升？
但穀子，像世間的一切，必然會下降，
國王呵，征服者呵——最不穩的是市場。
難道你們必得隨著每一根穀穗跌落？
爲什麼你們要跟波拿巴㊸王朝不和？
他是你們的崔普托雷瑪斯㊹，他的罪惡

只是摧毀疆域，卻仍保持你們的價格；
他給振興了——這使每位爵爺都稱心——
那偉大的農業淘金術：高高的租金。
爲什麼那暴君去打韃靼人，一個失足，
把小麥貶到如此令人失望的地步？
爲什麼你們把他鎖在荒涼的小島？
那傢伙稱王的時候用處並不小。
不錯，鮮血和財富都曾無限地灑過，
但那又怎樣？讓高盧擔當這罪惡；
但麵包漲價了，農夫到時候付款，
結算起來，多少英畝準能收多少錢。
而現在，那噴香的「結算酒」㊲哪裡去了？

㊱即拿破崙。
㊳據希臘神話，崔普托雷瑪斯從狄米特女神得到一隻有翼的車，他坐在車中到處傳播農藝。
㊲每到地主和佃戶結算時，佃戶要拿出好酒相待，因此稱爲「結算酒」。

那從不肯拖欠的佃戶哪裡去找？
可還有那從不閑在手上的田莊？
可還會在沼澤地帶耕種和開荒？
可還有租約到期的急切的等待？
和加倍的租金？——噫，和平真是災害！
用獎金鼓勵農人增產吧，枉然；
下議院也白白通過愛國法案；(433)
地主派——（去掉「土地」這樣的字，
也許能使你更好地理解這名詞）(434)——
地主們到處爲自己的利益呻吟，
唯恐「豐衣足食」也臨到了窮人。
高些，再高些，地租！把身價提高，

---

(433) 1822年4月英國議會通過一條法案，保障地主的利益，規定麥價在某種等級時，政府得付地主以一定數目的款項，以維持穀物的收入。

(434)「地主派」原文"landed interest,"字面上的意義是「土地的利益」。去掉「土地」，就只剩下「利益」了。

不然，內閣就要喪失它的選票，
而愛國情緒，一直是這樣脆弱，
她的麵包眼看要跌到市面的價格。
因爲，唉！「麵包和魚」，一度價錢多高，
完了——烤爐關了門，海洋都乾掉；
花了千百萬如今什麼都没剩，
只落得安下心來，暫且忍一忍。
那不是如此的，也曾忍過一陣，435
天道的公平的手這才送來好運；
現在，讓他們去獲得美德的報酬，
他們贏得的福分該讓他們享受。
請看這些可恥的辛辛內塔斯們436，
田莊的獨裁者，戰爭的種植人，

435 指城市資產者。詳見本詩簡介。
436 辛辛內塔斯，見註36。

他們的鋤頭是雇佣兵手中的劍，
異邦所流的血肥沃了他們的田；
安守自己的穀倉，這些塞班㊲的農夫
把同胞送去作戰——爲什麼？爲了地租！
一年又一年，他們在議會裡全體贊成
將人民的血汗和眼淚所累積的資金
成百萬地花出去——爲什麼？爲了租金！
他們叫嚷，他們宴飲，他們發誓一定
爲英國而死——何以又活呢？爲了租金！
這些高市價的愛國人士對於和平
一致不滿：因爲戰爭曾經是租金！
他們對祖國的愛，和濫用的千百萬，
怎樣協調？只有解決地租的爭端！
難道他們不要償還政府的貸款？

㊲塞班人即羅馬附近的人，務農。這裡是將地主比做羅馬帝國的野心家。

不，打倒一切，只要地租上升無邊！
他們的善惡、健康、財富、失望、歡欣，
生命、目的、宗教——就是租金，租金，租金！
以掃呵，你爲一餐賣掉了出生權，[438]
你應該餓一頓，或換取更多的飯；
但既已一口把那碗豆湯吞掉，
就該實踐諾言，再多要求也無效。
地主老爺呵，你們對戰爭有所求，
但既已飽餐了血，卻又來抱怨傷口！
怎麼！你們要使地震朝硬幣傳開？[439]
土地已塌陷，還要叫硬幣也垮臺？
爲了租金上漲，叫銀行和國家完蛋，

---

[438]《聖經》故事：以掃是獵人，其弟雅各是農夫。有一天雅各熬紅豆湯，以掃打獵回來，因餓極，求喝紅豆湯，雅各說，「你今日把長子的名分賣給我吧。」以掃於是起誓把長子的名分賣給他，便吃了他的餅和豆湯。見《聖經·舊約全書·創世紀》第25章第29節。

把交易所變爲治療債券的醫院？
呵，「教會母親」看著一切教門在受罪，
也像尼俄伯⑷⑽哀傷她的子女：什一稅⑷⑾。
教長都落到了——聖徒所在的地位，
那許多驕傲的兼俸呢，只剩下薪水；

⑷⑼1819年英國議會通過皮爾法案，恢復硬幣支付。地主們把物價及租金的下跌歸咎於這一法案，並認爲公債持有者應分擔損失，因爲他們是在通貨膨脹時購買債券的，現在不該用黃金償付他們。當時政論家威廉·考貝特代表城市資產階級利益質問道：「是什麼使你們衞護庇特體制（即紙鈔）的？讓我告訴你們吧：你們喜歡高物價和它帶給你們的統治……此外，你們認爲城市能以恢復紙鈔來維持，並且要恢復獵兎和野雉法的統治。你們愛的是紙鈔的光輝時代，你們要它再回來。你們以爲它可以永久通行……1819年的法案確實對庇特體制是一個很大的緩和，而你們則高喊〈劫掠〉和〈充公〉，大叫公債持有者和官吏對你們進行了綁架，同時頌揚庇特體制……你們說他們——特別是公債遊民——是得到了超過應得的一份。」。

⑷⑽尼俄伯，見註⑼⑷。

⑷⑾什一稅是農民把每年收穫農作物的十分之一交納給教會的稅。這筆稅由租金中扣除，但在1822年，有些教區居民請求免除這種稅。

教會、政府和黨派在黑暗裡交爭，
在一條共同的船上爲洪水所翻騰。
被剝去主教、銀行、紅利，另一個巴別㊹㊷
升起來了——而不列顛卻要毀滅。
爲什麼？因爲只滿足了自私的慾望，
只使這些務農的螞蟻築崗爲王。
「懶人呵，去從這些螞蟻接受教訓，」
你會贊嘆他們敷衍逆境的耐心，
你會看到他們的驕傲的代價
是苛捐雜稅和殺人，實在不可取法；
再請看他們的公道吧：那是想勾銷
一切外債——請問是誰把債臺築高？

---

(442)《聖經》故事：過去，天下人的語言都是一樣。他們要在示拿建造一座城和一座通天塔。耶和華變亂了他們的口音，使他們言語彼此不通，並分散在各地，他們就停工了。那座城就叫做「巴別」，即變亂的意思。見《聖經·舊約全書·創世紀》第11章。。

一五

讓我們再駛過那險惡的岩礁——
那新的賽安尼岩石443：毀人的股票！
在那兒，米達斯444又可以看得稱心，
無論真正的紙鈔，或想像的黃金。
那是愛爾新娜445的魔宮中的財富，

443賽安尼岩石是黑海和博斯普魯斯遇合處的兩個岩石，據說當船隻通過時，兩岩石即合併將船壓碎。這裡以它象徵交易所中的股票交易和買空賣空的投機生涯。
444米達斯，傳說爲扶里吉亞國王，他請求神使他觸到的一切變爲黃金。因此，米達斯成爲財迷的別稱。
445愛爾新娜，義大利詩人阿里奧斯托的《憤怒的奥蘭多》中的人物。她是一個女巫，居於魔園中，把她所愛的男子引進園後，過一時即把他變爲樹、石，或野獸等。

是兩個猶太人——而非撒瑪利亞人⑭——
指揮全世界，用他們教義的精神。
人類的幸福對他們有什麼意義？
一個會議形成了他們新的聖地：
既有爵位、也有勛章把他們邀請，
神聖的亞伯拉罕⑰！你可見到這情景？
你的後代如今結交了稱皇的豬，
這些帝王已不再啐罵猶太的長服，
而是把它尊爲舞臺上應有的道具——
（蒲柏⑱呵！你被遺棄的腳趾在哪裡？
能不能賞光給猶大⑲，狠踢他幾腳？

⑭撒瑪利亞人，是以慈悲爲懷、濟貧救傷的人。見《聖經·新約全書·路加福音》第10章。
⑰亞伯拉罕是猶太人的祖先，他因篤信上帝，欲以自己的獨生子祭獻上帝。
⑱亞歷山大·蒲柏（1688~1744），英國詩人。
⑲猶大，《聖經》中的人名，亦即猶大族（居住在巴勒斯坦南部）的祖先。此處指猶太人。

難道它已不再「踢刺」㊿，學得聰明了？）
請看他們又來了，繼夏洛克之後，
要從邦國之心割下他們的「一磅肉」。451
它比英國所失的還多得不可計數；
那是她還沒有點化成金的礦石，
是她在巴克托拉斯452岸上的石子。
就在那裡，「幸運」在賭博，「謠言」下賭注，
而世界顫慄著出價把經紀人賭輸。

450「踢刺」，原文意指在面對強大的反對勢力時提出抗議。
451夏洛克是莎士比亞戲劇《威尼斯商人》中的人物。他是猶太高利貸者，安托尼奧向他貸款時約定：如過期不還，可讓他割下自己的一磅肉。以後夏洛克索款不得，即控到法庭，要求割下安托尼奧的一磅肉，但被告律師巧妙地提出：他可以割肉，但不許流一滴血，因約定中沒有給他這種權利，這使夏洛克終於敗訴。
452巴克托拉斯是小亞細亞西部的一條河。米達斯因自己觸到的一切都變成黃金，無法進飲食，請求神收回這奇異的能力，神叫他到巴克托拉斯去沐浴，就可以解脫那能力。米達斯到這條河水時，把他觸到的一切和岸上的沙石都變成了黃金。

呵，英國多麼富有！當然不是富在
礦石或穀物、油或酒、和平或資財；
她不是「流著奶與蜜之地」的迦南⑮,
也沒有現款（除非是印在紙上的錢）。
可是我們對事實也不要不承認：
哪個基督教國家有這麼多猶太人？
他們離開本土，曾把牙留給約翰王，
而今卻要和善地拔你們的牙，國王！
一切國家，君主，萬事都聽他們的管，
從印度河到北極，他們都給以貸款。
聽呵，銀行家，經紀人，男爵兼弟兄⑭,
快搭救破產的暴君於水火之中。
不僅暴君，連哥倫比亞都能感到

---

⑮據《聖經》，迦南是「流奶與蜜」的富饒之地，摩西率領以色列人出埃及而赴迦南（在今巴勒斯坦）。迦南意味着理想之邦。

每次成功後他們就爭購她的股票。
慈善的以色列不忘西班牙的凋敝，
也光顧她而抽取一筆小小的利率。
俄羅斯豈能沒有猶太人而進軍，
是金子（而非鋼）築起她的凱旋門。
天之驕子呵！兩個猶太人就能號令
任何疆域內的迦南，使它乖乖聽命。
是兩個猶太人把羅馬人抑制住，㊺
而卻支持了野蠻甚於古代的匈奴；

---

454 當時的國際金融資本家羅斯恰爾德（猶太人）共有五弟兄，分布在法蘭克福、維也納、倫敦、那不勒斯和巴黎。奧地利向他們的銀行貸款三千七百萬荷幣（1821），爲了酬謝他們，奧皇封他們以男爵，並將兩弟兄任命爲駐倫敦和巴黎的總領事。1822年俄國和英國都向羅斯恰爾德的銀行借了大筆款項。當時報載，有一羅斯恰爾德曾出席維羅那會議。

455 義大利南部城市那不勒斯在1820年7月爆發革命，成立政府。但於1821年3月被奧地利軍隊侵入，又恢復波旁王朝的統治。1822年，那不勒斯政府從羅斯恰爾德銀行得到2千2百萬金幣的貸款。

一六

這會議真是奇觀！它注定的任務
是雜糅一切，把矛盾結合到一處。
這不是指君主——他們倒彼此無異，
就像一個造幣廠裡鑄出的錢幣。
然而那些耍傀儡的幕後牽線者
卻比他們的笨國王更斑斕生色。
猶太人，作家，將軍，市儈濟濟一堂，
歐洲在驚奇：不知要搞什麼花樣：
請看梅特涅⑯，權勢的頭號寄生蟲
在花言巧語；威靈頓㊼忘了戰爭；
夏多勃里昂⑱在寫殉道徒的新作，

而希臘人⑲爲愚蠢的韃靼人謀策；
蒙莫倫西⑳本來對特權極爲厭惡，
在那兒卻成了烜赫的外交人物，
這爲《辯論報》提供了許多文章題目；
關於戰爭，他確知要打；但不確知
在《導報》上國王已經把他免了職。

---

⑯梅特涅是奧地利首相，會議的主席。他一貫敵視自由主義與革命運動，力圖恢復歐洲封建專制的統治，鎮壓歐洲革命和民族解放運動。

⑰威靈頓是英國戰勝拿破崙的將軍，出席會議的英國代表。

⑱夏多勃里昂是法國消極浪漫主義作家，著有《殉道徒》和其他小説。他在路易18復辟後任駐外國大使。

⑲希臘人指卡波第斯特里亞（1776～1831），曾在俄國外交部任職，在會議期間曾被召赴維羅那。但一説他已辭去沙皇政府的職務而從事希臘獨立運動。希臘獨立後任總統（1827），後來被暗殺身死（1831）。

⑳蒙莫倫西公爵（1766～1826）在法國革命初期是激進派，主張廢除貴族及封建特權。他原爲法國出席會議的全權代表，但爲夏多勃里昂所代替，在1822年12月29日的《導報》上發表了國王的任免令，免除了他外交大臣職務。國王和首相都不喜歡他。

唉唉！何以他的內閣犯了這種錯！
爲了和平，犧牲過激的大臣可值得？
他確實下了臺，但也許重新上臺，
幾乎像他征服了西班牙那麼快。

一七

別談這些吧——一個更可悲的情景
請求不忍注目的繆斯予以垂青。
呵，那皇家的女兒，皇家的新娘㊻①，
和皇家的受害者，——受害於驕狂；
她誕生了英雄的希望，一個皇子，
是現代特洛伊的阿斯坦納克斯㊻②；
呵，這古往今來的最崇高的皇后

如今已縮爲影子在魅影中飄走——
一個權力的殘骸，憐憫的話題，
受著殘酷的人言嘲諷！難道奧地利
不能使她的女兒免受這種折磨？
這位法國的寡婦到那裡做什麼？
聖海倫島原是她最適宜的歸宿，
她唯一的寶座是在拿破崙之墓。
然而，唉，她卻要稱王於一個小國，
還要那可怕的侍從在她的身側；[463]

---

[461] 指奧皇的女兒瑪麗．路易絲（1791～1849），她於 1810 年與拿破崙結婚，生一子，名萊赫斯塔特公爵（死於 1832 年）。她按照巴黎和約於 1814 年離開法國，放棄了女皇稱號，被封爲帕爾瑪公國（在義大利北部）的女公爵。她出席了維羅那會議，據說是爲她的兒子爭取權益。她當時被名爲「驕傲的奧大利的一朵悲哀的花」，惹起人們背後的議論和譏笑。

[462] 見荷馬史詩《伊利亞德》。特洛伊是小亞細亞古國，因和希臘交戰而被毀。國王普萊姆及其長子赫克脫都被殺，只留下長孫阿斯坦納克斯。

這百眼巨人雖然有的眼睛已瞎，
還必須在可憐的儀仗中監視她。
儘管她不再掌管（唉，白白地掌管！）
那曾大過查理曼大帝的統治權，
北起莫斯科，南至南海的版圖一片，
可是如今她還要管一小塊田園，
帕爾瑪成了旅客雲集遊覽的地方，
人們要看看她這小朝廷的裝潢。
但是她來了！維羅那見她已失掉
一切光彩，使萬邦注目和哀悼；
還沒有等她的丈夫的骨灰變冷，
（唉，那可怕的骨灰變冷嗎？不可能！
那灰燼的星星之火就快要傳開。）
她來了！今天的安軸梅基㊽（不像古代

㊸瑪麗·路易絲在拿破崙死後不久與她的侍從芮波格伯爵秘密地結了婚。這個侍從在戰爭中受傷，一目失明。

所描寫的）倚著庇魯斯的臂走來！
是的，那染有滑鐵盧之血的右臂，
曾將她夫君的節杖劈裂的右臂，
怎麼一向她招呼，就被她接納了？
一個奴才可會比她更不害臊？
而他才新故！她看來毫沒有不寧，
看來這廢后也廢了她的婚姻！
算了，皇家的親室之情不值一提！
對自家既虛假，對世人更何所顧惜！

㊿464 安軸梅基是特洛伊王子赫克脫的妻子，赫克脫死後，她不情願地嫁給庇魯斯（是他的父親殺死了她的丈夫赫克脫）。瑪麗·路易絲所再嫁的芮波格伯爵曾參加來比錫戰役。

一八

可是，海外的笑柄雖多，由它去吧，
我要轉向國內，描更精彩的一幅畫。
我的繆斯正要哀泣英國的不幸，
卻看見克蒂斯勛爵⑯穿著短裙！
高原的所有族長都濟濟一堂，
來歡迎他們的族兄，維克·揚·郡長⑯！

---

⑯威廉·克蒂斯（1752～1825），海上餅乾商，後任倫敦市長。1822年8月，喬治四世訪問蘇格蘭，他隨行，雖然年已70歲，而且肥胖，卻還穿着蘇格蘭短裙和花格呢衣，招搖過市，成爲大家的笑談。

⑯蘇格蘭人稱族長弗加斯·麥基弗爲維克·揚·沃爾（意即約翰大帝之子），拜倫戲將此名改爲維克·揚·郡長以贈克蒂斯。

市政廳迴蕩著蘇格蘭的方言，
整個市議會都高呼：「蘇格蘭短劍！」
因爲看到了驕傲的花格呢在圍繞
一個城裡的蘇格蘭山民的粗腰；
我的繆斯不禁笑了，笑得太高聲，
竟把我吵醒了——怎麼，原來不是夢！
讀者呵，我要停下筆，假如這篇詩作
無傷大雅，您也許將讀到第二支歌。

拜倫小傳

查良錚

喬治・戈登・拜倫（1788～1824）是蘇格蘭貴族，於一七八八年一月二十三日出生於倫敦。他的祖父約翰・拜倫是海軍軍官，一生航海，常遇風暴，並曾沉船和漂泊，人稱「壞天氣傑克」。他父親亦名約翰，綽號「瘋傑克」，是個侍衛軍官和浪蕩子，就在拜倫誕生不久，他爲逃避債務而遺棄家庭，跑到法國，兩年後在法國死去。他和前妻生了一女，名奧古斯達，是拜倫一生中最珍愛的姐姐。

拜倫天生跛一足，並對此很敏感。他出生後不久，母親就帶他移居在蘇格蘭的愛勃丁城，過著式微而貧困的生活，這對他日後有相當影響，同時他也熟悉了蘇格蘭的粗獷和鄉野的生活。他十歲時，由於叔祖死去，拜倫家族的世襲爵位及產業（紐斯泰德寺院是其府邸）落到他身上，成爲拜倫第六世勳爵，境況立刻好轉起來，於是在一七九九年移居倫敦。

一八〇〇年，拜倫被送進貴族中學哈羅公學讀書，畢業後進入劍橋大學（1805～1808），學習文學及歷史。對這兩個貴族學校他都沒有好感，他厭棄那裡講授的希臘、羅馬等古典課程，對宗教教育尤抱反感。在中學時，他曾帶頭反對新到任的中學校長。在劍橋時，他是個不正規的學生，很少聽課，卻廣泛閱讀了歐洲和英國的文學、哲學和歷史著作，同時也從事射擊、賭博、飲酒、旅行、打獵、游泳等各種活動。在一八〇八年春夏，他住在倫敦的旅館裡，過著「放蕩不羈」的生活。

一八〇三年，拜倫鍾情於鄰居另一產業的繼承人瑪麗·查沃斯小姐，但她於一八〇五年嫁給別人，使拜倫長期不能忘情，爲此寫了一些詩，甚至在一八一六年寫作與這段失戀有關的「夢」時，還是淚如泉湧。

一八〇七年三月，拜倫出版了他的抒情詩集《懶散的時刻》，受到惡評。一年後，他寫了長詩《英國詩人和蘇格蘭評論家》做爲答覆。一八〇九年三月，他做爲世襲貴族進入了貴族院。在宣誓就任後，議長從座位上站起來，微笑地向他伸出手去表示祝賀，但拜倫躬身作答，只把手指尖放在議長的手中，然後不經意地坐在王座左邊的席位上（這經常是反對派的席位），過幾分鐘即離去。以後人問以故，他答道：「如果我和他熱烈地握手，他會以爲我是他的黨徒了；可是我不願意參預他們任何一方。」拜倫一生以「我是屬於反對派」爲座右銘。

拜倫出席議院和發言的次數不多。但有三次爲人所銘記：第一次在一八一二年二月，反對懲罰工人破壞機器的法案；第二次在同年四月，贊助有利於愛爾蘭民族運動的天主教徒解放法案；

第三次在一八一三年六月，同情卡特萊特少校的改革方案。這些發言都鮮明地表示了拜倫的自由主義的進步立場。

從一八〇九年到一八一一年，拜倫出國作東方的旅行。據他寫信給母親說，這是爲了要「看看人類，而不是只從書本上讀到他們」，還爲了掃除「一個島民懷著狹隘的偏見守在家門的有害後果」。他由友人郝伯豪斯陪伴，於一八〇九年六月離開倫敦，行經葡萄牙、西班牙、馬耳他、阿爾巴尼亞、希臘和土耳其，於一八一一年七月回到英國。英國人到東方獵奇的風氣，與拜倫的這次東方旅行有很大關係。他除了觀察各地風俗，遊覽古蹟名勝和欣賞自然外，也接觸到各種人物，包括土耳其駐阿爾巴尼亞的總督阿里巴夏。在旅途中，他開始寫作《恰爾德·哈洛爾德遊記》和其他詩篇，並在心中醞釀未來的東方故事詩。一八一一年七月他回到倫敦，除了帶回「四千行詩」以外，行囊中還有不少大理石古物，骷髏，毒草藥，龜等。八月一日，他的母親未及和他見面，便突然病故。

《恰爾德·哈洛爾德遊記》的第一、二章在一八一二年二月問世，轟動了文壇，在四個星期內行銷七版，使拜倫立刻成爲著名的詩人。他在日記裡寫道：「我在一個美好的早晨醒來，發現自己成名了。」此後他連續發表東方故事詩《加吾爾》（1813），《阿比杜斯的新娘》（1813），《海盜》（1814），《萊拉》（1814），《科林斯的圍攻》（1816），《巴里新娜》（1816），這些詩也都風行一時，使他聲譽日增。一八一五年發表了取自《聖經·舊約全書》題材的一組抒情詩《希伯來樂曲》。

《恰爾德・哈洛爾德遊記》的成名，使拜倫一躍而爲倫敦社交界的明星。然而這並沒有使他和英國的貴族資產階級社會妥協。他自早年就看到這個社會及其統治階層的頑固、虛僞、邪惡及偏見，他的詩一直是對這一切的抗議。

從一八一一年返自東方旅行到一八一六年永別英國，拜倫在這五年中生活在不斷的感情漩渦中。他的「聲譽」也由最高峯跌到最低點。在他到處受歡迎的社交生活中，逢場作戲的愛情俯拾即是，一個年輕的貴族詩人的風流韻事自然更爲人津津樂道。

拜倫在一八一三年向一位安娜・密爾班克小姐求婚，初被拒絕，以後被接受，於一八一五年一月和她結了婚。這是拜倫一生中所鑄的最大的錯誤。拜倫夫人是一個見解褊狹的、深爲其階級的僞善所囿的人，完全不能理解拜倫的事業和觀點。在婚後一年，她即帶著初生一個多月的女兒阿達回到自己家中，拒絕與拜倫同居，從而使流言紛起。

以此爲契機，英國統治階級對它的叛逆者拜倫進行了最瘋狂的報復，以圖毀滅這個膽敢在政治上與它爲敵的詩人。他們突然變得道貌岸然，以各種流言蜚語把拜倫描繪爲「魔鬼」，把各種不堪設想的「罪惡」加在他身上，而拜倫夫人則對這一切保持沉默，不置可否，只稱他「患了精神病」。上流社會的名門世家不再邀請他，人們雇佣暴徒和他搗亂，用石子擲他的窗戶。他上街是不安全的，他還被警告不要到戲院去，因爲觀衆會噓他；也不要到議院去，唯恐受到侮辱。在離開英國時，朋友們還害怕圍觀他的馬車的羣衆會鬧事。詩人事後對此寫道：「報紙喋喋不休而卑鄙……我的姓氏——自從我的祖先幫助諾曼底人威廉征服這個王國以來一直是富有騎士風或高貴的——被玷污了。我感到，如果那些低語、私議和傳言是眞的，我對英國是不適合的。如果不眞，英國對我是不適合的。我撤退了；但這還不夠。在異國——在瑞士，在阿爾卑斯山的陰影下，在澄碧的湖水邊——我還被同樣的瘟疫所追逐和吹拂。我翻過山嶺，但還是一樣；因此我走得更遠些，卜居在亞得里亞海的波濤之旁，像一隻被圍獵的鹿要去到水邊一樣。」

在這沉重的時日，詩人唯一忠實的友人是他的異母姐姐奧古斯達·李夫人，他獻給她幾首動人的詩（《給奧古斯達的詩章》，《書寄奧古斯達》）。這時期的痛苦感受，也使他寫出像《普羅米修斯》那樣的詩，表示向他的壓迫者反抗到底的決心。

拜倫在一八一六年四月永遠離開英國。一個傳記作者說他「被趕出了國土，錢袋和心靈都破了產，他離去了，永不再回；但他離去後，卻在若恩河的激流之旁找到新的靈感，在義大利的天空下寫出了使他的名字永垂不朽的作品。」

一八一六年，拜倫居住在瑞士，在日內瓦結識了另一個流亡的詩人雪萊，對英國反動統治的憎恨和對詩歌的同好使他們結成了密友。雪萊的妻子瑪麗有一個妹妹克萊爾蒙，這時得識拜倫，並與他私生一女，名阿雷格拉（在1822年夭折）。一八一七年至一八二三年拜倫遷居到義大利，先後住在威尼斯、拉文納、比薩、熱那亞。最初兩年是在威尼斯度過的，那裡的狂歡節把他也捲入這種生活的漩渦。這時拉瓦那一位年輕的貴族夫人特莉莎·吉西歐里和他過從密切，成爲拜倫理想的伴侶。她在一八二〇年七月與她六十多歲的丈夫離了婚，便與拜倫生活在一起了。吉西歐里的兄弟彼得羅·甘巴是一個年輕的軍官和義大利的秘密愛國組織燒炭黨的成員，拜倫通過他加入了這一組織，以自己的住宅爲該黨提供軍火和隱蔽所，以反抗奧地利的統治。拜倫自稱，「我要儘量用我憑錢、憑物、憑人所能做到的一切來爲他們爭取自由而出力。」一八二一年二月該黨起義失敗，拜倫受到警察的監視，他函告雪萊求助，雪萊勸他和吉西歐里遷居比薩，於是拜倫於同年十一月去到比薩。但由於警察不斷迫害，又被迫於次年九月遷往熱那亞，在那裡度過了卜居義大利的最後十個月。

拜倫在旅居國外期間，陸續寫成《恰爾德·哈洛爾德遊記》的第三、四章（1816~1817），此外還寫了大量的作品。在故事詩方面，有《錫雍的囚徒》（1816），《馬賽普》（1819），《島》（1823）；在詩劇方面，有歷史悲劇《曼弗瑞德》（1817），《馬里諾·法列羅》（1820），《福斯卡里父子》（1821），《撒旦那帕拉》（1821）；有奇蹟劇《該隱》（1821）和《天和地》（1824），還有詩劇《維諾》（1822），《變形的畸形者》（1822）；在長詩方面，有《塔索的哀嘆》（1817），《但丁的預言》（1820），《愛爾蘭的化身》（1821），《青銅世紀》（1823）；以及《威尼斯頌》（1818）和短詩、翻譯詩等。

拜倫還有最重要的一組詩應該單獨提出，它們從形式到內容、風格不同於他的其他詩作；這就是《唐璜》（1818~1823）和與它相類似的《貝波》（1817）和《審判的幻景》（1822）。拜倫首先從英國詩人約翰·弗萊爾、更主要是從義大利詩人帕爾其、伯尼和卡斯提的作品得到啟發，創製一種使用八行節的敍事詩，半莊半諧，夾敍夾議，有現實主義的內容，又有奇突、輕鬆而諷刺的筆調。他以這一風格首先寫出以市民生活爲題材的《貝波》，發現這一寫法的成功，便投入他的巨著《唐璜》。《唐璜》第一、二章匿名發表後，立即引起巨大的反響。英國維護資產階級體面的報刊羣起而攻之，指責它對宗教和道德進攻，是「對體面、善良感情和維護社會所必需的行爲準則的譏諷」，「令每個正常的頭腦厭惡」，「粗暴地瀆侮了人類最優美的感情」，「不可能欣賞它而不失去某種程度的自尊」，「是在拙劣的韻律中關於可恥的淫亂行爲的敍述」，「愛情、榮譽、愛國主義、宗教之被提及，只是爲了受呵斥」，等等。

但同時，它也受到高度的讚揚。一個署名「約翰牛」的讀者在給拜倫的公開信中說：「堅持《唐璜》吧，它是你所寫的唯一眞摯的東西；在你的那些哈洛爾德已不再成爲你所說的『女學生的故事——一小時的奇蹟』以後，它將存在許多年。我認爲《唐璜》是我所見到的你的最好的作品。它是遠遠超過一切的最生氣勃勃、最率直、最有趣和最有詩意的；每個人都和我有同感，不過他們不敢說出來罷了。」作家瓦爾特·司各特說《唐璜》「像莎士比亞一樣地包羅萬象，他囊括了人生的每個題目，撥動了神聖的琴上的每一根弦，彈出最細小以至最强烈最震動心靈的調子。」詩人歌德說，「《唐璜》是徹底的天才的作品——憤世到了不顧一切的辛辣程度，溫柔到了優美感情的最纖細動人的地步……我們感到英國詩歌擁有了德國人從未取得的東西：一個古典地文雅而喜劇的風格。」詩人雪萊說，《唐璜》「每個字都有不朽的印記……它在某種程度上實現了我久已倡言要寫的——一種完全新穎的、有關當代的東西，而且又是極其美的。」

《唐璜》的前五章發表後，由於社會輿論的種種阻力，中輟了一年多，到一八二二年七月才又繼續寫下去，至一八二三年五月寫完了第十六章，那時拜倫已準備獻身於希臘的民族解放運動了。

這是詩人一生最後的、也是最光輝的一頁。他既憎恨反動的「神聖同盟」對歐洲各民族的壓迫，也憎恨土耳其對希臘的統治。一八二一年四月，希臘人民掀起了反抗運動，進展順利，至一八二二年底開始被承認為獨立國家，但以後由於內部的紛爭，運動趨於衰落，就在此時拜倫決心參加到這一運動中去。一八二三年七月他開始自義大利動身；一八二四年初，在抵希臘前，他得到歌德的祝賀詩。他在希臘表現了實際政治家的才能，為各派的團結進行努力，並且自己出款維持一支軍隊。他被任命為征利潘杜遠征軍總司令，忙於修築工事、調動船隻、整飭軍紀等戰備工作。一八二四年四月九日，由於遇雨受寒，他一病不起，十日後逝世。他的死使希臘人民深感悲痛，全國致哀二十一天，機關、法院和商店停止活動。他的遺體運回英國後，家屬請求葬於威斯敏斯特教堂，但英國的統治階級再次頑固地堅持其反動立場而予以拒絕。一八二四年七月十六日，他被埋在紐斯泰德寺院附近的教堂墓地中。

拜倫既是貴族，又是革命者，這種矛盾在他的生活、思想和作品中都反映出來。他的作品對歐洲文學發生過巨大的影響；而在英國，在他去世後，對他的評價則日趨低落，這是大英帝國的統治階級偏見必然導致的結果。今天，對拜倫的研究和評價有了新的起色；在一九七二年出版的劍橋英國文學簡史上，從對拜倫的如下一段評語中，可見一斑。它說：「只在純抒情詩上，他次於最優；因此讀者不應在詩選中去瞭解拜倫。僅僅《恰爾德・哈洛爾德遊記》、《審判的幻景》和《唐璜》就足以使任何能感應的人相信：拜倫在其最好的作品中不但是一個偉大的詩人，而且是世界上總會需要的一種詩人，以嘲笑其較卑劣的、並鼓舞其較崇高的行動。」

國家圖書館出版品預行編目資料

拜倫詩選／拜　倫（Gerorge Gordon Byron,
1788~1824）著；查良錚譯／林燿德導讀
-- 初版. -- 臺北市：桂冠, 1993 [民 82]
面；　公分. --（桂冠世界文學名著：13）

ISBN 957-551-684-2（平裝）

英國文學

873.51　　　82009328

拜倫詩選

著　　者 〉 拜　倫（Gerorge Gordon Byron,1788~1824）
譯　　者 〉 查良錚
導　　讀 〉 林燿德
執行編輯 〉 湯皓全
出　　版 〉 桂冠圖書股份有限公司
地　　址 〉 106 台北市新生南路三段 96-4 號
電　　話 〉 02-22193338　02-23631407
購書專線 〉 02-22186492
傳　　真 〉 02-22182859-60
郵政劃撥 〉 0104579-2　桂冠圖書股份有限公司

印　　刷 〉 海王印刷廠
裝　　訂 〉 欣亞裝訂公司
初版一刷 〉 1994 年　1 月
初版三刷 〉 2002 年 5 月

網　　址　www.laureate.com.tw
E-mail　laureate @ laureate.com.tw

ISBN 957-551-684-2　　電腦編號　87013
定價　　新台幣 500 元